KB241707

자연과 동심의 시학

자연과 동심의 시학

김종태 지음

보고사

서문

　여기 두 번째 문학평론집을 엮는다. 2003년 첫 평론집『문학의 미로』를 간행한 후 6년 만에 펴내게 된『자연과 동심의 시학』에서는 제목이 암시하듯 '자연과 동심'에 대한 상상력을 펼친 작품을 중심으로 논의를 전개하였다. 실로 평범하기 짝이 없어 보이는 제목이지만, 이 두 개념 속에 문학의 본질적인 요소가 들어 있을 것이라는 믿음 또한 더욱 굳건해졌다.

　요즘과 같이 시가 지나치게 대중성에 집착하다 보면 시는 사라지고 시 아닌 것이 시 노릇을 하기에 이를 것이라는 걱정도 든다. 작년 2008년은 최남선의「해에게서 소년에게」를 기점으로 삼은, 현대시 100주년이 되는 해였다. 각종 미디어와 문학 단체들에서는 이를 기리는 각종 행사를 계기로 삼아, 시의 저변 확대를 위한 다채로운 노력을 했지만 그 효과는 아직 미지수다. 이런 행사들조차 상업성과 일회성의 덫을 제대로 피해 내지 못한 것은 아닐까 한다.

　점점 더 독자를 잃어 가고 있는 것이 오늘날 한국시의 현실인데, 그것은 '대중'이 문화의 중심이 되는 이 시대에서 비롯되는 불가피한 결과일 수도 있다. 이런 판국에 시의 독자층을 넓혀 보려는 노력들은 오히려 시의 본질을 훼손시키기 쉽다. 일간지의 연속 기획물에 대한 독자 반응이나 이벤트성 방송 행사에 대한 시청자 참여도에 일희일비하는 모습들을 보면 정말 못 마땅한 생각이 들고는 한다. 점점 '시에서 멀어져 가는 일'에 일부 시인들이 열광하고 있다. 시인, 평론가, 문학기자들이여! 너무 '대중'을 추종하지 말아 주시라! 이럴 때일수록 우리는 먼 미래를 위해 과거를 더듬는, '골방의 사색'이 필요하다는 점을 깨달아 주시라!

21세기의 처음 10년을 정리하는 새해를 맞이하고 보니 작년 한 해를 떠들썩하게 만들었던 정치 경제 분야의 사건들도 많이 잠잠해진 듯하다. 이와 함께 문화 특히 문학 분야의 이벤트성 행사들이 사라지고 있는 듯도 해 다소간 안심이 된다.

문학이 점점 사회적 영향력을 잃어가게 된 것은 디지털 시대의 출현이라는 사회적 맥락과도 관련한다. 문학은 당대성에 대한 지나친 추종이나 소재주의에 대한 조급증으로 이 디지털 시대에 기여하는 것이 아니다. 시인과 작가들은 시대 변화에 대해서도 관심을 잃지 않아야 하겠지만, 이를 핑계로 하여 '문학의 본질'이라는 추상적이고도 낡아 보이는 화두를 쉽사리 해체하고 폐기하려는 경박함을 자랑삼아서도 안 된다.

'포스트모던'이니 '디지털시대'니 하는 또 하나의 현대열을 좇으며 점점 권력화하고 섹트화하는 문학 담론들을 가능하면 멀리 하면서 이 글들을 썼고, 그 결과로 내놓게 된 것이『자연과 동심의 시학』이다. 이 책은 전체 3부로 이루어져 있다. 제1부에는 자연과 동심에 관한 주제론 2편을 수록하였다. 제2부에는 김남조 허영자 유안진 오탁번 강은교 이시영 한영옥 강현국 등 우리 시단의 원로 중진 시인들의 시세계를 분석한 평론 8편을 수록하였으며, 제3부에는 차영호 최창균 전기철 김태정 윤향기 송종찬 윤요성 김영탁 조영순 채풍묵 여태천 손세실리아 곽효환 김영찬 마경덕 등 우리 시단의 소장 신진 시인들의 시세계를 분석한 평론 15편을 수록하였다. 수록 순서는 시인의 등단년도를 기준으로 삼았다.

여기에서 논한 시인들은 대체로 과도한 실험성을 자제하고 언어와 서정이라는 시의 본질에 충실하려는 노력을 보이는 분들이기에 함께 묶어도 어느 정도 일관성이 있어 보인다. 내 글쓰기의 지향점에 좋은 지침이 되어 준 시인들께 감사의 마음을 전한다. 이 디지털의 바다를 고독하게 건너가야 하는 지구상의 모든 시인들에게 이 책을 바친다.

－2009년 입춘을 앞두고, 김종태 씀

목차

제3부 시인론 II

소장신진시인의 시세계

제1부 주제론

시와 자연
시와 동심

시와 자연

1. 근대의 전개와 자연의 의미

농경사회와 그 이후 사회에 대한 구분은 자연에 대한 인식의 변화에서 비롯되었다. 인류는 계몽주의적 합리성을 기반으로 하여 자연을 대상화하고 자연을 지배하면서 점점 더 속도를 내어 문명을 발전시켜 왔다. 원형적 자연 속에 깃든 신화적 의미망이 희석되면서 근대는 태동했다. 그렇다고 지금 우리 삶의 토대에서 자연과 신화의 질서가 완전히 사라진 것은 아니다. 다만 근대에서 현대, 다시 현대에서 후기현대로 이어지는 이 시대에 과거 '스스로 그러하게' 존재했던 자연은 인공 자연으로 변해가고 있는 것이 사실이다.

그러나 오늘날의 자연이 인공 자연의 모습을 지니게 된 이유 역시 인간의 자연 친화적 정서에서 비롯되었다. 인류는 신의 솜씨로 만들어놓은 도시 공간에 더 많은 나무를 심고 연못과 공원을 만들면서 잃어버린 자연을 회복시키고 싶었다. 그러나 도시의 자연은 인간을 위해서 조형된 인간중심적인 자연일 뿐이다. 이 상황은 자연을 지향해야 할 시인들에게 심리적 갈등 요인으로 작용할 수 있

다. 자연 중심적인 세계와 인간 중심적인 세계, 그 사이에서의 갈등
은 최근 시인들만의 고민은 아니다. 예컨대 1930년대 대표 시인인
정지용은 유년 시절 고향에서 때 묻지 않은 사연의 세계를 체험하
였고, 성장하여 동경과 서울에서 인공적인 세계를 체험하였다. 이
두 세계가 가진 장단점을 잘 알고 있던 시인은 마침내 자연(산수)
의 세계로의 진입을 모색하였다.

일제 강점기 시인들 역시 그렇거니와, 오늘날 시인들이 추구하는
자연지향적 시정신은 꼭 전근대적 세계로 회귀하려는 단순한 욕망
만을 형상화하지 않는다. 오늘날 시인들 대다수에게 자연의 세계는
근원적 세계로서의 노스텔지어를 자극한다. 그들은 자연 공간을 원
형적 고향으로 형상하고 있을 뿐만 아니라, 나아가 영원히 그리워
할 수밖에 없는 이상적인 공간 즉 하나의 초월적 근원으로 형상화
하기도 한다. 최근의 자연서정시가 자연에서 체험한 미적인 순간을
자아중심적인 차원에서 형상화하는 것은 이런 이유에서이다. 이 계
통의 시인들은 이것이 서정시의 본질이라고 믿는다.

서정시는 동일성의 원리를 바탕으로 한다. 서정시가 추구하는 동
일성의 대상은 문명적 세계에 있기보다는 자연의 세계에 더 가까이
있다. 자연의 세계에 대한 동일성의 욕망은 '인간 삶의 이중적인 구
조'(볼노프)―자연에서 와서 자연으로 돌아가는 인간의 삶의 구조
―에 대한 인식에서 출발한다. 서정시에 나타나는 반문명적인 세계
관은 이 같은 맥락과 이어진다. 근대 문명의 급속한 발전은 자연을
훼손시켜 삶의 위험성을 증대시켜 사회를 불안하게 만들었다. 순수
한 자연 공간이 축소될수록 자연 세계에 대한 시인의 지향성이 증
대될 수 있는 이유가 여기에 있다.

2. 향수의 대상으로서의 자연 –오탁번 최서림 문태준 김선태

인간에게는 두 가지 향수가 있다. 홈식크니스와 노스텔지어가 그
것인데, 전자는 육체적 고향에 대한 그리움이며 후자는 정신적 고향
에 대한 그리움이다. 이 두 그리움의 대상은 간혹 겹쳐지기도 한다.
시인들이 추구하는 그리움이 일반적으로 자연친화적 언어와 함께
하는 것은 유년의 시기에 고향에서 겪은 자연 체험이 성인이 된 이
후에도 삶에 지속적인 영향력을 행사하고 있기 때문이다. 김소월의
「엄마와 누나야」, 정지용의 「향수」, 백석의 「고야」, 서정주의 「외할
머니의 뒤안 툇마루」 등의 시는 자연 속에 깃든 고향에 대한 그리움
을 형상화하고 있는 대표적인 예이다. 한국 현대시의 한 전통으로
자리 매김되고 있는 이러한 양상은 오늘날의 시인들의 작품들 속에
서도 그대로 나타나는데 이를 오탁번, 최서림, 문태준, 김선태 등의
작품에서 확인할 수 있다.

> 아침 천등산은 구름으로 허리를 숨기고
> 아주 요염한 여인처럼 성감대를 감추고
> 잘 다듬은 쪽진 머리만 보인 채
> 오랜만에 고향을 찾아온 방탕한 나를
> 은밀한 침실로 유혹하듯 손짓해 불렀다
> 야뇨증이 심해서 바짓가랑이는 젖고
> 기계충이 새하얀 머리는 똥누면서도
> 가려웠다 어디에도 내가 숨어서
> 말라붙은 코딱지를 빨아먹을 수 있는 곳
> 평화로운 장소는 없었다

허허로운 벌판을 쏘나녔다
저 멀리 물러가 있는 천등산이
나를 따라서 한 살 두 살 나이를 먹고
이제는 꼭 내 나이만한 슬픔이 되어
똥누면서도 가렵기만 했던 그리움 못 버린 채
아침 구름 불러모아 보고 싶은 것 가리우고
손짓해 불러도 갈 수 없는 곳으로
요염하게 유혹하는지 나는 잘 모르겠다
스무 살 서른 살의 위험한 고개를 지나와
나를 유혹하는 천등산의 아침 구름은
하늘로 날아오르면서 눈물짓는다
산발치 조그만 고향마을 언덕에서
살찐 메뚜기 게으르게 뛰어오르고
늦가을 매미 이승을 하직하며 운다
　　　　　　－오탁번 「고향」 전문(『생각나지 않는 꿈』)

　　오랜만에 고향에 찾아온 시인을 맞이하는 것은 고향 사람들이
아니라 고향 사람들이 지닌 삶의 터전이었던 천등산이었다. 시인
은 타향살이를 하면서 천등산이라는 매개체를 통하여 고향을 그리
워했을 터이다. 이는 시인의 고향이 지닌 여러 장소나 사물 중에서
가장 중요한 것이 천등산이었다고 시인 스스로 생각해왔기 때문이
다. 천등산은 자연물임에도 불구하고 시인에게 인간적 형상을 지
닌 이미지로 다가선다. 이는 "아주 요염한 여인처럼 성감대를 감추
고/잘 다듬은 쪽진 머리만 보인 채/오랜만에 고향을 찾아온 방탕한
나를/은밀한 침실로 유혹하듯 손짓해 불렀다"라는 구절에 잘 나타

난다. 시인은 천등산에게서 자신의 아니마를 발견하면서 천등산과
의 동일화를 추구한다. 그래서 시인은 천등산에 대해서 "나를 따라
서 한 살 두 살 나이를 먹고/이제는 꼭 내 나이만한 슬픔"을 지녔
다고 말하게 된다. 이 시처럼 고향에 소재하는 산이 향수의 대상이
되고 있는 것은 여타의 시인들의 시에서도 볼 수 있는 일반적인 현
상이다.

> 지금도 감나무 이파리에는
> 햇살기름 흘러내리고 있겠지
>
> 검게 쭈그러진 얼굴마다 그래도
> 햇살기름 반질반질 빛나고 있겠지
>
> 나일론보다 질긴 사투리에 아직은
> 햇살기름 철철 흘러넘치고 있겠지
>
> 한나절이면 갈 수 있는
> 하지만 가지 않는
> 그곳에는
>
> 이름붙일 수 없는
> 단단한 그 무엇들,
> 허공중에 죄다 녹아 사라지고
> 텅 비어 있는

가도 가도
영영 안으로 들어갈 수가 없는
그곳에는 지금

감나무 이파리에
내 영혼 흔들어 깨우는
그 햇살 오래오래 반짝이겠지
　　－최서림 「그곳에는」 전문(『현대시학』 2006년 4월호)

　이 시는 "그곳"으로 상정된 곳에 대한 그리움을 형상화하고 있다. 그곳은 다름 아닌 고향의 자연이다. 그곳에는 "감나무 이파리"가 있고, "검게 쭈그러진 얼굴"이 있고, "나일론보다 질긴 사투리"가 있다. 향토적 자연과 소박한 인간과 구수한 방언이 어우러져 있는 "그곳"은 시인이 되돌아가고 싶은 자연친화적 세계이다. 그러나 그곳은 차를 타고 한나절이면 갈 수 있음에도 불구하고 쉽게 들어갈 수 없는 공간이다. "그곳"과 "이곳" 사이에 있는 거리는 물리적인 것이 아니라 존재론적인 것이기 때문이다. 그러므로 시인은 가도 가도 그곳에 영원히 들어갈 수 없다고 말한다. 이는 고향은 그대로이지만 시인 자신이 혹은 시인 자신을 둘러싸고 있는 상황이 너무 많이 바뀌었기 때문이다. 햇살이 깨우는 "내 영혼"과 그곳을 생각하는 자의식 사이에 놓인 실존적 거리는 멀기만 하지만 그렇기 때문에 오히려 자연친화적 세계에 대한 지향은 더 애절하게 다가온다.

얻어온 개가 울타리 아래 땅그늘을 파댔다
짐승이 집에 맞지 않는다 싶어 낮에 다른 집에 주었다
볕에 널어두었던 고추를 걷고 양철로 덮었는데
밤이 되니 이슬이 졌다 방충망으로는 여치와 풀벌레가
딱 붙어서 문설주처럼 꿈적대지 않는다
가을이 오는가, 삽짝까지 심어둔 옥수숫대엔 그림자가 깊다
갈색으로 말라가는 옥수수 수염을 타고 들어간 바람이
이빨을 꼭 깨물고 빠져나온다
가을이 오는가, 감나무는 감을 달고 이파리 까칠하다
나무에게도 제 몸 빚어 자식을 낳는 일 그런 성싶다
지게가 집 쪽으로 받쳐 있으면 집을 떠메고 간다기에
달 점점 차가워지는 밤 지게를 산 쪽으로 받친다
이름은 모르나 귀익은 산새소리 알은체 별처럼 시끄럽다
　　　　　　　－문태준 「처서」 전문(『수런거리는 뒤란』)

　　문태준 시에 나타난 언어는 거의 모두가 향수의 언어이며 자연
친화적 언어이다. 그는 농촌에서 유년 시절을 보냈던 추체험을 통
하여 시를 쓰고 있다. 그의 시 소재는 대부분 자연 공간과 관계된
다. 삼십대 후반이라는 비교적 젊은 나이의 시인이 들려주는 자연
친화적 서정시는 많은 독자층을 형성했다. 아직도 이러한 세계가
가진 대중적인 흡입력이 크다는 사실이 충분히 입증되었다. 땅그늘
을 파는 개, 양철로 덮은 고추, 방충망에 붙어 있는 곤충들, 삽짝까
지 심어둔 옥수수 등은 자연친화적 세계를 이루고 있는 갖가지 사
물이며 언어이다. 문태준의 시는 이러한 사물들에 대한 형상화에서
한발 더 나아감으로써 독창적인 미학적 구조를 이루어냈다. 이 사

실은 "옥수수 수염을 타고 들어간 바람이/이빨을 꼭 깨물고 빠져나
온다"라든지, "나무에게도 제 몸 빚어 자식을 낳는 일 그런 성싶다"
라든지, "지게가 집 쪽으로 빗쳐 있으면 집을 띠메고 간다기에/달
점점 차가워지는 밤 지게를 산 쪽으로 받친다" 등에 나타난 섬세한
서정적 인식에서 입증된다.

가을걷이 끝난 들판 실타래 풀리듯
흰 연기 떠다니는 진도 저물녘이어라
강둑을 따라 억새꽃 날리는 강둑을 따라
일 마치고 돌아들 가는 진도 늙은 아낙들
막걸리 몇 순배 불콰한 얼굴로 흥에 겨워
주거니 받거니 노래 한 가락씩 뽑아올리는데
고나아―헤, 시김새 치렁치렁한 노래는
참, 오지게는 구성진 남도 육자배기
저것 봐, 가는 듯 마는 듯 진도 아낙들
무장무장 흥에 겨워 한없이 휘늘어져선
어깨춤 절로 들썩이는 진도 저물녘이어라
고나아―헤 고나아―헤, 그 가락 따라 어디론가
강물처럼 흐르고 싶은 진도 저물녘이어라
―김선태 「진도 저물녘―육자배기조 1」 전문(『동백숲에 길을 묻다』)

최서림과 문태준의 고향이 경상북도인데 비해 김선태의 고향은
전라남도이다. 이 시의 시간적 · 공간적 배경 역시 전라남도의 남쪽
시골 섬인 진도의 저물녘이다. "가을걷이 끝난 들판", "억새꽃 날리
는 강둑", "막걸리 몇 순배" 등의 자연친화적 사물들은 작업을 마치

고 귀가하는 농부들의 넉넉한 마음속에 깃들어 남도 저물녘의 아름다운 풍경을 이루어낸다. 여기에 민요 한 구절이 빠질 수가 없다. 남도의 늙은 아낙들이 주고받는 '육자배기'는 진도의 가을 풍경 속에 깃든 흥취와 풍류를 극대화한다. 시인이 이 시를 통하여 궁극적으로 말하는 것은 자연친화적 세계에 대한 향수이다. 시인 스스로 여기에 직접 가담할 수는 없을지라도 이 세계는 엄연히 존재하고 있으므로 그리움의 언어가 지향하는 자연친화적 세계는 현재형의 의미를 지니게 된다. 시인은 자연친화적 시언어를 통하여 지나간 세계를 기억하고 재생함으로써 이 세계가 지닌 의미를 지속시키는 역할을 한다. 하지만 이 세계는 오늘날 중심이 아니라 주변이다. 역설적이게도, 이 세계가 주변으로 밀려날수록 이 세계는 더욱 온전히 복원되고 전승될 필요가 있다. 자연친화적 세계를 지향하는 서정시와 그것을 떠받치고 있는 시언어가 중요한 것은 이와 같은 의미에서이다.

3. 생산의 현장으로서의 자연 –이상국 고재종 최창균 이덕규

  자연은 농업이라는 일차 산업이 행해지는 근간이다. 인간이 추구하는 의식주의 기본 재료가 만들어지는 곳이 바로 이곳이다. 생산의 현장으로서의 자연에 대한 인식은 시언어의 현장감을 제고시킨다. 이러한 시언어는 구체성을 지향하게 되므로, 농업이나 축산업에 직접 종사하는 시인들은 생산의 현장성을 지향하는 시언어를 추구하는 경향이 강하다. 자연 공간에서 실질적인 삶을 영위해 나가는 농민들이 쓴 시들은 대부분은 자연을 생산의 현장으로

인식한다. 그만큼 삶의 핍진성이 밑받침되었기 때문이다. 이상
국·고재종·최창균·이덕규의 시 역시 이러한 맥락에서 이해해
볼 수 있다.

> 무는 제 몸이 집이다
> 안방이고 변소다
> 저들이 울타리나 문패도 없이
> 흙 속에 실오라기 같은 뿌리를 내리고
> 조금씩 조금씩 생을 늘리는 동안
> 그래도 뭔가 믿는 데가 있었을 것이다
> 그렇게 자신을 완성해 가다가
> 어느 날 농부의 손에 뽑혀나갈 때
> 저들은 순순히 따라 나갔을까, 아니면
> 흙을 붙잡고 안간힘을 썼을까
> 무밭을 지나다가
> 군데군데 솎여 나간 자리를 보면
> 아직 그들의 체온이 남아 있는 것 같아
> 손을 넣어보고 싶다
> ─이상국 「무밭에서」 전문(『어느 농사꾼의 별에서』)

  시인이 지금 바라보고 있는 무밭은 무가 제 살을 찌우면서 뿌리
를 내리고 있는 생산의 공간이다. "제 몸이 집"이고 "안방이고 변
소"인 무들이 무밭의 주인인 셈이다. 이 무밭을 지탱해 준 힘은 다
름 아닌 싱싱한 무들이 지닌 자연의 생명력이었다. 무는 다시 대승
적인 삶의 마무리를 위하여 무밭을 떠나 인간에게로 간다. 시인은

무가 앉아 있었던 무밭의 움쭉 패인 자리를 보면서 허전함을 느낀다. 이러한 서정적 시의식은 순박한 농민의 마음에서 비롯되었다.

　　아버지는 죽어서도 쟁기질 하리
　　죽어서도 살점 같은 땅을 갈아 모를 내리

　　아버지는 죽어서도 물 걱정 하리
　　죽어서도 가물에 타는 벼 한 포기에 애타하리

　　아버지는 죽어서도 낫질을 하리
　　죽어서도 나락깎지 무게에 오져 하리

　　아버지는 죽어서도 밥을 지으리
　　죽어서도 피 묻은 쌀밥 고봉 먹으리

　　그러나 아버지는 죽지 않으리
　　죽어서도 가난과 걱정과 눈물의 일생
　　땅과 노동과 쌀밥으로 살아 있으리
　　　　　　　　－고재종 「땅의 아들」 전문(『사람의 등불』)

　자연 공간에서 남성과 여성은 서로 일정 정도 구분되는 노동을 수행하게 된다. 육체의 힘이 많이 필요한 부분의 노동은 대체로 남성들이 담당하며, 그에 비해 여성들은 육체적 힘보다는 섬세한 손길이 필요한 일을 도맡아 하게 된다. 그런데 이 시에 나오는 아버지의 일은 쟁기질, 물대기, 낫질하기, 밥하기 등 자연 공간에서 일어날 수 있는 거의 모든 노동에 이어지고 있다. 이 시 속의 아버지는 남녀의 역할 구분 없이 모든 일을 하고 있는 전인적 농사꾼이다. 그는 땅과 관련된 일이라면 언제든지 무엇이든 할 준비가 되어 있는 아버지이다. 그래서 시인이 이 아버지를 두고 "땅의 아들"이라고 명명하는 것은 자연스러운 일이다. 아버지뿐만 아니라 시인 자신도 "땅의 아들"이기는 마찬가지라는 인식이 이 시에 배어 있다. 땅에서의 노동은 아버지와 아들의 삶이 지닌 동질성이다. "땅의 아들"들이 추구한 "땅", "벼 한 포기", "쌀밥" 등의 명사들은 자연 공간의 의미를 발현시키는 가장 중요한 어휘라고 해도 과언이 아니다. 이 시를 쓴 고재종의 작품들은 자연친화적 서정시의 전범을 이루고 있다.

> 쓰러진 소를 일으키며 나는 되뇌인다
> 어둠속 더욱 시커먼 어둠으로 누워 있는 네가
> 나의 슬픔이구나 사방을 둘러보아도
> 생의 비탈처럼 쓰러져 있는 네가
> 또한 나의 아픈 사랑이구나
> 지금 너는 내 자식, 내 아버지, 내 삶의 전부처럼
> 이 세상에 단 하나밖에 없는 너를 말하고 있구나 그렇구나
> 부러지지 않고 찢어지지 않는 어둠속에서
> 니가 붉은 소금으로 타고 있구나
> 시뻘겋게 삶의 밑불로 지펴지고 있구나
> 절망의 거품 물고 발버둥치는 네가
> 생의 바닥까지 갔다 되돌아오는 비명처럼 우는 때
> 나는 혼신의 힘으로 너를 도와 일으킨다

그렇게 너도 나를 도와 부끄러운 내 삶을 일으켜 세우는구나
이제 세상을 꼿꼿하게 살아는 보자고
　　─최창균 「쓰러진 소를 일으키며」 전문(『백년 자작나무숲에 살자』)

　최창균은 경기도 파주에서 축산업에 종사하고 있는 시인이다. 고재종과 마찬가지로 그의 시에는 체험에서 우러나는 구체성의 미학이 있다. 최창균 시에 나타난 '소'는 이미지이기를 넘어서서 하나의 상징으로 나아가고 있다. 그에게 '소'는 자식이며 아버지이며 그 자신의 삶이다. 이 시의 화자는 정보 사회에 있는 게 아니라 농경 사회를 살고 있다. 농경 시대에 소는 가족의 일부였다. 그만큼 소는 노동의 시간이나 일상의 시간 모두에 밀접하게 연결되어 있는 가축이었다. 이 시에서 시인은 질병으로 인하여 쓰러져 있는 소를 통하여 삶의 질곡 속에서 힘겨워하고 있는 자신을 만나게 된다. 그러므로 "절망의 거품 물고 발버둥치는" 너는 다름 아닌 시인 자신이다. 결국 시인은 아픈 소를 일으켜 세우는 과정 속에서 소가 부끄러운 자신의 삶을 일으켜 세우는 경이로운 체험을 한다. 소와 시인의 동일성은 두 존재가 힘을 합쳐서 "이제 세상을 꼿꼿하게 살아는 보자고"라는 구절에 이르러 더욱 온전한 것으로 발전한다. 소는 시인에게 자연의 가르침을 준다. 그러므로 소에 대한 애착 또한 자연친화의 정서와 통한다. 자연친화적 서정성은 자연친화적 세계와의 동일성을 추구한다. 최창균 시에 나타나는 소와 자아의 동일성에 대한 갈망은 이덕규 시에서는 삽과 자아의 동일성에 대한 갈망으로 변이된다.

그대 마른 가슴을
힘껏 찍어,
엷은 실핏줄들이 뒤엉킨
따뜻한 속살 속에
한 톨의 씨앗을 묻고
다독거려주는 일

더러는
그 속에 박힌,
울혈덩어리 하나 캐내기 위해
그대와 함께
온몸이 저리도록 울어도 보는 일
　　　－이덕규 「삽」 전문(『다국적 구름공장 안을 엿보다』)

　이덕규는 경기도 화성에서 농업에 종사하고 있는 시인이다. 그의
시에는 농부 시인으로서의 삶에서 우러나오는 직관과 성찰이 있으
며, 또한 이것과 관계되는 삶의 애환이 있다. 이 시의 소재인 '삽'은
농업과 불가분의 관계에 있는 기구이다. 농부는 삽으로 땅을 파서
그 속에 씨앗을 심어 그것이 자란 풀과 나무에서 곡식을 얻는다.
그러므로 '삽'은 농부인 시인이 땅이라는 자연의 현장에 나아가서
그것과 합일할 수 있는 매개체이다. 2연에서 시인이 "그대와 함께/
온몸이 저리도록 울어도 보는 일"이라는 구절을 통하여 삽과의 동
일성을 지향하게 되는 것은 이러한 삶의 현장성에서 비롯된다. 농
부에게 씨앗을 심고 그것을 싹트게 하고 다시 그것을 기르는 작업
은 삶의 모순과 갈등으로부터 벗어나 동일성의 세계에 이르는 과정

이다. 이 시는 이러한 시적 인식을 간명하게 보여준다. 이덕규 역시 이상국·고재종·최창균과 마찬가지로 체험 문학이 지향하는 진정성의 세계를 잘 보여주고 있다.

4. 모성적 근원으로서의 자연—유안진 김선우 김수영 정이랑

한국사회를 오랫동안 지배해온 가부장제는 농촌이라는 자연 공간의 세계 질서에 기초한다. 밭을 일구고 가축을 기르는 데에는 남성의 힘만큼 중요한 것이 없었다. 그러므로 육체적 힘이 우선적으로 중요했던 농경사회에서 여성은 남성이 담당하고 남은 주변의 일들에 관여한다. 거친 자연 공간은 남성에게 권위와 권력을 부여한 데 비해, 여성에게는 인내를 통한 정한을 심어주었다. 그러나 여성성이 전혀 존재하지 않는 자연 공간을 상상할 수 있을까? 여성성의 섬세함은 자연친화적 세계를 안으로 떠받치는 숨겨진 힘이었다. 사실상 이는 남성성의 강인함보다 더 지속적인 영향력을 발휘할 수 있었다. 자연친화적 여성성을 대표하는 존재는 어머니이다. 자연 공간 속에는 가정의 살림살이를 꾸려나간 모성적 삶이 지닌 지혜와 애환이 깊이 숨겨져 있다. 농경과 자연의 세계를 모성적 근원으로 인식할 수 있는 이유가 여기에 있다.

생수를 마실 때마다 어머니의 물이 생각난다.

어머니의 물은 H20가 아니었지, 우물 속 용신(龍神)에게 예의를 지키느라, 안마당 우물에서도 한밤중 두레박질은 금하였고, 땅을 판다고 우물일 수 없으니, 마실 만한 사람이 사는 곳에서만 우물이 생기는

법이니, 먼저 물 마실 자격을 갖추라셨고

때로는 우물가를 정돈하고 발길을 삼가, 고요의 한나절을 바치기도
했으니, 행여 용신이 떠나가서, 물이 마르거나 물맛이 변할까 염려하
였고, 신새벽 첫 두레박 물은 하늘의 몫이라고 장독대에 올리셨지

'물쓰듯 한다'는 말도 있지만, "생전에 쓴 물은 저승 가서 다 마시게
된다"시며 물인심이란 필요한 때 필요한 만큼이라고 노래하듯 이르
시며
우물가엔 구기자나 향나무를 심어야, 그윽한 물맛으로 우물과 사람
이 함께 편안하다면서, 쓰고 난 물로 토란을 키우셨지
"부모 잃고는 살아도, 물 잃으면 못 산다"면서, 못물 도랑물 냇물조
차 섬기며, 물보다 낮춰 사신 어머니의 그 물도 이젠 다만 H20가 되고
말았네.
          —유안진 「어머니의 물」 전문(『다보탑을 줍다』)

물과 불은 자연의 여러 물질들 중에서도 가장 원형적인 성질을
지닌다. 시인은 어린 시절 어머니와 함께했던 물에 얽힌 여러 가지
추억을 통하여 물이라는 자연의 소중함을 일깨어 준다. 그러한 추
억을 평생 동안 소중하게 간직해 온 시인이기에 "생수를 마실 때마
다 어머니의 물이 생각난다"고 말하게 된 것이다. 시인의 어머니는
평생 동안 여러 가지 말씀을 통하여 물의 소중함을 가르쳤다. 그러
한 어머니의 물 안에는 세상을 온전하게 살아갈 때 필요한 삶의 지
혜나 진실이 숨어 있다. 그러므로 어머니가 섬긴 어머니의 물은 "못
물 도랑물 냇물조차 섬기며, 물보다 낮춰 사신 어머니"의 지고지순

한 삶의 원리를 상징적으로 내포하고 있다. 시인의 어머니는 물이
라는 자연의 원형 상징 속에 모성적 근원이 있다는 점을 이미 잘
알고 있었던 것이다.

> 토담 아래 비석치기 할라치면
> 악아, 놀던 돌은 제자리에 두거라
> 남새밭 매던 할머니
> 원추리꽃 노랗게 고왔더랬습니다
>
> 뜨건 개숫물 함부로 버리면
> 땅속 미물들이 죽는단다
> 뒤안길 돌던 하얀 가르마
> 햇귀 곱게 남실거렸구요
>
> 악아, 개미집 허물면 수리님이 운단다
> 매지구름 한소쿠리 는개 한자락에도
> 듬산 새끼노루 곱아드는 발
> 싸리꽃이 하얗게 지곤 했더랬습니다
>
> 토담, 사라진 기억의 덧창에
> 고가도로 삐뚜루 걸리는 저녁
> 마음 들일 데 없는 할머니 흰 버선발
> 찬비에 저만치 정처없습니다
> ─김선우 「할머니의 뜰」 전문(『내 혀가 입 속에 갇혀 있길 거부한다면』)

이 시에는 할머니와 함께 한 유년의 기억이 있다. 원형공동체적 세계에서 남성성이 대체로 큰 틀로서의 제도와 규범에 대한 사회화를 담당하는 데 비해, 여성성은 일상적인 것, 정서적인 것, 감성적인 것에 대한 교육을 담당한다. 이 시에 등장하는 할머니의 가르침은 섬세하고 일상적이다. 할머니는 "놀던 돌은 제자리에 두거라"라고 가르치고, "뜨건 개숫물 함부로 버리면/땅속 미물들이 죽는단다"라고 가르치고, "개미집 허물면 수리님이 운단다"라고 가르친다. 시인은 과거에 할머니로부터 들었던 가르침을 정확하게 기억한다. 이 가르침은 모성적이고 여성적인 세계 질서와 이어진다. 오랜 세월 원형공동체 속에서 살면서 자연친화적 삶의 원리를 자연친화적 언어를 통하여 간직하고 있는 할머니는 그 스스로 자연친화적 세계의 중심이 되고 있다. 시인은 우리가 꼭 보존하고 간직해야 할 이 세계가 "고가도로"가 환유하는 문명적 현실에 의해서 훼손됨을 보여줌으로써 이 세계의 가치를 애잔하게 성찰해 보여준다.

햇살이 따가운 허물어진 토담
굽은 어깨로 밭을 안고 있는 집
잘 갈아진 찰진 흙의 몸내
가만히 귀기울이면
나직이 호밋소리 들리고
꿈틀대는 밭이랑의 할머니 곁

흙더밈가 했더니
가만히 고개 드는 흙빛 강아지
　　－김수영 「밭을 안고 있는 집」 전문(『오랜 밤 이야기』)

김수영의 시에도 할머니가 등장한다. 이 시에 나타난 할머니 이
미지는 얼핏 보면 작품의 주변에 있는 듯 보이지만, 자세히 들여다
보면 이는 작품의 중심으로 향하고 있다. 오랫동안 터전을 지키면
서 낡아가고 있는 시골집은 대부분 앞뒤로 논과 밭을 거느리고 있
다. 그 집에 관한 이야기는 자연스럽게 평생 농사일을 하면서 늙어
온 "밭이랑의 할머니"의 이야기로 이어진다. 할머니 역시 "잘 갈아
진 찰진 흙의 몸내"를 지니고 있다. 토담, 집, 밭이랑으로 이어지는
자연친화적 이미지는 호미질을 하고 있는 할머니의 모습에 이르러
정점을 형성한다. 모성성과 여성성을 동시에 지니면서도 나아가 그
것을 초월하기도 하는 할머니의 존재는 농경적 세계를 지탱하는 가
장 지속적이고 본래적인 존재로서 문맥 속에 드러난다. 이와 비슷
한 상상력은 "반듯한 길도 구불구불 에돌아가는 황소 앞세우고/할
머니 간다"(「길 1」)라는 구절에서도 은연중에 보이고 있다.

　　황소 울음소리 노을을 몰고 가는 저녁길
　　굴뚝마다 바람의 사닥다리 오르며 재잘대는
　　연기 산꼭대기 첫별을 끌어올린다
　　끝이 보이지 않는 바다
　　뿌리 뻗은 한 잎 섬처럼 나는
　　깨꽃 속에 박혀 있었다 부르튼 어머니
　　손등 같은 이파리들 이랑마다 출렁출렁
　　어둠은 숲속 소나무가지에 숨어들고 달빛도
　　종소리처럼 흔들리는 꽃송아리에 머리를 눕힐 때
　　누가 매달아 놓고 돌아간 것일까

뚝뚝 달빛 끊으며 퍼붓는 산짐승의 울음 끝에도
꽃은 피어서 환한데
호미같이 등 굽은 어머니는 보이지 않는다
손뼉 치며 바라보던 마을 언덕 위에는
서로의 어깨 기대어 부푸는 쑥부쟁이만 나를 붙잡고
한낮 슬레이트 지붕에서 미끄러지는 햇볕을 보다가
감춘 속눈썹까지 타버린 해바라기로
서서 울었다
사라진 시간의 껍질 속으로 저며드는 물소리
듣고나 있는 것일까
알고 있다는 듯 쓰르라미가 운다
샐비어 꽃잎처럼 화려하지 않는 깨꽃 속에서
　　－정이랑 「깨꽃 속에」 전문(『떡갈나무 잎들이 길을 흔들고』)

　최근 첫 시집을 낸 바 있는 정이랑의 시는 김선우나 김수영의 시
보다 훨씬 더 자연친화적인 상상력을 발휘하고 있다. 그러한 특징
으로 말미암아 그의 시는 다소간 구태의연한 느낌을 지녔다는 평가
도 받고 있지만, 최근의 여성시인 중에서 정이랑만큼 구체적인 언
어로 농촌 이야기를 하고 있는 시인도 드물다. 정이랑의 시가 지닌
자연친화적인 상상력은 모성적 이미지와 깊은 관련을 맺고 있는데,
이런 경향의 시들로 「배추밭을 걷는다」, 「발래터에서」, 「감 깎기」
등을 예로 들 수 있다. 이 시에서 시인이 거처하고 있는 깨꽃 밭은
"부르튼 어머니"의 공간이며, "부르튼 어머니 손등 같은 이파리"들
이 출렁이는 공간이다. 시인이 깨꽃 속에서 가장 중요하게 인식하
는 것은 "호미같이 등 굽은 어머니"라는 구절에서 알 수 있듯 어머

니의 고달픈 삶이다. 시인은 어머니의 삶이 자신의 삶으로 유전되고 있음을 잘 알고 있다. 어머니를 볼 수 없는 깨꿏 속에서 산짐승의 울음과 쓰르라미의 울음을 들으면서 어머니를 떠올리는 것은 이 때문이다. 정이랑은 자연친화적 세계를 모성적 근원으로 인식하는 여러 시편들을 통하여 자연친화적 삶과 함께 한, 질곡에 찬 모성성의 가치와 의미를 애틋하게 형상화하는 데 성공하고 있다.

5. 현대시에 나타난 자연의 향방

정보가 자본을 움직이고 있는 지식정보사회가 도래한 이후 자연과 문명의 경계가 모호해지고 있음에도 불고하고 이 두 공간 사이에 놓인 시인의 갈망과 갈등은 지속되고 있다. 그만큼 시인들은 아직도 자연과 문명의 경계선에서 머뭇거리고 있는 셈이다. 많은 시인들이 유년 체험을 바탕으로 하여 자연 세계에 대한 깊은 애정을 간직하고 있는 것은 서정시의 언어가 지닌 본질이 근대적 문명성보다는 전근대적인 자연성에 더 가까이 있기 때문이다. 이것은 세계와의 동일성을 향한 갈망을 보여주는 전통서정시의 소재가 자연의 세계에 밀접히 이어지고 있는 맥락과도 통한다.

급속한 산업화 시기 이전에 고향을 체험한 시인들에게 자연을 소재로 한 시언어는 가장 원형적이고 본질적인 창작 재료였다. 그들은 실제 고향에서 살아가든 고향을 떠나서 도시에서 살아가든 간에 고향의 체험과 고향의 언어를 작품으로 발전시켜왔다. 전통서정 계열의 시인들에게 자연은 특히나 값진 창작의 원천이 되었던 것이다. 그러나 최근 한국문단의 새 세대로 등장하여 활달히 작품을 발표하고 있는 1970년 이후 출생한 젊은 시인들의 작품 중에는 자연의 언어가 존재하지 않는 경우가 많아 보인다. 그래서인지 그들은 최첨난 문명과 나양한 문화콘텐즈 이미지에 기댄 자유로운 상상력의 활용을 통해 모더니즘 운동에 동참하고 있다.

농촌, 자연, 고향과 이어진 자연친화적 서정성과 시언어는 일반인들에서 조금씩 더 잊힐 가능성도 있지만, 그럴수록 시인은 그 잃어버린 세계 혹은 축소되고 있는 세계에 대한 미련과 향수를 더욱 강하게 지닐 것이다. 아무리 우리가 최첨단의 문명성 속에서 살아가더라도 자연친화적 시언어가 소멸될 수는 없다. 그 세계가 어떤 식으로든 지속적으로 존재하는 한 그러한 체험을 한 시인들 또한 수의 많고 적음을 떠나 계속 문단에 등장할 것이다.

1930년대 활동한 백석, 정지용, 김영랑 등의 자연친화적 시언어는 해방 이후 신경림, 김지하, 김용택 등으로 이어졌고 이들은 다시 1980년대 이후의 전통서정계열의 소장 시인들에게 많은 영향을 주었다. 그러나 최근 발표되고 있는 자연친화적 서정시가 과거 시인들의 형상화 방법을 답습하여 어떤 개성도 지니지 못하는 경향이 있는 것은 유감스러운 일이다.

시와 동심

　한국 현대시가 지향하는 상상력이 경직되어가고 있다. 그 내용과 형식의 무거움으로 인하여 우리 시는 점점 더 난해해져가고 있다. 그러한 난해성은 시대적 배경과 함께 하는 현대성으로 인정되기도 한다. 현대시가 난해해질 수밖에 없는 이유도 없지 않다. 현대시의 난해성은 첫째, 현대적 삶의 복잡함에서 기인하며, 둘째, 모더니즘적 시창작 방법론에서 기인하다. 오늘날 시문학이 독자들을 점점 잃어가면서 시의 생산자와 소비자 모두가 시인이 되고 있는 서글픈 현실은 현대시의 난해성 때문이기도 하다. 그러나 난해성 자체가 작품의 완성도를 평가하는 기준이 될 수는 없다. 난해성과 애매성은 작품에 형이상학적 공명을 불어넣어 완성도를 제고시킬 수도 있다. 그러나 치열한 사유가 없는 막무가내의 난해성과 애매성은 작품성을 와해하는 요소가 된다.

　난해성이나 애매성에 기대지 않은 채 언어의 아름다움과 삶의 지혜와 형이상학을 동시에 보여줄 수 있는 작품을 쓰는 일은 쉽지 않다. 독자들로부터 외면당하고 있는 현대시가 새로이 독자들 곁으로 다가설 수 있는 방법 중 하나는 과도한 난해성을 자제하고 잃어버린 시심을 되찾는 일이다. 이러한 작업은 인간의 가장 순수한 마음으로서의 동심을 작품으로 구현하는 일과도 이어진다. 한국현대시사를 돌이켜 보면 현대시와 아울러 동시를 즐겨 썼던 시인들이 참 많다. 정지용, 백석, 윤동주, 박목월 등의 시인들은 여기(餘技)로서 동시를 썼던 것이 아니라 여느 아동문학가들에 진배없이 본격적으로 동시를 창작했다. 동시가 아닌 이들의 다른 시들을 살펴보면 이 작품들 안에도 동시적 상상력이 뿌리깊게 내재해 있음을 발견할 수 있다. 이들은 동시적 상상력을 근간으로 하여 많은 시들을 창작하였고, 또한 그러한 작품들은 현재까지 사랑을 받고 있다.

생존하고 있는 현역 시인 중에서도 동시와 시를 함께 쓰는 시인들이 여럿 있다. 유경환, 오탁번, 오규원, 이준관, 윤동재 등의 시인들이 여기에 해당된다. 동심은 인간의 가장 원형적인 마음이다. 순진무구한 동심을 잃어버린 시인은 세계의 형상을 낯설고도 새롭게 바라보기 어렵기 때문에 참신한 상상력을 펼쳐 보여주지 못할 것이다. 이 자리에서는 최근에 발표된 오탁번 서정춘 이시영 윤동재 허수경 함민복 김상미 박종국 손택수의 시를 중심으로 동심적 상상력의 다양한 발현 양상에 관하여 논의를 전개해 나가고자 한다.

　겨우내 입맛 없으시던
　할아버지가
　이제 좀 입맛이 드셨나?
　이팝 한 그릇 비우시고
　조팝 숭늉도 한 보시기 드시네

돌미나리 며늘취에
머루 다래술 드시고
醉畫仙 되셨는지
―紙筆墨 내어 오너라!
흰 수염 쓰다듬으며
막내 손자에게 호령하시네

봉긋봉긋 피어나는 붓꽃
한 송이 뚝 꺾어
할아버지에게 드리자
―예끼 이놈! 붓을 꺾으면 되나?
또 불호령 하시네

산허리 휘감은 안개 자락을
화선지 삼아
보라 붓꽃 노랑 붓꽃으로 그리는
할아버지의 眞景山水畵!

여우붓 족제비붓 너구리붓 끝에서
이팝 조팝 며늘취 곰취도
흰 멥쌀 같은 미선나무꽃도
혼자서들 낙낙하게 웃네
　　　―오탁번 「할아버지」 전문(『시작』 2004년 겨울호)

오탁번의 시는 초기시에서부터 최근의 작품까지 직간접으로 동심적 상상력과 이어진다. 그의 초기시는 명징하고 세련된 이미지 안에 동심적 요소를 가미시켜 놓은 경우가 많았고, 최근 들어서 그의 시는 화해로운 원형 공동체를 소재로 하여 동심의 확산을 보여 준다. 인용된 시는 산수자연을 터전으로 삼아 살아가는 할아버지의 모습을 어린 손자의 눈을 통하여 형상화한다. 어린 손자만 동심을 가지고 있는 것이 아니라, 할아버지 역시 천진난만한 마음을 가지고 있기는 마찬가지이다. 요컨대 이 시는 할아버지의 동심과 어린 손자의 동심이 어우러져 정겹고 화해로운 서사를 구현한다.

"이팝 한 그릇 비우시고/조팝 숭능도 한 보시기 드시"고 "돌미나리 며늘취에/머루 다래술 드시"는 할아버지의 모습은 신선에 가깝다. 결국 할아버지를 "醉畵仙"으로 은유하게 되는 것은 할아버지가 세속을 초월하여 산수자연과 하나 되었기 때문이다. 할아버지의 삶과 언어는 이미 속세의 문법을 초월한다. 그러므로 "紙筆墨 내어 오너라!"라는 할아버지의 말씀에 나온 "지필묵"은 사전적인 의미의 그것이 아니다. 사실 할아버지는 신선과도 같은 분이시기 때문에 글씨를 쓰거나 그림을 그리는 형식적인 행위를 할 필요조차 느끼지 않는다. 삼라만상이 아름다운 글씨이고 그림이기 때문에 자연의 중심에 있는 할아버지는 이미 수많은 예술 작품의 소유자인 셈이다.

천진난만한 어린 손자는 할아버지의 호령을 듣고 붓꽃을 꺾어 붓이라며 가져다 드린다. 붓꽃을 붓이라고 여긴 것은 할아버지의 마음이나 손자의 마음이나 마찬가지이지만, 그것을 꺾음으로써 어린 손자는 할아버지의 마음을 거슬리게 된다. 할아버지는 자연을 훼손시켜서는 온전한 붓을 얻을 수 없다고 생각했기 때문이다. 할아버지의 이같은 마음은 물아일체(物我一體) 혹은 자연합일(自然

合一)의 경지에 오른 자의 마음이다. '자연은 가장 자연스럽게 있을 때 가장 아름답다'라는 사실은 "산허리 휘감은 안개 자락을/화선지 삼아/보라 붓꽃 노랑 붓꽃으로 그리는/할아버지의 眞景山水畵"라는 구절에서 확인된다. 할아버지는 그림을 그리는 인위적인 행위를 그치지 않고 붓꽃이 만발한 아름다운 진경산수화 한 폭을 완성했다.

  이 시에 나타나는 시어들은 대부분 순수한 우리말이다. 이 중에는 잘 알려지지 않았거나, 소멸해가는 말들도 있다. 오탁번이 모국어를 발굴하여 아름다운 시어로 재탄생시키려고 노력하고 있는 것은 언어를 향한 시인의 본분과 사명을 지키려고 하는 뜻도 있겠거니와, 순수하고 원형적인 우리말이 그가 추구하고 있는 동심적 지향점과 잘 조화될 수 있다고 판단했기 때문이기도 하다.

  누이야 너와 나

  보리고개 끼니 넘긴 밤이 있었다

  배고프다 끼루룩 배곯은 소리 있었다

  늦기러기 몇 마리, 달구멍 너머로 수그러지고 있었다
    ─서정춘 「기러기 뜬 달밤」 전문(『문예중앙』, 2004년 겨울호)

  동심은 어린아이의 마음이며 어린 시절의 마음이다. 그러므로 동심적 상상력은 화해로운 원형 공동체적 삶과 이어지는 경우가 많다. 동심은 부성적 세계보다는 모성적인 세계와 더 잘 통하며, 사회적인 삶보다는 가족적인 삶과 더 가깝게 이어진다. 대체로 동시가 가족간의 사랑이나 좀더 좁혀 말하면 어머니, 누나에 대한 그리움을 형상화하는 경우가 많은 것은 이 때문이다. 인용된 작품 역시 이러한 동심적 요소를 다분히 지닌다. 한편의 정답고도 눈물겨운 흑백그림을 보여주는 듯한 이 시는 가난하면서도 아름다운 유년의 삶을 다양한 감각을 통하여 실감나게 형상화시켜 놓는다.

시인은 누이에 대한 그리움을 통하여 보릿고개를 넘기며 배고파 하던 시절을 회상한다. "배고프다 끼루룩 배곯은 소리"는 배곯던 유년의 모습을 감각적으로 형상한 이미지이다. 이 이미지는 기러기의 울음소리와 병치되면서 가난과 배고픔의 시절을 아름답게 형상화하는 데에 이바지한다. 달구멍 너머로 사라져가는 늦기러기 떼를 보며 시인은 유년의 결핍을 이겼을 것이다. 또한 이러한 유년의 가난과 배고픔을 견딜 수 있었던 또 다른 힘은 "누이"로 구체화된 모성에 의해서 생겨났을 것이다. 지금 시인이 그 시절을 "기러기 뜬 달밤"의 이미지로 이렇게 아름답게 그려낼 수 있는 이유 중의 하나는 "누이"와 이어지는 유년 서사의 포근함에 있겠다.

북의 『청춘 송가』의 작가인 남대현과 한 우산을 나란히 받고 금강산을 올라갔다 내려와보니 나는 바른쪽 어깨가, 그는 왼쪽 어깨가 함뿍 젖고 말았다. 우리는 즐거운 소년들처럼 검푸른 바위 등에 기대어 앉아 독한 '평양' 담배를 한 개피씩 나누어 피우며 서로를 좌/우익이라고 실컷 놀려대었다.

　　　　　　　－이시영 「남과 북」 전문(『현대시』 2005년 1월호)

　이시영은 이 시에서 우익과 좌익이라는 이데올로기에서 비롯된 민족 분단 상황을 단숨에 무화시킬 수 있는 방법을 동심에서 찾고 있다. 오른쪽 어깨가 젖은 사람이 우익이며, 왼쪽 어깨가 젖은 사람이 좌익이라고 재미나게 생각하는 사람들에게 이데올로기라는 것은 별로 대수로운 것이 될 수 없다. 시인과 남대현은 "즐거운 소년들처럼" 서로를 놀려대며 좌/우익이라는 인간이 만들어 놓은 굴레에서 스스로를 해방시킨다. 이러한 경쾌하고도 재치 있는 마음이야말로 이념의 허상으로부터 하루 속히 벗어날 수 있는 지혜의 원천이 될 것이다.

　　올해 일곱 살인 규혁이가
　　절의 부처님이
　　심심하실까봐
　　할머니 손잡고
　　동무해 주러 가는 길입니다

　　부처님이 미리 알고
　　고맙고 고맙다며
　　절로 오르는 산길
　　봄꽃을 피워
　　규혁이와 할머니를
　　마중하게 했습니다

　　봄꽃은 무슨 할 말이
　　그리 많은지

쉴 새 없이 이야기합니다

규혁이는 봄꽃의 이야기 가운데
몇 가지만 골라
할머니한테 들려줍니다
가는귀가 먹은 할머니는
뭐라고? 뭐라고? 하며
자꾸 되물어봅니다
　　－윤동재 「절로 가는 길」 전문(『시선』 2004년 겨울호)

　윤동재는 『재운이』, 『서울 아이들』 등 여러 권의 동시집을 간행한 바 있는 아동문학가이기도 하다. 윤동재가 발표한 어떤 시들은 동시인지 일반 자유시인지 다소 혼동된다. 윤동재는 이러한 형식적인 구분을 별 의미 없는 것으로 여기는 것 같기도 하다. 그의 시들은 동시의 영역을 벗어나더라도 늘 동심적 상상력을 지향한다. 그의 시에는 가난하고 외로운 사람들의 이야기가 많다. 어떤 작품들은 꼭 동화나 소설의 슬픈 장면 하나를 보여주는 듯하다. 그는 등단 이후 지금까지 줄곧 외롭게 살아가는 이웃들의 소박하고 정다운 이야기를 형상화함으로써 인간 사랑의 시정신을 펼쳐보였다.

　시인은 위 시에서 인간과 자연과 우주의 화해를 노래한다. 올해 일곱 살인 규혁이가 지금 절에 가고 있는 이유는 부처님이 심심해서가 아니라 가는귀가 먹은 할머니의 길을 안내해드리고 또한 할머니와 놀아드리기 위해서이다. 그러나 시인은 사실과는 달리 규혁이가 부처님의 심심함을 덜어드리기 위해서 절에 가고 있다고 말한다. 이는 부처라는 초월적인 존재를 인간적이고 소박한 존재로 간주한 것인데, 이러한 의인화는 동심적 상상력의 전형적인 구조와 잘 맞물린다.

부처님과 자연이 한마음으로 꽃을 피워서 규혁이와 할머니를 마중하는 것은 규혁이의 효심과 할머니의 불심을 잘 알고 있었기 때문이다. 절로 향하는 산길에 피어있는 꽃들이 나누는 이야기들은 인간과 우주와 소통하는 자연의 이야기이다. 규혁이가 이 이야기들을 모두 다 알아들을 수 있는 것은 그가 세속의 때가 묻지 않은 마음을 지닌 채 자연의 일부로 살아가고 있기 때문이다. 귀가 잘 안들리는 할머니일지라도 규혁이의 해맑은 마음을 잘 알고 있을 것이다. 요컨대 이 시는 인간과 인간, 인간과 자연이 사랑과 동심을 통하여 하나 될 때, 성스러운 부처님마저 그 위엄과 가식을 벗고 순수한 축복을 인간과 자연에게 골고루 나눠주게 될 것임을 말해준다.

> 허리가 낫처럼 휜
> 할아버지 지팡이는 바퀴가 두 개
> 할머니 지팡이는 바퀴가 네 개
> 자전거와 유모차가 밭둑에 놓이고
> 허리를 구부리지 않고도
> 밭고랑에 숨어드는 노부부
> 꼿꼿하게 서 있는 말뚝
> 바람에 흔들리던 고추대궁
> 블루스 끝에 얻은 붉은 고추
> 탱탱한 것 가려따는 쭈그럭 손.

지팡이에 푸대를 싣고
지팡이도 일꾼이었으니
휜 허리로
지팡이 굴리며
갓길 나란히 집으로 돌아가는
할아버지 지팡이는 바퀴가 두 개
할머니 지팡이는 바퀴가 네 개
　　ー함민복 「고추밭 블루스」 전문(『창작과비평』 2004년 겨울호)

　함민복은 이 시에서 시골 고추밭에서 고추를 수확하고 있는 노
부부에 관해 이야기한다. 할아버지는 자전거를 끌고, 또 할머니는
유모차를 끌고 밭으로 나왔다. 이들에게 자전거나 유모차는 그들의
보행을 안전하게 유지시켜 주는 지팡이에 다름 아니다. 그래서 시
인은 "할아버지 지팡이는 바퀴가 두 개/할머니 지팡이는 바퀴가 네
개"라고 말한다. 이러한 인식 역시 천진난만한 동심의 시선을 통하
여 가능해진다. 시인은 허리가 낫처럼 휘어버린 두 노인이 일하는
모습을 블루스 치는 행위와 같다고 생각한다. 그러니 위와 같은 재
미있는 제목이 달리게 된 것이다.
　사실 이 시에서 형상화한 농촌의 모습은 쓸쓸하고 궁색하다. 젊
은 노동력이 사라져 버린 농촌의 들녘에서 육체적 노동을 제대로
할 수 없을 만큼 늙은 노부부가 고추를 따고, 수확한 고추를 유모차
와 자전거에 싣고 집으로 돌아오는 모습은 피폐한 농촌의 비극을
환기시키기까지 한다. 그러나 이 시는 그러한 우수어린 정서를 형
상화하는 데에 그치지 않고 노부부의 모습을 향한 동심적 시선을

통하여 전체적인 분위기를 중의적으로 드러낸다. 이 시의 중의성은
노부부가 고추를 따고 있는 모습을 블루스로 은유하고 있는 것에서
단적으로 나타난다.

들려다오.
평범하지만 강한 사람들의 이야기
인생을 즐기고 사랑하고 섬길 줄 아는 사람들의 이야기
어머니를 사랑하고 아버지를 뛰어넘으려는 사람들의 이야기
해마다 마음의 집을 수리하고 울타리를 넓히는 사람들의 이야기
아이들의 눈앞에서 나무를 심고
그 열매로 아이들의 가슴에 단추를 달아주는 사람들의 이야기
아름다운 그림 앞에서 그보다 더 아름다운 인간의 마음에
자신의 등줄기 꼿꼿이 세울 줄 아는 사람들의 이야기
병아리를 채가는 독수리를 향해
빠르게 연민의 화살을 날리는 사람들의 이야기
화려한 꽃들 사이로 배회하지 않고
자신의 행운을 타인의 영광으로 돌릴 줄 아는 사람들의 이야기
자연을 돌보고 군화 대신 운동화 끈을 매는 사람들의 이야기

인간이 인간에게 인간으로 숨쉬고, 걷고, 달리고, 헤엄치고, 땀 흘
리다
불변의 행성처럼 반짝, 반짝거리는 이야기……
　　　－김상미 「짧고도 긴 이야기」(『시안』 2004년 겨울호)

김상미가 이 시에서 간절히 듣고 싶어하는 이야기는 가장 착하

고 순수한 사람들의 이야기이다. 그러나 그것은 평범한 이야기이면서 강한 의지가 있는 사람들만이 행하여 만들어갈 수 있는 이야기이다. 이 시에서 시인이 궁극적으로 주구하는 것은 마음의 선(善)이다. 인생을 즐기고 사랑하며, 자신의 행운을 타인의 영광으로 돌리고, 세상이 군화의 폭력에 의해서 짓밟힐지라도 운동화의 끈을 매는 사람은 많지 않을 것이다. 아마 그들은 시인의 표현을 빌리면, 아이들의 눈앞에 나무를 심고 그 나무의 열매로 아이들의 가슴에 단추를 달아줄 수 있는 사람들이다. 시인이 희구하는 삶의 이야기를 만들어가기 위해서는 우리는 근본적인 마음 자세로 돌아가야 할 것이다. 이것은 '동심으로의 귀환'이라는 명제로 표현될 수 있다. 시인이 추구하는 세상의 이야기는 순수하고 아름다운 동심으로 가득한 사람들이 살아가는 이야기라고 해도 과언이 아니다.

농사를 천직으로 아는
고향친구 종훈이는
열심히 농사짓고 삽니다
슬플 때나 기쁠 때나 일을 합니다
들끓는 가슴 일로 다스립니다
삶이 뜨거운 불길입니다
긴 한숨으로도 뱉어내지 못하는
돌덩이 태우고 태웁니다
땀 뻘뻘 흘리며
땅을 일구고 가꿀 때는
아무런 잡념 없어 좋다고 말하는

이빨만 하얀 그의
살색은 타다 남은 구리 빛입니다
한 알의 씨알 소중히 다루는
가슴이 구리 같은 촌놈 내 친구입니다
만날 때마다 입을 크게 벌리고 웃는
구리 빛 웃음
내 가슴에 불을 붙이는 휘발유입니다
　　　―박종국 「구리 빛 웃음」 전문(『시안』 2004년 겨울호)

　동심은 허영에 찬 현실을 멀리하고 흙과 나무를 사랑하는 마음
이기도 하다. 박종국이 이 시에서 고향 친구의 구리 빛 웃음이 "내
가슴에 불을 붙이는 휘발유"라고 생각하는 것은 친구의 마음속에
있는 우직함과 순수함을 보았기 때문이다. 그러나 "만날 때마다 입
을 크게 벌리고 웃는" 친구의 마음이 천진한 즐거움으로만 가득 차
있는 것은 아니다. 여느 인간의 삶과 마찬가지로 그에겐 "기쁠 때"
도 있었고 "슬플 때"도 있었다. 그는 슬픔으로 가슴이 들끓을 때마
다 농사일에 매진함으로써 스스로의 삶을 뜨거운 불길로 만들 줄
아는 묵묵함과 투박함, 그리고 성실함의 지혜를 가지고 있다.
　"땀 뻘뻘 흘리며/땅을 일구고 가꿀 때는/아무런 잡념 없어 좋다"
고 생각하는 "고향친구 종훈이"는 땅의 건강함과 땅에서의 노동이
지닌 고귀한 가치를 동시에 알 고 있다. 그가 바라본 땅이야말로
동심적 세계의 근원이며, 그 곳에서의 인간 체험은 원형적 상상력
의 근간이 된다. 그러므로 동심어린 농심(農心)은 세속적 세계에서
일어나는 인간 삶의 불행을 무화시킬 수 있는 가능성을 시사할 것

이다. 땅에서 노동하며 흘리게 되는 땀 한 방울의 의미를 몸소 깨달으면서, 천직인 농사일을 통하여 얻게 된 한 알의 씨알을 소중히 다루는 사람이야말로 동심적 삶을 실천하는 자이다.

　　손을 내밀면 연하고 보드라운 혀로 손등이며 볼을 쓰윽, 쓱 핥아주며 간지럼을 태우던 흰둥이. 보신탕감으로 내다 팔아야겠다고, 어머니가 앓아누우신 아버지의 약봉지를 세던 밤. 나는 아무도 몰래 대문을 열고 나가 흰둥이 목에 걸린 쇠줄을 풀어주고 말았다. 어서 도망가라, 멀리 멀리, 자꾸 뒤돌아보는 녀석을 향해 돌팔매질을 하며 아버지의 약값 때문에 밤새 가슴이 무거웠다. 다음날 아침 멀리 달아났으리라 믿었던 흰둥이가 아무 일도 없었다는 듯이 돌아와서 그날따라 푸짐하게 나온 밥그릇을 바닥까지 달디달게 핥고 있는 걸 보았을 때, 어린 나는 그예 꾹 참고 있던 울음보를 터뜨리고 말았는데

　　흰둥이는 그런 나를 다만 젖은 눈빛으로 핥아주는 것이었다. 개장수의 오토바이에 끌려가면서 쓰윽. 쓱 혀보다 더 축축이 젖은 눈빛으로 핥아주고만 있는 것이었다.
　　　　－손택수 「흰둥이 생각」 전문(『시로여는세상』 2004년 겨울호)

손택수는 이 시에서 어린 시절 자신의 집에서 키웠던 개에 관하여 이야기한다. 이 개는 아버지의 약값을 대기 위하여 혹은 가난한 살림에 보태기 위해서 보신탕감으로 팔려가야 할 처지에 놓여 있었다. 그러나 동심의 "어린 나"는 그 개를 가족의 생계를 위하여 희생하여야 할 대상으로 여긴 것이 아니라, 가족과 정서적으로 연결된 공동체 구성원으로 여겼다. 그렇기 때문에 "어린 나"는 보신탕감으

로 개를 판다는 사실에 수긍할 수 없었다. 그래서 개의 탈출을 종용하게 된다. 그러나 잠시 도망간 개는 다시 집에 돌아와 개장수에게 팔려가는 운명을 스스로 받아들인다. 아마 이 기억은 "어린 나"에게 많은 상처를 안겨주었을 것이다. 지금 어른이 된 시인이 어린 시절의 "흰둥이 생각"에 잠기게 된 것은 그때의 놀라움과 슬픔, 그리고 미안함 때문이었을 것이다.

　그대가 나의 오라비일 때, 혹은 그대가 나의 누이일 때 그때 우리 함께 닭다리가 든 도시락을 들고 소풍을 갑시다. 아직 우리는 소풍을 가는 나날을 이 지상에서 가질 수가 있어요. 우리는 그 권리가 있어요, 소풍을 가는 날, 가만히 옷장을 보면 아직 개키지 않은 옷들이 있어도 그냥 둡시다, 갈잎 듣는 그 천변에서 우리는 다시 돌아올 것이므로, 돌아올 것이므로, 그날 그 소풍에 가지고 갈 닭다리를 잘 싸고 포도주 두어 병도 준비하고, 그대가 내 오라비로만 이 지상에서 그대가 나의 누이로만 이 지상에서 살아갈 것을 서약은 할 수 없을지라도 오래 뒤에 내가 그대를 발굴할 때, 그대의 뼈들이 있을 자리에 다 붙어 있었으면 합니다. 그 이름 없는 집단무덤에서 우리는 얼마나 머리 없는 뼈들을 보았던가요 울지 맙시다, 작은 소녀가 웅크린 그 부엌 안에 작은 불을 켜며 라디오를 켜며 서약한 많은 나날들이 연빛 웃음처럼, 소녀 또는 연등빛 웃음처럼 저 폭약 많은 오후에 사라져갈지라도 우리들이 먹은 닭다리가 저 천변에 햇빛에서 아득해질지라도 오 오 소풍을 갑시다, 울지 맙시다
　　　　－허수경 「소풍 갑시다」 전문(『문학동네』 2004년 겨울호)

허수경의 「소풍 갑시다」는 폭력과 살인이 난무하는 전쟁 같은

삶 속에서도 인간의 순수와 가족의 사랑을 잃지 말고 살아가기를 간곡히 당부하고 있는 작품이다. 소풍이라는 말 자체에 이미 동심적인 요소가 충분히 들어 있다. 시인은 "아직 우리는 소풍을 가는 나날을 이 지상에서 가질 수가 있어요"라고 말하면서 세상에 남아 있는 행복의 여지를 말한다. 그러한 가능성이 있는 동안에 우리는 모두 형제자매이다. "닭다리가 든 도시락"은 우리 모두가 함께 나누어 먹어야 할 소풍 음식이다. 그러나 이러한 공유의 삶은 영원히 지속되지 않을 수 있다. 노력 없이 인간 화해의 지평이 열리기를 바라는 것은 무모한 일이다.

"그대가 내 오라비로만 이 지상에서 그대가 나의 누이로만 이 지상에서 살아갈 것을 서약은 할 수 없을지라도"라는 구절은 화해로운 공동체의 위기에 대한 인식을 보여준다. "이름 없는 집단무덤"이라는 말은 지상의 삶이 지닌 황폐함과 무상함을 일깨워준다. 이것은 어떤 폭력과 살인의 현실에 대한 암시이기도 하다. 시인은 먼 훗날 자신이 발굴할 수도 있는 집단 무덤 속에 묻힌 주검들의 뼈가 제대로 있기를 바라는데, 그 죽음이 폭력과 전쟁에 의한 것이라면 이때 죽어간 사람들의 뼈들은 있을 자리에 온전하게 붙어 있을 수 없다. 폭력과 전쟁으로 인하여 우리 모두가 혹은 우리 중 일부가 죽어갈 때, 우리가 함께 먹었던 닭다리 도시락의 의미는 사라질 것이며, 시인이 지향하는 공동체적 관계 역시 와해되는 동시에 우리가 서로의 적이 되는 현실이 나타날 수 있다.

시인은 만약 이와 같은 비극이 현실로 나타날지라도 소풍을 향한 소망을 저버리지 말자고 호소한다. 또한 울지 말고 용기를 잃지 말자고 말한다. 라디오에는 전쟁의 폭음이 들릴지라도 우리의 서약

이 절망적 상황 속에서 사라질지라도 시인은 서러워하지 말도 소풍을 가자고 말한다. 소풍이란 자연과 인간을 사랑하는 마음을 실천하는 순수하고 아름다운 행위이다. 또한 이것은 동심적인 행위이다. 시인이 소풍을 가자고 호소하는 것은 그러한 소풍의 자세와 마음이 인간들이 일삼는 배신과 폭력과 전쟁의 고통으로부터 벗어날 수 있는 길이며 또한 그러한 절망 상황을 미연에 방지할 수 있는 예방책이라고 생각했기 때문이다. 허수경이 이 시에서 궁극적으로 말하는 것은 동심의 가능성이다.

위에 언급한 작품들은 모두 다 동심의 상상력을 중심으로 하여 창작되었다. 시를 쓴 시인들은 어린이의 마음, 혹은 어린아이의 마음을 닮은 맑고 깨끗한 시심으로 세상을 바라본 결과 여느 사람들이 볼 수 없었던 세계의 모습까지 훤하게 들여다볼 수 있는 능력을 지니게 된 것이다. 이들은 변질되어가는 세계를 단숨에 원상 복구하려는 간절한 신념을 작품의 밑바탕에 넣어두고 있었다. 이처럼 시인의 마음은 한결같을진대 우리가 발 딛고 있는 현실은 더욱 타락한 나락을 향하여 빠르게 달려가고 있다.

위에서 살펴본 것처럼 동심적 서정시는 전통서정시의 양식과 이어지면서 모더니즘 시의 실험성과는 차별되는 양상을 보여준다. 모더니즘 시가 절망의 상상력을 동원해 스스로 파괴의 형식을 취하면서까지 시대의 불안을 담아내기 위한 몸부림을 하였다면, 그 옆자리를 피하지 않은 동심적 서정시는 삶의 고통을 다 알면서도 해학과 골계로써 그것 앞에서 짐짓 시치미 떼는 노련한 상상력의 형상을 구현하였다.

제2부 시인론 Ⅰ

원로중진시인의 시세계

구원의 시학

김남조론

　김남조 시인의 새 시집 『귀중한 오늘』(시학 2007)을 읽으면서 떠
오르는 다섯 가지 단어는 "반성, 용서, 사랑, 희망, 구원"이다. 이것
은 이번 시집을 관통하는 시정신과도 이어진다. 요컨대 시인은 반
성과 용서와 사랑과 희망의 시정신을 통하여 구원의 시학을 구현한
것이다. 김남조 시인은 1953년 처녀 시집 『목숨』 간행 이후 『귀중
한 오늘』에 이르기까지 총 16권의 시집을 간행하였는데 위에 열거
된 다섯 가지 명제는 그의 시세계 전체를 조망하는 데에도 반드시
필요한 주제어들이 될 것 같다. 1950년 <연합신문>에 「성숙」, 「잔
상」 등의 작품을 발표하면서 등단한 시인의 시력이 어언 60년에 이
르고 있다. 시집 한 권 한 권, 전통과 현대를 넘나들며 시적 언어의
진수를 보여줌으로써 이루어진 그의 문학적 연대기는 한국현대시
의 역사와도 불가분의 관계를 지닌다. 이렇게 볼 때 그를 다만 해방
후 펼쳐지는 한국여성시의 선구자로서만 보아서는 아니 될 일이다.
　우리 현대시사에 가로놓인 수많은 시인의 삶과 작품 세계를 가
늠해 볼 때, 김남조 시인만큼 오랜 세월 동안 한결같은 수준을 유

지하는 시를 발표하고 일정한 간격을 두고 꾸준하게 시집을 간행해 온 시인들의 숫자가 손에 꼽을 만큼 적으니 최근 새롭게 선보인 『귀중한 오늘』이라는 새 시집이 더없이 소중하게 읽힌다. 이번 시집에서도 시인은 앞서 간행된 여느 시집들과 마찬 가지로 휴머니즘과 가톨릭 정신에 바탕하여 세계를 바라본다. 먼저 이러한 정신세계의 기초라 할 수 있는 반성의 시정신을 분석해 볼 필요가 있다.

> 내가 지쳤다는 사실을/자책한다/나태와 안일 그 피부병을/자책한다/이다지 감지로운/시간 죽이기를/자책한다

> 미지근한 온도/희석된 긴장/절망보다는 무개성한 허탈을/자책한다

> 달력엔/자책의 날짜들만 잇달아/숙달 외길을 달리는/자책 취미를/자책한다

> 많지 않은 세월에/자책과 노느라/나의 밤낮이 바쁘다/하여 바쁘게/자책한다
>   ―「자책과 놀며」 전문

자책이란 '자신을 꾸짖는 마음의 태도'이니 자책을 하기 위해서는 이미 '스스로를 돌이켜 살피는 반성'의 과정을 거쳤을 것이다. 시인이 지금 자책하는 마음을 솔직하게 드러낼 수 있는 것은 그만큼 그가 자책을 통해서 삶의 희망과 그 희망에서 비롯되는 개성적 지평에 도달하기 위해서 노력해 왔기 때문이다. 그 노력은 나태와

안일을 극복하고 삶의 긴장감을 잃지 않는 삶의 태도이다. 시인은
삶이란 "많지 않은 세월"이라는 사실을 자각하면서 짧은 생의 시간
동안 의미 있는 족적을 이룩하기 위해 부단히 애써왔다. 반성하는
삶의 자세가 자기 자신을 향한 내향적인 행위인 것에 비하여, 용서
와 사랑과 희망은 가족과 이웃, 나아가 국가와 세계를 향한 적극적
인 삶의 자세이다.

> 어떤 잘못이라도
> 그 수백 번이라도 용서하리니
> 나 사는 동안
> 그대 살아만 계시어라
> 오로지 빌었거늘
> 어느 잘못 그 하나도
> 손대지 않고
> 하필이면
> 유일한 금기의 화살과녁을
> 펑 뚫었구나
>
> …그대 비보
>
> —「소식」 전문

"그대"가 누구를 말하는지는 정확히 알 수 없으나 지금 시인은
"그대"의 죽음을 알리는 슬픈 소식을 전해 듣고 있다. 시인은 그대
의 어떤 잘못이라도 얼마든지 용서할 것이라며 그대의 건강을 빌었
지만, 그대는 이제 더 이상의 미움도 용서도 허락하지 않는 죽음이

라는 "금기의 화살과녁"을 뚫고 말았다. 시인은 이 시를 통하여 인간이 살아가면서 쉽게 버릴 수 없는 증오와 질투의 감정은 허무한 것일 따름이며 그런 것에 집착하다보면 소중한 삶의 시간을 잃어버릴 수 있다는 사실을 알려주고 있다. 모든 것을 용서하면서 살지라도 어차피 남아 있는 우리들의 시간은 한정된 것일지니, 굳이 '귀중한 오늘'을 허비하면서 나 밖의 세상을 향해 좋지 못한 감정을 가질 필요가 없다. 결국 이러한 인식을 통하여 배우게 된 것은 대승적 사랑의 자세이다.

> 오래전 어느 책에
> 특별히 밑줄 그은 글귀가 있었다
> 구름 같은 세월 지나간
> 오늘
> 동일한 구절에
> 다시 감전된다
>
> 나는 그대가 이렇게 통곡함을 들었다
> 그를 사랑함이 모자랐다
> 그를 사랑함이 모자랐다 ─괴테─

─「잠언」 전문

김남조의 시세계를 관통하는 시정신 중 하나가 사랑이듯이, 시인은 예나 지금이나 사랑의 잠언을 눈여겨보게 된다. 덧없이 흘러가는 "구름 같은 세월"일지라도 시인에게 주는 감동의 원천은 변하지 않았다. 괴테의 동일한 구절에 집중하는 것은 이 때문이다. "그를 사랑함이 모자랐다"는 괴테의 잠언은 늘 마음속에 간직하고 싶었던 잠언이었으며 또한 세상 사람들에게 자주 들려주고 싶었던 잠언이었다. 그래서 시인의 인생 '답안지'에는 "그리하여 이 시대의 궁핍도/유사 이래 여전히/사랑이라고"(「답안지」 부분) 적힐 것이다. 사랑이 인생살이의 정답과도 같은 방법임을 알고 이것을 오래도록 몸소 실천해온 시인은 희망과 절망이 가로놓인 세상의 모습에 대하여 항상 고민하였다. 그는 삶이 아무리 절망스러울지라도 희망의 끈을 놓지 않아야 절망의 그림자가 가실 날이 올 것이라는 점을 알고 있었다. 절망은 절망을 나을 뿐이니 사랑을 통하여 얻게 되는 희망의 마음가짐이야말로 새 세계를 향한 씨앗임을 시인은 역설한다. 「어떤 나라」에서 역시 시인은 "어른은 없고/아이들만 사는 나라/그렇지 않아/어른 되려고/아이들 바삐바삐 자라는 나라/그래 맞아/그 희망 있어/햇빛 비추는 거야"(「어떤 나라」 전문)라고 말하면서 언젠가 더 좋을 날이 오리라는 믿음을 갖는다. 그렇다고 시인이 현재 삶을 부정하는 것은 아니다. 시인은 오늘의 시간 속에서 행복해 하며 다가올 영원의 시간을 기약한다.

스위치 누르자 전등 켜져 밝다
수도에서 더운물 찬물 잘 나온다
냉장고에 일용할 음식의 한 가족 살고
작동 즉시 전율 휘감는 음악
한 그루 나무에도
공생하는 새와 곤충들 있어

저들 숨쉬는 허파와 그 심장 피주머니
숙연하다
그림자 한 필 드리우는 구름과
지척에 일렁이는 바람 손님들

이즈음 왜 이런지 몰라
사는 일 각별히 소중한지 몰라
모든 사람 누군가를 사랑하는 힘으로
준령 오르고 있으리
눈물 말리며 걸으리
그러한 이 세상 참 잘 생겼다고
왜 문득
가슴 움켜잡는지 몰라

　　　　　　　　　　　　　　－「일상의 행복」 전문

　　시인이 소망하는 삶의 가치는 소박하고 정다운 것에 있다. 시인
은 '밝은 전등'과 '따뜻한 더운 물'에도 감사하고, 하루하루 사랑하
는 가족들과 부족함 없는 의식주를 함께 하며 살 수 있는 것을 행복
이라 말한다. 그러니 나무와 새와 곤충의 '숨과 피'에도 숙연한 마
음을 가질 수밖에 없다. 주위에 머물고 있는 이 모든 존재들로 인하
여 시인이 영위하고 있는 삶의 시간은 아름답고 소중하다. 그러나
모든 삶에는 질곡이 있으며, 어느 때라도 파란이 몰아닥칠 수도 있
는 것이 인생이다. 사람들은 때로는 준령을 오르게 되며 때로는 눈
물을 말리며 걷게 된다. 시인은 이런 고난의 시간이 올 때 그것을
이겨낼 수 있는 힘을 세상에 대한 사랑에서 찾을 수 있다고 알려준

다. 시인은 사랑의 힘을 통하여 보잘 것 없는 것들에서 행복을 찾을
수 있었다. '나'를 반성하고 '나 아닌 것들'을 용서하고 사랑하는 삶
을 통하여 희망의 끈을 놓지 않았던 시인은 마침내 구원의 시간에
다다르게 된다.

> 가장 고요할 때
> 한 음성 울린다
> "내 마음 예 왔음을 그대 아는지"
> "알도다 그 먼저 내가 기다렸느니…"
> 나의 마음이 응답한다
>
> 눈 내린 새벽처럼
> 세상이 순백의 적멸로 완성되고
> 하늘 너머의 어느 먼 하늘인가에서
> 이름 없는 음악
> 처음 태어나는 선율이
> 참아온 온 세상의 눈물처럼
> 넘쳐 흐른다
>
> —「조용한 시간」 전문

"조용한 시간"은 회한으로 뒤얽힌 실타래를 푼 기도의 시간이며,
참회의 시간이며, 나아가 희로애락을 초월한 영생의 시간이며 구원
의 시간이다. 시인은 내 마음 여기에 왔음을 알고 있는 초월적 존재
인 '그대'에게 다가섬으로써 이 시간이 삶과 죽음의 경계라는 점을
넌지시 알려준다. 이 시간에 이르면 세상은 "눈 내린 새벽"처럼 적

멸이 될 것이니, 시인은 이 시간을 더욱 뚜렷이 바라봄으로써 조금
씩 다가오고 있는 영생을 확인한다. "어느 먼 하늘가"는 그대가 있
는 공간이며 앞으로 시인이 찾아길 공간이니, 이 공간은 "참아온
온 세상의 눈물"이 구원처럼 넘쳐흐르는 초월적 공간이리라.

　김남조 시인의 연세, 어느덧 팔순을 지나고 있다. 시인은 자서에
서 "오늘 바라는 바는 처음으로 기도하는 사람처럼, 처음으로 시
쓰는 사람처럼, 처음으로 사람이 놓친 울음에 참여하는 사람처럼
절실하고 청신하고 용맹하게 내 남은 시간을 살아가기 원하는 그것
이다."라고 밝힌 바 있다. 시인은 하루하루를 감사히 맞이하고 그
속에서 만나는 사람들을 소중한 인연들로 생각하면서 정성스레 다
듬어온 68편의 시를 한 데 모아 『귀중한 오늘』을 출간하였다. "격
랑의 동시대를 함께 살고 있는 모든 이에게"(「자서」) 선물하는 이
시집을 '공손히' 아니 받을 수 없다.

순정한 절제와 냉엄한 성찰

허영자론

『소멸의 기쁨』은 허영자가 펴낸 첫 번째 시조집이다. 이미 여러 권의 시집을 통해서 한국 현대 시사위에 자리 매김된 시인이 고희를 바라보고 있는 나이에 정형시의 규율에 충실한 시조집을 새로이 간행한 일이 좀 의아하게 보이기도 하지만, 시조에 대한 경도는 정서와 낱말의 절제를 동시에 추구하여온 그의 40여 년 시적 이력의 특징과 그리 동떨어진 일은 아닌 듯하다. 또한 허영자의 시에는 삶에 대한 강직한 태도가 함의되어 있는 바, 김종길로부터 "그의 시는 대담한 단순화를 통한 명징함과 강렬함이 특징인데 그의 사람됨 역시 단순하리만큼 분명하고 강렬하다."라는 평가를 받기도 하였다.

가령 그의 초기시 「조춘(早春)」의 전문인 "참말 참말/이상한 몸살//황홀한 듯/어지러운 입덧//聖處女의 無染始胎" 같은 구절이나, 역시 초기시인 「하늘」의 전문인 "너무/맑은 눈초리다//온갖 罪는 드러날 듯//부끄러워/나는/숨구 싶어⋯⋯" 같은 구절을 보아도 그 안에 이미 정형시적 양식이 내재하였다고 볼 수 있다.

『소멸의 기쁨』에는 두 가지 상상력의 동심원이 존재한다. 하나는

자연의 세계에 대한 애정과 관심이며, 다른 하나는 인간 삶에 대한
엄정한 비판이다. 자연의 형상과 인간의 삶을 아우르는 허영자의
상상력은 인간 삶의 모순과 무질서를 극복하는 방법을 자연의 모습
속에서 배우려고 하는 것이며, 여기에는 인간이 만들어 놓은 정치
제도나 사회 규범 혹은 대중 매체 등의 문제점에 대한 비판이 함께
하는 것이다. 이 시집이 온유한 서정을 중심으로 한 것처럼 보이지
만 좀더 자세히 들여다보면 준엄한 비판 정신이 적재적소에 자리잡
고 있음을 발견하게 되는 것은 이 때문이다.

> 아무리 슬퍼도 울음일랑 삼킬 일
> 아무리 괴로워도 웃음일랑 잃지 말 일
> 아침에 피는 나팔꽃 타이르네 가만히.
>
> ―「나팔꽃」 전문

> 우거진 녹음 속엔 그 누군가 숨어 있어
> 초록 물감 유록 물감 폭포수로 뿜어 내네
> 내 사랑 숨차 오름도 저와 같은 짙푸름.
>
> ―「녹음」 전문

  이번 시집은 자연의 여러 형상 중 특히 식물적인 세계에 대한 관
심을 두드러지게 나타낸다. 「나팔꽃」에서 보이듯 시인은 인간의 삶
을 파고드는 희로애락(喜怒哀樂)의 풍랑을 견디는 방법을 나팔꽃
의 자태에서 배우고자 한다. 시인은 자연으로부터 배우는 것에서
그치지 않고 나아가 자연의 형상과 자신의 삶을 혼연히 일체시키려

는 시의식을 보여준다. 「녹음」에서 보이듯 시인은 초록 유록의 폭포수로 비유되는 자연의 녹음과 자신의 마음속에 깊이 간직한 사랑의 열정을 일체화시켜 놓는다. 그러한 "짙푸름"의 마음으로 시인은 언제나 자연의 원리를 사랑하였던 셈이다.

그러나 우리가 더불어 살아가고 있는 인간 세상이란 자연의 모습처럼 순연한 질서를 이루고 있는 곳도 아니며, 뜨거운 생명력을 간직하고 있는 곳도 아니다. 그렇다고 시인은 이 세상에 대하여 등 돌린 채 자연의 세계로만 나아가려고 하지는 않았다. 이에 그는 세상과 사람을 사랑하는 마음으로 세상의 무질서와 상처 등에 관하여 준엄하게 비판한다.

> 말씀 말씀 옳은 말씀 홍수로 넘치건만
> 말씀대로 행하는 이, 정작에 드물고야
> 이러니 뭉텅이 말씀 삼가는 게 어떠료.
>
> —「매스미디어」 전문

말도 많고 탈도 많은 것이 이 세상이라는 사실을, 문단과 학계에서 오랜 세월을 보낸 시인이 몸소 경험하지 않았을 리 없다. 온갖 권모술수와 교언영색이 난무하는 세상에서, 나아가 권모술수가 다른 권모술수를 따돌리며 교언영색이 다른 교언영색을 질타하는 이 난분분한 세상에서 자신의 양심을 지키면서 살아가는 방법은 다름 아닌 과묵침용(寡默沈容)의 방법이 아닐까 싶다. 시인이 최근 들어 시적 기교를 지양하고 잠언적이면서도 직서적인 방법으로 시조를 쓰게 된 이유 또한 여기에 있는 것 같다. 「선거판 1」, 「선거판 2」

등의 작품에서도 시인은 진실한 인간성이 드문 현실에 대하여 애석
해하고 있다.

> 이러한 시대에도 지사는 계시는가
> 꼿꼿한 심지를 중심에 바로 세워
> 어둠을 사뤄 올리는 큰 뜻이 계시는가
>
> —「촛불」 전문

시인은 「21세기에서」라는 작품에서 20세기가 21세기에게 물려
줄 것은 "전쟁과 굶주림과 핵 먼지 쓰레기"뿐이라고 하였다. 오늘
날의 인류가 이토록 "슬프고 아픈 유산만 산더미로" 간직하게 된
것은 "이러한 시대"에 지사가 없기 때문이기도 하다. 모든 사람들
이 다 성자나 지사의 삶을 살아갈 수는 없는 일이다. 그러나 한 사
람의 부처가 수만 명의 중생을 제도할 수 있듯이 "꼿꼿한 심지를
중심에 바로 세"운 한 사람이 있다면 많은 사람들이 그의 뜻을 따
를 수도 있으련만 "이러한 시대"에 그런 지사를 찾아보기는 어렵게
되었다. 자본과 상품의 마력 앞에서 지사됨의 싹마저 애초에 잘려
버리고 마는 것은 아닌지 모르겠다. 설령 지사가 될 수는 없을지라
도 이제 우리는 헛되이 진 짐들을 내려놓는 연습을 해야 할 것이며
나아가 자신도 언젠가 소멸한다는 진리를 기쁘게 받아들이는 자세
를 연마해야 한다. 이것이 이번 시집의 주제의식일 것이다.

> 낙엽이 썩어서 거름이 되고 있다
> 소멸의 기쁨을 저만은 아는 듯이

순하게 몸을 눕히고 살신 봉헌(殺身 奉獻)을 한다.
　　　　　　　　　　　　　　　　　　　　　　－「소멸의 기쁨」 전문

　　허영자는 얼마 전 그가 수십 년 동안 봉직하여 온 대학에서 정년 퇴직을 하였다. 그는 최근 어느 시전문지에 발표한 「퇴직하면」이라는 신작시를 통하여 퇴직한 후에 하고 싶은 일 네 가지에 관하여 이야기했다. 그 요지는 첫째, 퇴직하면 한 달 동안은 잠을 많이 자리라, 둘째, 퇴직하면 한 달 동안은 편지를 많이 쓰리라, 셋째, 퇴직하면 한 달 동안은 우거진 숲을 찾아가리라, 넷째, 퇴직하면 한 달 동안은 한없이 느릿느릿 들판을 거닐리라 등이다. 세상의 잡사들이 하고자 하는 바대로 하게 시인을 가만히 놓아줄 것 같지는 않지만, 소멸의 기쁨을 아는 시인은 또한 그러한 세상사 앞에서 더욱 초연해질 수 있을 것 같다. 그러나 한 가지, 앞으로도 좋은 시 더욱 많이 쓰셔서 우리 같이 경험 일천한 후학들을 많이 가르쳐 주시길 바라는 마음만은 글 끝에 달아본다.

기다림의 시학

유안진론

『다보탑을 줍다』는 유안진의 열두번 째 시집이다. 1965년에 등단한 이후 그는 평균 3, 4년에 한권씩 시집을 내어온 셈이니 유안진의 시적 성실성은 두말할 나위가 없다. 유안진의 시세계에는 초기시집에서부터 최근 시집에 이르기까지 면면히 이어오는 시의식의 특장이 여럿 있는데, 그 중에 중요한 것은 여성적 삶의 특수성에서 비롯되는 비애, 절망, 고독 등과 이것들이 승화하면서 나타난 사랑, 자유, 성찰 같은 것들이라고 단언할 수 있겠다.

유안진 시의 장점은 그러한 여성성이 일상적 삶의 여러 가지 형상 속에 매우 자연스럽게 용해되어 있다는 점이다. 그가 추구한 여성성은 도발적이거나 자폐적인 것을 멀리하고, 남성성과 대등한 의미를 지닐 수 있는 주체적인 여성성인 동시에, 어머니와 아내로서의 삶을 온전히 영위하고자 하는 가족적이고 인간적인 여성성이다. 그래서 그는 이전 시집 『누이』에 실린 「누이」라는 시에서 어리광 피우는 이 세상의 모든 남자들을 위하여 그들의 누이가 되겠다고 당당하고 씩씩하게 말하지 않았던가.

누가 들어도 하품할 이 나이에는
반나절은 눈이 쉬고 반나절은 귀가 쉬는
겨울 산하가 되고 싶다
세상의 누이가 되고 싶을 따름이다

　　　　　　　　　　　　　　　　－「누이」 부분

　이번에 펴낸 『다보탑을 줍다』 역시 그의 시세계가 지닌 일반적
인 특장에서 벗어나 있지 않다. 그는 여성적 일상의 경험 속에서
얻게 된 새로운 발견을 통하여 공감할 만한 깨달음을 형상화하는
데에 주력하고 있다. 유안진이 형상화하는 시적 발견과 성찰은 노
력을 통하여 이루어지는 것이기 이전에 시인이 생래적으로 지닌 소
박하고 섬세한 성품에서 비롯되는 듯하다. 세계의 형상에 대한 시
인의 개입은 인위적이지 않고 자연스럽다. 요컨대 그의 시는 일상
적이면서도 평면적이지 않고, 도덕적이면서도 지루하지 않다.

　비늘옷 한벌 없는 알몸으로 태어난 너도, 나와 다름아니다. 남의
옷 한가지 탐낸 적 없이 맨몸으로 살았던 너의 추위 너의 서러움을
나는 안다, 알고 있는 우리끼리 이렇게 마주친 희극적 비극의 비극적
우연도, 어느 생애 지어 쌓은 죄갚음이라 할 건가.

　　　　　　　　　　　　　　　　－「물오징어를 다듬다가」 부분

　「물오징어를 다듬다가」에서 보이듯, 유안진은 자신이 경험한 일
상을 비극적인 동시에 희극적으로 받아들이거나, 우연인 동시에 필
연으로 받아들이고 있다. 그는 삶의 갖가지 풍경 속에서 다만 비극

과 우연만을 본 것이 아니라, 그 속에 내재한 삶의 역설로서의 희극과 필연을 보았던 데에 그 사유의 깊이를 감지할 수 있다. 시인은 다시금 삶의 진리를 현현하는 순간 속으로 자신을 밀착시켜 나간다. 그가 매순간마다 깨닫게 되는 진리는 일상의 풍경 속에서 은폐되어 있다가 한 순간 그 모습을 일상 위에 현현시키기도 한다. 시인은 그 진리를 찾아가는 삶의 과정 속에서 항상 자신의 실존을 겸허하게 확인하는 존재자의 모습을 보여준다. 시인은 자신의 실존을 마주하는 과정을 기다림의 의미로 수용한다.

> 늦은 밤 늦은 귀가를 기다리며
> 아이들의 안전을 걱정하다가
> 아이들이 돌아온 다음에도 여전히 기다린다
> 늦지 않는 밤에도 기다리는 나는
> 나의 귀가도 기다리는 줄 몰랐다
> —「나는 늘 기다린다」 부분

이번 시집에는 여러 가지 기다림이 있다. 시인은 늦게 귀가하는 아들을 기다리기도 하고, 빗소리를 들으며 비가 다 가기를 기다리기도 하고, 벌건 대낮에 도깨비를 기다리기도 한다. 이 모든 기다림은 궁극적으로 부재하는 나에 대한 기다림으로 수렴된다. "어처구니없는 이 아이러니의 뒤켠에서, 내가 나인 줄도, 살아 있는 줄도 잊은 채 허둥거려왔다"(「나는 살아 있지 않았다」 부분)고 고백하는 시인에게 자기 자신을 기다린다는 것은 실존과의 지극한 대면을 통한 자아 회복 과정을 의미한다. 이순(耳順)이 지난 시인이 이토록 간절하게 자아를 향한 뜨거운 시선을 멈추지 않는 것은 결국 이 세계에 대한 근원적인 관심의 다른 측면이다. 자아 회복에 대한 기다림은 시인이 추구하는 가장 본질적인 기다림이다. 마침내 시인은 무아(無我)의 경지에서 자아의 모습을 절실하게 대면하게 된다.

> 내가 없어져야 내 마음이 편하다면 남들이야 오죽하랴
> 둘러보니 누구도 나를 있다고 여기지 않았다
> 있어도 없는 나는 나한테만 있었구나
> ―「있는 내가 없어지는 서울」 부분

결국 시인이 그토록 기다린 '나'는 시인의 마음속에 있었다. 시인은 자신 안에 숨어 있는 자아를 발견하면서 '나'라는 존재의 의미망 속에 들어 있는 역설을 다시금 인정하게 된다. '나'란 아무것도 아닐 수 있었으며 동시에 모든 것일 수도 있었다. '나'라는 존재가 그러하듯이 이 삼라만상의 사물들 역시 성과 속, 유와 무, 선과 악을 초월하여 존재하는 것인 동시에 성속, 유무, 선악에 갇혀있는 것이기도 하리라. 이러한 깨달음이 감동적으로 형상화된 작품이 이 시집의 표제작인 「다보탑을 줍다」이다.

> 두 발 닿은 여기가 영취산 어디인가
> 어깨 치고 지나간 행인 중에 석존이 계셨는가
> 고개를 떨구면 세상은 아무데나 불국정토 되는가
> ―「다보탑을 줍다」 부분

유안진 시의 형식은 온건하지만, 그의 상상력은 고답적이지 않다. 그의 시 속에 면면히 존재하고 있는 역동적 파노라마를 읽어낼진대, 그의 시를 담백한 서정시로만 간주할 수는 없을 것이다. 이번 시집 속에 있는 역설과 반어, 해학과 풍자는 시인이 삶을 인식하는 입체성에서 기인하며, 세계관의 입체성은 뒤집어 말하면 표현의 입체성에서 비롯된 것이다. 또한 존재론적 형이상학이 있는 역동적 시정신을 통하여 사물과 인간의 본질을 꿰뚫어 보려는 지순한 시인의 자세에서 시인이 추구해온 인간적 삶의 진정성마저 확인하게 된다.

모국어 사랑과 회귀의 꿈

오탁번론

    오탁번의 일곱 번째 시집 『손님』은 아득한 유년에 대한 그리움의 정서를 순수 모국어에 대한 깊은 사랑을 통하여 형상화하고 있다. 이순의 연세도 훌쩍 넘어선 시인에게 그 옛날 유년의 고향이 더욱 뚜렷하게 기억되고 있는 것은 그가 그만큼 오랫동안 고향 회귀에 대한 꿈을 키워 왔기 때문이며, 또 그 꿈을 어느 정도 실현하고 있기 때문이다. 원형적 고향의 세계에 성큼 다가선 시인은 기억의 복원을 통하여 풍요로운 신화적 체험을 이채롭게 시화한다. 기억 속에 이데아와 낙원이 있다고 한 플라톤의 말을 떠올리지 않더라도, 이번 시집을 통해 오탁번의 기억 속에서 형형색색 재생되고 있는 순수한 고향을 뚜렷하게 만날 수 있을 것이다. 그러나 시인에게 고향이 회귀의 공간으로 수용되고 있는 것은 그곳이 풍요와 낙원의 상징이기 때문만은 아니었다. 시인이 경험한 유년의 공간은 때로 결핍과 가난의 서사로 인하여 더욱 실감나게 다가선다.

    아, 나는 이날 이때까지

이렇게 고운 목소리를 들어본 적이 없다
태어나서 젖을 못 먹고
밥조치 굶주리는 나의 유년은
진외가 집에서 풍겨오는 밥냄새를 맡으며
겨우 숨을 이어갔다

ㅡ「밥냄새 1」 전문

수도작 문화를 꽃피운 우리 민족에게 하얀 쌀밥은 매우 중요한 상징이었다. 시인이 그 옛날 '진외가 집'에서 풍겨오던 밥 냄새를 떠올리는 것은 유년의 가난 체험을 상기시키기 위한 것이기도 하지만, 더 나아가 순수한 원형적 시간에 대한 갈망을 형상화하기 위함이요 또한 이 밥 냄새와 이어진 이미지인 '어머니', '진외당숙모' 등의 모성적 세계에 대한 그리움을 형상화하기 위함이기도 하다. 이 점은 「밥냄새 2」의 "진외당숙모가 하시는 말씀이/이승저승 물들이며 들려오는데"라는 구절에서도 그대로 확인된다. 시인은 허기와 가난을 연민과 인정으로 감싸안아주었던 모성적 세계에 대한 그리움을 밥 냄새에 대한 기억을 통하여 눈물겹게 형상화하는 데에 성공한다.

모성과 함께 했던 유년의 시간을 지나서 상경한 이후의 도시적 삶 속에서도 고난의 여정은 멈추지 않았다고 시인은 말한다. 시인은 벼랑 끝에서 방황하던 청년기의 삶에 대하여 "하숙비 없어서 떠돌던 부랑(浮浪)도/번민의 연옥(煉獄)도 있었느니라/사랑하는 사람 보고싶어 울던/불면의 밤도 있었느니라/밤새워 쓰고 찢는 파지(破紙)와/잉크 새는 만년필도 있었느니라"(「타임머신」 부분)라고 표현하고 있으나, 이미 그 시절 또한 과거일 뿐, 현재 시인은 아내가 발라주는 "세븐에잇 염색약"으로 흰 머리카락을 물들여야 하는 노년이 되었다. 그러나 시인의 마음만은 위험을 무릅쓴 모험을 일삼던 혈기어린 청년의 시절로 달려가고 싶을 뿐이다. 다분히 과거 지향적인 오탁번의 상상력은 지나온 생애를 거슬러 올라가 원형적 시간에 닿고 싶은 갈망을 언제나 드러낸다. 안온했던 유소년의 시간을 거쳐 파란만장한 청장년의 시간을 경험한 시인이 이제 생을 정리해야할 노년의 시간에 다다라 가장 원형적인 과거인 고향의 시공에 대한 애착을 보이는 것은 새삼스러운 일이 아니다.

> 내내 썰매 타고 눈싸움만 하느라
> 색동 설빔은 그만 얼룩이 다 졌지만
> 정월 대보름 아침이 밝아오면
> 부럼을 깨물고 더위도 팔고
> 고드름 따먹으며 고샅길을 내달린다
> 저녁이 되어 보름달이 둥실 떠올라
> 온 동네는 백야(白夜)처럼 환해지고
> 돌담가 달집에 불을 놓으면
> 달집에 쌓인 생솔가지가 불타며
> 냄비 속 쥐이빨 옥수수 튀는 소리를 낸다
> —「액(厄) 막이 연(鳶)」 부분

오탁번의 시에 유소년 화자가 자주 나타나는 것은 동심으로 가득 차 있는 전근대적 시간에 대한 갈망에서 비롯한다. 이 시는 어린 시절 액막이 연날리기 놀이를 한 경험을 형상화한 작품인데, 그 서사적 문맥과 이어진 여러 표현들이 매우 실감나게 다가온다. 가령 인용 시의 끝부분에 나오는, 달집이 불에 타는 소리에 대한 형용은 얼마나 생상하고 감각적인가! 이러한 오탁번 시의 특장은 전통적이고 향토적인 세계를 형상화하는 시에서도 감각적인 이미지에 대한 섬세한 배려를 잊지 않기 때문에 가능한 일이다. 원형성, 향토성, 토속성 등으로 표현되는 오탁번 시의 전통성은 그가 쓰는 모국어에서 드러나는 다채로운 빛깔로도 다시 한 번 확인할 수 있다.

특히 이번 시집의 시들에서 다양하게 나타나는 부사들을, 예를 들어, "하동지동"(「밥냄새 1」), "되똥되똥"(「액 막이 연」), "소도록이"(「밤」), "이냥저냥"(「가는귀」), "쏭당쏭당"(「기차」), "비오비오"(「백담사」), "갸웃갸웃"(「할미꽃」), "깡종깡종"(「춘일」) 등등의 어휘를 적재적소에 사용한 것은 모국어에 대한 진중한 탐색의 결과라 할 수 있다. 시인의 시에 나타난 특이한 순수 우리말 부사들은 작품에서 형상화된 동작과 행위에 구체성과 역동성을 부여한다.

이처럼 시인이 지향한 회귀의 꿈속에는 근대성의 오염으로부터 자유로운 모국어에 대한 강한 믿음과 사랑이 배어 있다. 모국어에 대한 애정은 우리 문학어에 대한 애정이며 나아가 우리 겨레와 산하의 숭고성에 대한 애정과 통할 것이다. 시인은 평생 동안 모국어 교육의 제단에 헌신한 삶을 바탕으로 하여, 아름답지만 또 그만큼 허약한 이 세상을 아끼고 보듬어 온 역정에서 이번에 또 다시 소담스럽기만 한 일곱 번째 열매를 우리에게 안겨주었다.

오탁번 시인은 몇 해 전부터 고향 제천에 내려가, 자신이 졸업한 백운초등학교의 옛 분교 터와 건물을 일구고 가꾸어 아기자기하고도 정겹기만 한 원서문학관(遠西文學館, 일명 遠西軒)의 주인장이 되었다. 이제 모국어에 대한 사랑과 신화적 세계에 대한 동경에서 비롯한 고향 회귀의 꿈도 어느 정도 이루어지게 된 셈이다. 시인은 「파 웨스트 러브호텔」에서 이곳 원서문학관에 대하여 "벌 나비 쌍쌍/교미 교미하는/☆☆☆☆☆/파 웨스트 러브호텔"이라며 농을 하기도 하지만 원서헌에는 파랗게 이끼가 살아나는 수련의 연못이 있고(「돌」), 연못가에는 노을이 비껴가는 삼층석탑이 있고(「탑」), 삼층석탑 앞에는 시인의 어머니 얼굴을 새긴 조상(彫像)이 있다. 원서문학관에서 새로운 노후의 삶을 시작한, 올해로 시력(詩歷) 사십 주년을 맞이하는 오탁번 시인의 가는 길에 "산허리 휘감은 안개 자락을/화선지 삼아 그리는/할아버지의 진경산수화(眞景山水畵)"(「할아버지」)가 펼쳐지기를 바라는 마음 간절하다.

은빛 화음으로 엮은 상징의 울타리

강은교론

    강은교가 최근에 펴낸 시집 『시간은 주머니에 은빛 별 하나 넣고 다녔다』는 자연과 자연, 인간과 자연, 사물과 사물, 인간과 사물 등이 함께 어우러져서 만들어내는 아름다운 상징과 황홀한 상황으로 가득 차 있다. 시인은 일상적인 체험을 근간으로 삼아 그 일상을 통과하면서도 나아가 그것을 뛰어넘는 상상의 공간을 재현하여 보여준다. 그 공간은 아름다우면서도 애절하고 고즈넉하면서도 생기넘치는 곳이다. 자세히 들여다보지 않으면 그 공간의 진실한 의미를 일상의 그것으로 보아 넘기기 십상일 테지만 강은교의 시는 읽는 이의 시선을 끝까지 잡아끄는 이상한 마력을 지닌 듯도 하다. 그리고 시인이 만들어 놓은 황홀한 시간의 몸살에 동참하게 된다.
    이번 시집에서 두드러진 것은 먼저 시각적인 이미지이다. 시인은 섬세한 관찰력과 비의적인 상상력을 통하여 현상을 초월하는 새로운 감각의 세계가 펼쳐 놓은 축제의 연출자가 되는 것에 주저하지 않는다. 시인은 게를 보며 "게의 단잠이 은모래 허리 위에 얹혀 있다"(「게」 부분)라고 하거나 동백꽃을 보며 "시간은 주머니에

은빛 별 하나 넣고 다녔다"(「시간은 주머니에 은빛 별 하나 넣고
다녔다」부분)라고 말하거나 모래밭을 보며 "그림자들도 밤이면
귓속말하며 둘러앉는구나"(「모래밭」부분)라고 말한다.

모래밭으로 나가니 병 하나가 해안(海岸)에 춤추고 있었다. 빈 콜라
병이었다. 마침 밀물이어서 콜라병은 비스듬히 누운 채 모래를 핥았
다가 파도를 핥았다가…… 가볍게 춤추고 있었다……. 저녁 햇빛이
느리게 병을 밀었다. 게들이 전부 나와 병을 잡아당겼다. 모래들은
금빛 미간을 잔뜩 찡그리고 바라보고 있었고.

햇빛이 모여들었다. 어떤 햇빛들은 모래사장 빈 터에 모여서 빈 콜
라병의 그 춤을 흉내내었다.
빈 콜라병은 주섬주섬 햇빛을 주워 담았다. 그리고 파도에 흔들렸
다. 나아갔다. 자랑스런 심정이 되어.

소용돌이로부터 벗어져 나온 씨앗 하나가 물살에 흘러 아무 모래밭
에나 닿는다. 꽃이 핀다.

빈 콜라병, 드디어 꽃이 피는 콜라병
　　　　　　　　　　　　　　　　　　　−「빈 콜라병」전문

모든 사물에는 본질이 있으며 그 본질은 상징으로 나아간다. 콜
라병은 콜라병대로 빈 콜라병은 빈 콜라병대로 그들이 각각 지향하
는 상징이 있을 것이다. 시인은 콜라가 들어 있는 콜라병과는 다른
빈 콜라병을 통한 연상 작용의 지속성과 연속성을 통하여 그것의

상징을 인식하려고 노력한다. 그러한 인식에는 직관이 우선한다. 해안에서 춤추고 있는 빈 콜라병은 이미 슈퍼마켓에 있는 콜라병이 아니다. 이것은 원래에 지닌 상품 가치적 구속성으로부터 자유로워진 지 오래다. 저녁 햇빛이 밀고 게들이 잡아당기고 있는 빈 콜라병은 오묘한 상징들의 향연을 통하여 그 자체의 핵심적인 상징을 발현시키고 있다. 여기 보이는 콜라병의 모습은 시인의 연속적인 직관을 통하여 구체화한다. 이것은 합리적인 사유가 아니다. 햇빛들이 빈 콜라병의 춤을 흉내 내고 다시 빈 콜라병이 햇빛을 주워 담는다는 것은 전형적인 사물 조응의 모습이다. 다시 시인은 소용돌이로부터 벗어져 나와 모래밭에 꽃을 피우는 씨앗의 모습을 빈 콜라병의 모습과 겹쳐지게 연상한다. 그리하여 빈 콜라병이 꽃을 피운다는 진술에 이름으로써 거의 모든 유용성을 잃어버린 빈 콜라병이 자연의 근원으로 돌아와 다시 생명의 근간이 되고 있는 아이러니를 창출함으로써 실재적 모습과 추상적 모습, 현상적 모습과 본질적 모습 사이를 오고가는 상징의 역설을 읽어낸다.

시각적 이미지와 함께 이번 시집에서 두드러진 것은 청각적 이미지이다. 시인은 이 세상의 만물이 들려주는 소리에 귀를 기울이는 한편 그 소리들이 만들어내는 화음과 그 화음의 상징성을 간파해 내는 견자의 시선을 보여준다. 시각이 주체의 태도에 의해서 단속적으로 지각되는 것이라면 청각은 주체의 의도와는 상관없이 언제나 바깥세상 속으로 열려 있다. 그럼에도 불구하고 우리가 소리로부터 자유로울 수 있는 것은 세상에 항상 소리가 존재하는 것은 아니기 때문이다. 그러나 이번 시집에서 시인은 일반적인 경우와는 달리 사물의 모습보다 사물의 본질로부터 들려오는 소리에 대하여 더욱 민감해진 촉수를 드리운다. 즉 그는 시각보다는 청각을 통하여 세상 만물이 보여주는 환상적 시추에이션을 그려내고 있다. 시인은 "기어오르는 것이 나의 일이지요"(「그 담쟁이가 밀했다」)라는 담쟁이의 말소리를 듣기도 하고, "그 여자 곁에서 웃고 있는 아이들의 웃음소리" 같은 간장의 노래(「간장의 노래」)를 듣기도 하고, "이렇게 살려고 하지 않았어"(「오이샐러드」)라고 푸념하는 오이샐러드의 목소리를 듣기도 한다. 시인의 일상 주변에 있는 사물들 중 많은 것들이 소리를 통해서 시인에게 인식된다. 그 소리는 실재적이거나 현실적인 소리가 아니라 환상의 소리이며 상징의 소리이다. 또한 강은교 시의 청각적 이미지는 대부분의 경우 시각적 이미지와 결합하기도 한다.

그러니까 그날 오후…… 천장에서 가는 흐느낌 소리가 들려오기 시작했어요. 수도꼭지의 입술이 파랗게 변하며 들썩이기 시작했어요. 놀라 찬장 문을 여니 헌 주전자의 속눈썹이 가늘게 떨리고 있었어요. 내가 반짝반짝 하는 새 주전자를 선물받고 나서 그녀를 버렸기 때문이지요.

나는 그녀를 뜰에 내놓았지요. 흐느낌 소리도 듣기 싫고 해서……

그런데 어느 날 무심히 뜰을 바라보던 나는 깜짝 놀랐어요. 그녀의 가슴에 꽃이 피어 있었어요. 제라늄, 마악 피어났는지, 햇빛이 뒤돌아 나가는 것이 보였어요.

아, 붉은 제라늄

-「제라늄」 전문

　시인은 제라늄을 그녀라고 지칭한다. 이러한 의인화는 일상적인 발화의 방법을 넘어서 범신론적인 세계를 보여주는 역할까지 하는 것이 이번 시집의 특징이다. "수도꼭지의 입술", "주전자의 속눈썹" 등의 표현에서 그러한 의인화가 동화적 상상력을 동반하고 있음을 확인한다. 이번 시집에 종종 나타나는 동화적 상상력은 상징의 발현을 통한 환상적 시추에이션을 보여주는 데에 효과를 준다. 모든 사물에 정신이 들어 있다고 전제할 때 그것들이 지닌 상징을 읽어내는 일은 더욱 용이해진다. 이 시는 시각적 이미지와 청각적 이미지를 결합시켜 풍요로운 화해의 공간을 만들어 보여준다. 상징주의가 감각적 인상주의 혹은 감각적 정신주의를 근간으로 삼는다는 점을 생각해 볼 때, 강은교가 시각과 청각을 아우르는 감각적 상상력을 주로 사용하는 이유를 짐작할 수 있다. 그에게 감각은 그 어떤 것이든 간에 사물의 본질과 상징을 발현시키는 방법이라 하겠다.

　헌 주전자의 속눈썹이 떨리는 것을 알게 된 것은 수도꼭지의 입술이 변하였음을 알았기 때문이다. 또한 헌 주전자의 변화는 선물 받은 새 주전자 때문이다. 새 주전자가 헌 주전자가 하던 일을 대신하게 되었고, 자신의 본래 자리에서 밀려난 헌 주전자는 새 일을 찾아야만 한다. 그 새 일은 다름 아닌 붉은 제나늄꽃을 피우는 일이다. 시인은 붉은 제나늄꽃을 피운 헌 주전자의 모습을 보여줌으로써 외면적인 현상의 훼손으로 인하여 본질에 근접하기도 하던 사용가치를 잃어버린 사물이 새로운 본질을 찾아가는 아름다운 모습을 보여주고 있다. 버려진 헌 주전자가 피워 올린 꽃은 자본주의적 실용주의와 실증주의가 상정해 놓은 사물과 기능성의 관계를 극복하고 초월하는 상징의 꽃이다.

강은교 시에 나타나는 환상적 시추에이션은 시간의 개입으로부터 자유로울 수 없었다. 아마도 이 시집의 제목이 "시간은 주머니에 은빛 벌 하나 넣고 다녔다"가 된 것도 시간성에 대한 각별한 배려 때문에서였을 것이다. 소리와 모습은 시간이 만들어준 범주 안에 있다. 한정된 시간만큼 그것들은 존재하였다가 사라지기 마련이기 때문이다. 또한 시간은 사물의 소리와 모습의 개입으로 인하여 무수히 분절되는데 이는 절대적이라기보다는 인식 주체의 관점과 상황에 따라 상대적이게 된다.

> 내 가슴속에선 가끔 시간의 소리가 들려오네 ―「간장의 노래」 부분
> 접시 밖으로 출렁출렁 가는 시계 소리 ―「오이샐러드」 부분
> 시간은 모든 잎 속에서 익어간다 ―「혜화동」 부분

강은교 시에 나타난 시간성은 근대 체험으로부터 비롯된 속도의 시간으로부터 자유롭다. 그의 시간은 세상의 만물이 자유롭게 그들의 본질을 확충할 수 있는 시간이다. 자본과 상품의 논리가 사물의 본질마저 억압하고 있는 현실을 뒤돌아볼 때 강은교가 꿈꾸는 시간은 환상적이면서도 낭만적이다. 시간 앞에 놓인 시인은 직관의 방법을 통하여 사물의 변화를 파악하고 그것을 연속적으로 배치한다. 시인은 그 시간이 자신의 가슴속에서 들려온다고 하였고 또한 그 시계 소리가 접시 밖으로 출렁거린다고 말한다. 이와 같은 표현은 근대적 시간성이 지닌 광기와 폭력으로부터 완전한 자유를 획득한 자만이 할 수 있는 주술과도 같다.

『허무집』, 『소리집』, 『우리가 물이 되어』, 『바람노래』, 『오늘도

너를 기다린다』,『어느 별에서의 하루』,『등불 하나가 걸어오네』 등
의 시집을 상재한 바 있는 강은교의 시는 예나 지금이나 상징주의
적 색채를 강하게 지니고 있다. 그의 시는 상징주의적 이론에 빌리
면 '유형한 사물을 이용하여 무형의 주관적인 것을 표현'하려고 노
력하고 있다고 말할 수 있다. 그가 사물과 사물, 사물과 인간, 사물
과 우주의 상호 조응에 관하여 많은 관심을 기울이고 있는 이유 역
시 여기에 있다.

　일상적 세계에 존재하는 사물의 물질성을 통하여 사물의 내적
본질인 이데아의 발현을 꿈꾸고 있는 강은교의 시는 어찌 보면 탈
사회적으로 보이기까지 한다. 그러나 그의 시는 이러한 상징주의적
인 색채 이면에 역사와 시대에 대한 고민의 궤적을 고스란히 지니
고 있었다. 특히 그의 80년대 시가 리얼리즘적인 요소를 다분히 지
니고 있었던 점이 그렇다. 이번 강은교의 새 시집은 사물을 감각하
면서 또한 그 감각된 것을 초월하려는 방법을 통하여 사물의 상응
을 읽어내고 있다는 점에서 인간의 지각을 초월한 우주적 실재를
감득하게 한다. 이것을 랭보적으로 말한다면 "견자"의 시선이다.

일상과 역사를 오가는 이야기 시

이시영론

이시영의 열한 번째 시집 『우리의 죽은 자들을 위해』에는 그의 이전 시집에서 볼 수 있었던 것과 마찬가지로 다양한 사람들의 이야기가 들어 있다. 그 이야기들의 주인공 중에는 평범한 갑남을녀의 삶을 산 사람들도 여럿 있고, 역사적인 사건과 관련된 중요 인사들인 경우도 있다. 그들이 역사적 시대 현실 속에서 어떠한 의미를 지니고 있었든지 간에, 시인은 그들 모두 다 소중한 하나의 삶 속의 주인공이라는 사실을 잘 알고 있었다. 그래서 시인이 기억하여 만들어놓은 '이야기 시'의 서사는 때로는 비장하면서도 눈물겹고, 때로는 평범하면서도 아련하다. 시인의 기억은 자신의 삶에 얽힌 추억 속 이야기에서부터 시작하여 소박한 사람들의 이야기로 나아가고, 다시 역사적인 사건을 만들었던 비범한 사람들의 이야기로 확장된다.

중학교에 입학하고 나서 얼마 지나지 않아서였다. 달빛이 대숲에 하얗게 부서져내리는 밤, 웬 커다란 그림자 하나가 성큼성큼 걸어와 내 방 창문 앞에 쿵 하고 무언가를 부려놓았다. 아버지 등에 업혀 시오릿길을 꼬박 걸어온 옻칠이 반지르르한 앉은뱅이책상이었다.
　　　　　　　　　　　　　　　　　　　　　　　　　─「책상 동무」 전문

　시인의 유년 시절에 일어난 일들이 기억의 과정을 통하여 한편의 짤막한 이야기로 완성된다. 아버지가 아들의 중학교 입학을 축하하기 위해서 먼 길을 걸어서 가지고 온 앉은뱅이책상은 농경적 공동체 속에서 자라난 시인의 삶을 정서적으로 풍요롭게 한 사물이었다. 그 책상을 맞이하는 순간이야말로 어린 시인에게는 평생 잊을 수 없는 '환상적 모멘트'였을 것이다. 작고 소박한 앉은뱅이책상에 대한 따뜻한 기억은 육친에 대한 그리움의 정서와 맞물리면서 원형적 삶에 대한 동경으로 이어지는 것은 당연한 일이다. '적령에 미달되어 초등학교에 입학하지 못한 채 아버지와 함께 집으로 돌아오면서 광평리 둑에서 보았던 송사리'(「송사실들」)나 '꼴은 베지 못하고 손가락을 다친 채 들어야 했던 들과 밭의 우렁우렁한 목소리' (「풀꾼」)는 오랜 세월이 흘러 이순의 나이에 이른 시인의 기억 속에서 여전히 잊히지 않는 원형의 이미지들이다. 이러한 유년에 관한 아름다운 이야기 시와는 구별되는 것이 역사적 사건 속에서 겪어야 했던 개인적 고통에 대한 이야기 시이다.

　그 일년 후에 태어난 그가 모계인 프랑스계 유치원을 다니며 친구들에게 나찌의 자식이라고 손가락질당하며 자란 것은 지금도 지울 수 없는 가장 아픈 기억 중의 하나. 그러나 이제는 그들을 다 용서했다고 합니다. 왜냐하면 그는 아르뛰르 랭보를 너무나 좋아하는 반은 프랑

스인. 오늘밤에도 그는 흑맥주잔을 높이 들고 먼 동방에서 온 아내의 친구들 앞에서 랭보의 시를 줄줄 외우곤 합니다.

　　　　　　　　　　　　　　　－「어느 영혼이 잘못 없으랴」 부분

시인 허수경의 독일인 남편에 관한 이야기를 들려주는 위 시에서처럼 시인은 자신이 직접 만난 사람들의 애잔한 이야기를 들려주기도 하는 동시에, 나아가 '신문 기사나 각종 글'을 통해 간접 체험한 이야기들까지 시적인 것이라 생각되는 것이라면 놓치지 않는 현장 감각을 보여주고 있다. '10 · 26 당시 중앙정보부장의 수행 비서였다가 사형 당했던 고 박홍주 대령', '아랍의 영웅과 잔인한 독재자라는 이중적인 평가를 받고 있는 사담 후쎄인', '시와 삶이 모두 다 남달랐던 김종삼 시인' 등에 대한 이야기들은 이미 역사적 기록 속에서 어느 정도 정리되고 있는 동시에, 사람들의 기억 속에서 조금씩 사라지고 있는 이들에 대한 인간적인 재평가를 시도하고 있는 듯하지만 이들의 삶에 대한 시인의 감정적 개입은 절제되어 있다.

32년 만에 열린 재심 선고공판에서 무죄가 선고되었다는 소식을 들은 '인혁당 재건위 사건'의 김용원 도예종 서도원 송상진 여정남 우홍선 이수병 하재완 씨들은 무덤 속에서 벌떡 일어났다가 다시 누웠다. 그러나 그들의 뼈는 결코 웃을 수가 없었다. 누가 그들에게 젊은 육신의 옷을 입혀줄 수 있단 말인가.

　　　　　　　　　　　　　　　－「젊은 그들」 전문

그렇다고 시인의 주관적 개입이 완전히 소거된 것도 아니다. 가령 명백한 억울함 속에서 비극적 삶을 마감해야 했던 '인혁당 재건위 사건에 관련된 젊은이들'에 관한 이 시에서는 "누가 그들에게 젊은 육신의 옷을 입혀줄 수 있단 말인가"라는 연민에 찬 실의(設疑)를 통하여 역사적 폭력 속에서 억울하게 죽어간 청춘들에 대한 안타까움의 정서를 숨김없이 드러내기도 하였다. 이 시도 그렇거니와 이번 시집에 실린 대부분 시의 주인공들은 이미 죽었다. 이시영 시인이 문장 몇 개로 이루어진 간결한 시적 입담으로 깔끔하게 형상화시켜 놓은 이야기들 속에서 만나게 되는 다양한 사람들은 이미 현재적 삶과 많은 시간적 거리를 둔 채 우리의 기억 속에서 희미하거나 뚜렷하게 존재한다. 다양한 삶의 이력을 지녔던 죽은 자들의 이야기가 문학을 통하여 재구성될 때의 의미가, 그것의 역사적 혹은 실체적 기록이 지니는 의미와는 사뭇 다를 수 있다는 점을 이번 시집은 실감나게 증명해 주고 있다.

불멸을 향한 기다림의 역설

한영옥론

　　한영옥의 다섯 번째 시집 『아늑한 얼굴』은 타자를 향한 간절한 기다림의 언어로 구성되어 있다. 기다림의 대상은 '당신'이라는 인칭대명사로 시의 문맥 속에 곧잘 나타나기도 하지만 시인이 말하는 '당신'이 사람만을 지칭하지는 않는다. 한영옥의 '당신'은 사랑했던 한 사람이기 이전에, 흘러온 시간이자 스쳐간 공간이며, 그 시공 속에 무수히 존재했던 또한 존재하고 있는 수많은 사물과 이미지들일 것이다. '당신'이라는 입체성과 함께 하는 다양한 이미지들은 시인의 감성을 감미롭게 자극하는 존재들이다. 또한 그것들의 변화무상한 모습은 시인의 정서를 처연하게 만들기도 한다. 문제는 '당신들'이 언제나 시인과는 일정한 거리를 두고 존재해야 한다는 사실에 있다. 이것은 '나와 당신'의 숙명이다. 그러나 그것은 숙명이기 이전에, 시인이 이 세계를 해석하는 주체적 방법에서 비롯된다. 열락과 비애의 정서를 동시에 불러일으키는 한영옥의 시가 궁극적으로 비장미에 이르는 것은 이 때문이다. 결국 시인은 '당신'과의 지나친 거리 좁힘을 스스로 엄숙히, 그리고 정결하게 거부하였던 셈이다.

네 천성의 맑은 말(言)빛은 참 멀리도 온다
한 이파리씩 짜서 조근조근 넘겨주는 네 목소리의
자작나무 빛깔로 나는 몇 번인가 좋이
싯누런 굴욕을 덮어 재웠을 것이다

다시 네 바특한 목소리가 엷어진다
붉은 어혈을 더 풀어주어야겠다고, 너는
고랑을 더 깊고 넓게 파고 있는 듯하다
구부리고 있을 너의 등이 참 멀리도 밝다.
                    ─「아늑한 얼굴─N시인에게」부분

시인은 '아늑한 얼굴'이라는 표현을 통하여 '당신'의 이미지를 드
러내 보여준다. 그런데 과연 '당신'은 "냇물처럼 흘러와 곁에서 다
시 아늑"할 정도로 시인 가까이에 존재하는 것일까? 설령 가까움의
시간이 있을지라도 그것은 상상을 통한 순간성에 불과하다. 당신은
거의 모든 시간 동안 "참 멀리"서 밝을 뿐, 쉽사리 시인 가까운 곳
으로 다가오지 않는다. "숨소리만 어렴풋이 들려"주는 거리 안에서
당신의 존재는 '아늑한 것'이 아니라, '아득한 것'이 된다. "다시 네
바특한 목소리가 엷어"지고, '당신과 나'의 거리는 멀기만 하다. 시
인과 당신의 거리는 가까움을 통하여 다시 멀어지는데, 이러한 생
의 아이러니가 당신을 당신답게 만든다.
　시인이 당신과의 거리 좁힘을 스스로 거부하고자 한 것은 그 확
보된 거리를 통하여 당신을 포함한 이 세계를 더 엄숙하게 이해하
기 위해서이다. 결핍감을 안겨주는 현실로 인한 비애의 정조와 일

시적인 해후를 통한 행복의 정서를 통합하여 엄정한 비장미로 전환
시키기 위해서 시인은 만남의 시간 대신 기다림의 시간을 선택한
다. 기다림이야말로 사랑의 순간성을 극복하고 영원한 순수성을 얻
을 수 있는 자세일 것이다.

> 토막토막 뛰어오르며
> 모서리 벼리는 널 보며
> 구슬처럼 꿰어지기를 바랐던
> 오랜 기다림의 제단 위에
> 기다리지 말아야 할 것까지를
> 기다리게 했던 '기다림'의
> 가혹한 관념을 도려내어 바친다
> ─「가혹한 관념」 부분

  기다림의 가혹한 관념을 도려내어 버리면 기다림의 실체가 나타
난다. 관념은 가혹하고 실체는 애틋하다. 기다림의 실체는 '지금의
너'와 '조금 전의 너' 사이에 있으며, '내일의 너'와 '오늘의 너' 사이
에 있다. 어제의 너, 오늘의 너, 내일의 너는 같은 너임에도 불구하
고 변화한 너로서 서로 다른 모습을 하고 있다. 그들 '너'는 시간의
지연과 공간적 차이를 극복할 수 없는 존재들이다. 시인이 추구하
는 기다림의 구체성은, 그들의 상이성을 그들의 동질성으로 파악하
고자 하는 노력에서 출발한다. 서로 같았던 것이 시간과 공간의 변
화에 의해서 서로 다른 것이 되니, 그 서로 다른 것을 동일시하기
위한 기다림의 시간은 언제나 변화무상한 역설적 상황을 동반하게

된다. 시인은 "다시 또 당신이 켜지는 저녁/다시 또 당신이 꺼지기
도 하는 저녁"(「세상책」부분)이라는 시간에 그것을 확인한다. 모
든 의심이 끝난 자리에서 나타난 당신이 어둠 속으로 재빨리 사라
져버려야 하는 상황이야말로 시인이 처해 있는 역설이다. 그럼에도
불구하고 한영옥의 시는 비극적이지 않고 오히려 초월적이다. 시인
은 가슴 속에 자리한 슬픔을 "당신"과 함께 했던 미적 시간의 경험
을 통하여 승화할 수 있었다. 왜냐하면 순간적인 만남 뒤에 이어지
는 기다림의 반복 상황은 님의 부재를 확인하는 시간이 아니라, 님
의 불멸을 확인하는 시간이기 때문이며, 또한 시인에게 기다림은
만남을 전제하지 않아도 좋은 것이었기 때문이다. 그러므로 시인에
게 기다림은 자체가 하나의 의미이다.

> 듣자하니 연실(蓮實)은 불멸에 가깝다 합니다……
> 천 년도 더 된 까만 눈꺼풀, 살풋이 열리며
> 연두 잎 새고 연이어 분홍 꽃 새는 걸
> 꿈결처럼 보는 사이 마음의 흙 털어냈지요
> 지금부터 천 년입니다. 드리는 이 연밥 속에
> 사르륵 스며들어 당신의 기다림 속 다 지나면
> 천 년이 어제런 듯 살풋, 눈 뜨겠습니다.
>   ―「불멸에 가까운」부분

이 시에서 "천 년"은 기다림의 시간인 동시에 만남의 시간이다.
시인은 기다림을 통하여 "당신"을 만나고, "당신"을 만나면서 다른
기다림을 기약한다. 불멸에 가까운 "연실"의 상징을 통하여 시인은

불멸하는 당신을 만나고자 한다. 시인이 추구하는 불멸은 시간의 불멸이며, 존재의 불멸이며, 사랑의 불멸이다. "연밥 속에 사르륵 스며들"고자 하는 시인의 마음은 "당신"과의 우주적 합일을 향한 꿈으로 나아간다. 천년이 하루가 되고, 하루가 천년이 되는 신화적 상황이야말로 시인이 추구한 사랑의 전제 조건이다. 시인은 자서에서 "몸을 낮추고 오는 것들과 만나는 기쁨으로/앞으로의 시간들을 출렁거리게 하고 싶다"라고 했는데, 출렁거리는 시간 안에 불멸을 향한 기다림이 존재할 것이다. 그 기다림과 잇닿아 있는 역설적 상황 안에 30년 시력을 훌쩍 넘어선 한영옥의 염결한 시정신이 응축되어 있다.

고독한 견인주의

강현국론

    강현국(姜玄菊 1949-)은 1976년『현대문학』으로 등단한 이후, 그동안『봄은 가고 또 봄은 가고』(문장사 1982),『절망의 이삭』(문학세계사 1992),『견인차는 멀리 있다』(고려원 1996),『먼길의 유혹』(시와반시사 2001 시선집),『고요의 남쪽』(고요아침 2004) 등 네 권의 시집과 한 권의 시선집을 상재하였다. 그는 시인, 문학평론가, 국문학자로서 두루 활약하면서 이 세 분야 중 어느 한 쪽에 치우치지 않는 균형감각을 가지고서 많은 업적을 이루어냈으나, 그가 특히 심혈을 기울여 온 분야는 시를 쓰는 일이었다.

    강현국의 시는 초기시에서부터 낭만주의적 풍모를 다분히 지니고 있었으며 이러한 낭만성은 차츰 허무주의와 결합하면서 고독한 내면의 갈등을 형상화하는 경향으로 나아가다가 최근의 작품에 이르러서는 내적 갈등에 결합된 섬세한 감성을 견고한 지성을 통하여 육화하는 견의주의적 시정신을 창출하게 되었다. 이 글은, 강현국의 시가 추구한 다양한 시적 특질이 최근 시집『고요의 남쪽』에 이르러 종합적인 형국을 보여준다는 사실에 전제를 두고, 그가 상재

한 시집 전체를 대상으로 하여, 시세계의 흐름과 그 변용 속에 면면
이 숨어 있는 시의식을 분석하려고 한다.

강현국의 시적 출발은 내면의식에 대한 딤색 욕망에서 비롯한다.
강현국의 첫 시집은 모더니스트로서의 세련된 감각과 낭만주의자
로서의 섬세한 감성이 어우러진 시편들로 구성되어 있다. 첫 시집
에 실린 작품들은 다양한 시적 방법론에 대한 모색과 실험 정신을
통하여 향후 시세계가 나아갈 방향을 제시한다. 도시문명에 대한
반성과 농경사회에 대한 향수를 동시에 보이고 있는 시들은 감성과
지성이 결합할 수 있는 가능태를 보여준다. 다음 시는 이러한 강현
국 초기시의 의미망을 잘 이해시킨다.

    우체국 뒷마당에 이 공업도시의
    삶의 애환을
    보내고 맞이하는 우체국 뒷마당에
    감자꽃이 피었다

    그는 누구인가,
    땅을 버리고 쇠를 택한 이 공업도시의
    우체국 뒷마당에
    닳아서 버린 자동차 바퀴에 저녁노을에
    그의 영혼을 문지르는 사람,
    인명사전에도 없고 비망록에도 지워진
    오오, 감자꽃 빛깔의 쓸쓸한 프로필!
    그는 누구인가,
        ─「그는 누구인가」 전문(『봄은 가고 또 봄은 가고』)

이 시는 감자꽃의 이미지를 중심으로 전개된다. 여기 등장하는 감자꽃은 농촌의 밭고랑에 피어 있는 것이 아니라 공업도시의 우체국 뒷마당에 피어 있다. 우체국의 뒷마당은 도시적 "삶의 애환"을 환기시켜 주는 곳이 되고, 이 꽃은 원래의 자리인 전원적 공간을 떠나온 사람들의 애잔한 모습과 다름 아닌 것이 된다. 1연이 감자꽃에 대한 진술로 끝나고 있는 것에 비해 2연은 다소 느닷없이 "그는 누구인가"라는 질문으로 시작하고 있다. "그"는 공업도시의 저녁노을에 기대어 상념에 잠기고 있다. 그는 인명사전에도 없으며 비망록에서도 사라져 버린 미지의 존재이다. 이러한 "그"에 대한 물음은 처음부터 해답이 정해져 있었다. 짐짓 의문의 태도를 취하고 있는 시인 자신이 바로 그이기 때문이다. 시인 자신을 "그" 혹은 "그대"로 지칭하는 태도는 첫 시집에 실린 다음 시에서도 동일하게 나타난다.

면도를 하고 나니
그대 얼굴이 깨끗하도다
깨끗한 얼굴로는
이 밤의 추위를 껴안을 수 없으리

자고 남은 시간에 할 일도 없이
등이 가렵다
팔을 꺾고 등을 굽혀
아무리 구겨져도
가려운 그곳은 닿지 않는다

어깨를 발바닥을
긁으면 긁을수록 확실한 가려움,
이 가려움의 정체는 무엇인가
내 손이 닿지 않는 가려움 하나가
움츠린 것들의 가려움을 일깨우고
자고 남은 시간을 난처하게 만든다

벗어 던진 양말이 치근거리고
주전자의 끓는 물이 치근거린다
밖에는 눈이 내려서
새하얀 나무들이 비듬을 털고 섰다

어디로 갈까 섣달그믐 창가에
소의 부러진 앞발이 나란히 걸려 있다
털의 야성도 밀리고 한결같이
발굽마저 뽑혀 정결하게 보인다
푸줏간 앞을 지나노라니
천리 자갈밭이 치근거린다
현장 뒤에 숨어 있는 가려움은 무엇인가

구겨지며 바라보는 어둡고 큰산
큰산에 붙은 불은
구름의 속살까지 번지고 있다
　―「내 손이 닿지 않는 가려움 하나가」 전문(『봄은 가고 또 봄은 가고』)

이 시의 제목에서 보이는 "내 손이 닿지 않는 가려움 하나"는 「그는 누구인가」에 실린 구절을 빌리면 "영혼"의 가려움이며 내면의 가려움이다. 자신의 존재를 향하여 끊임없이 분출되는 질문에 대한 명확한 해답을 찾지 못하고 있는 시인은 자신의 내면 깊숙한 곳에 있는 가려움을 해결하기 위한 여러 가지 모색을 시도하는데 이 시는 이러한 모색의 방법을 형상화하고 있다. 말끔히 면도를 하고 얼굴을 깨끗하게 씻어보는 행위를 할 때, 육신에 묻어 있는 얼룩은 완전히 사라질지 모르지만 그 내면에 존재하는 얼룩은 쉽게 사라지지 않는다. 그러므로 시인은 계속적으로 "팔을 꺾고 등을 굽혀/아무리 구겨져도/가려운 그곳은 닿지 않는다"고 말한다. 또한 시인은 내면 공간에 대하여 알려고 하면 할수록 미궁으로 빠져 들게 되는 상황을 어깨를 발바닥을/긁으면 긁을수록 확실한 가려움"이라고 말한다.

3연은 시인을 둘러싸고 있는 외부 세계의 모습에 대한 형상화이다. 벗어던진 양말과 주전자의 물이 치근거리는 것, 새하얀 나무들이 비듬을 털고 있는 모습은 내면 공간에 대한 궁금증을 더욱 확산시킨다. "어디로 갈까"라는 의문형의 문장으로 시작하는 4연에서 시인의 갈등은 증폭되지만, 그를 둘러싼 세계의 모습은 오히려 절정을 지나 결말의 형국으로 치닫고 있다. 창가에는 죽은 소의 앞발이 나란히 걸려 있고 털의 야성도 사라지고 발굽은 정결하게 놓여 있다. 그러나 시인의 내면은 여전히 혼란스러우며 그 혼란의 이유를 그는 알지 못하고 있으므로 "천리 자갈밭"은 다시금 치근거리는 형상으로 다가선다. 내면 공간에 대한 의심과 의문은 풀리지 않은 채 이 시는 끝이 난다. 그러므로 큰 산의 불이 "구름의 속살"까지

번지고 있는 '환한' 형국에도 불구하고 "어둡고 큰 산"을 향한 시선
은 제대로의 방향을 유지하지 못한다.

어둠 속에서 나는 잠시 가슴에 단 꽃이
향기롭다고 느낀다 느낀다는 말의 은빛 물방울은
마침내 땅에 떨어진다고 생각한다 생각한다는 다갈색
말의 납덩이는 무거워 나는 잠시 내 발등을 다친다고 믿는다
믿는다는 말의 초록빛 향기로움. 뿔!

이마에 뿔 돋친 내 노래는
개똥벌레 등목 타고 허둥지둥 가고 있다
낡은 우리 집 벽시계 속으로
밤 12시 속으로, 밤 12시 깨워놓고
새벽닭 머리 밟고 천방지축 가고 있다
지평선 멀리 가물가물 가고 있다
창공에 빛난 별 항문 속에 감추고
    ─「지평선 멀리 가물가물 가고 있다」 전문(『절망의 이삭』)

강현국의 초기시는 모더니스트의 열망을 보여준다. 즉 그의 초기
시는 내면 공간에 대한 탐구 의지를 보여주는 동시에 언어의 존재
성에 향한 실험 정신을 구가한다. 앞에서 언급한 두 편의 시가 전자
에 해당된다면, 「지평선 멀리 가물가물 가고 있다」는 내면 탐구의
시정신에 보태어 언어에 대한 실험 정신을 보여준 결과물이다. 시
인은 1연에서 "느낀다"라는 말과, "생각한다"라는 말의 차이점을
탐색하고 이 말들이 자신의 내면에서 일으키는 서로 다른 파동에

주목한다. 시인의 고민은 언어는 인간 존재 이전에 있는 가장 근원적인 존재라는 인식에서 비롯된다. 언어에 의해서 세상 만물이 존재하듯이 언어에 의해서 시인의 생각이 형성된다. 그러므로 언어의 무게는 "납덩이"처럼 무거우며 언어는 "초록빛 향기로움"을 내뿜는 "뿔"과 같이 뚜렷한 존재가 된다. "내 노래" 역시 언어의 범주에 속하므로 이마에 뿔을 달 수밖에 없다. 언어의 존재성은 하루의 마지막 시간인 자정의 존재성마저 "천방지축" 흔들어 놓는다. 언어에 대한 존재론적 인식 태도는 강현국의 시가 정태적인 서정시의 틀을 깨는 반시적 경향을 지향하게 되는 데에 이론적 근거를 제시한다.

내 방은 북쪽 구석에 있다
습한 구석에서, 나는
애벌레 한 마리가 기어 나오는 것을 보고 있다
애벌레 한 마리가 습한 구석을 질질 끌고
기어 나오는 것을 힘들어 하고 있다, 나는
의기양양하게 여름 한낮을 알리는, 아니
앞마당의 광활을 선포하는 수탉의 큰 날개를 부러워하고 있다
댑싸리 잎이 몸을 움츠리고
쇠비름 잔그늘이 아연 잠적하는
수탉의 한세상을 신기해 하고 있다, 나는
힘센 수탉의 의기양양이
먹이로부터 온다는 사실을 알고 있다
먹이의 유혹과 먹이의 경계로부터, 먹이의 色쓰기로부터
내 방은 북쪽 구석에 있다, 나는 어느 날
애벌레 한 마리가 습한 구석을 질질 끌고

기어 나오는 것을 힘들어 하고 있다
　－「여름 한낮엔 구석이 없다」 전문(『견인차는 멀리 있다』)

　이 시는 세 번째 시집에 실려 있다. 세 번째 시집『견인차는 멀리
있다』는 '고독'의 시집이다. 최근 시집의 제목이 "고요의 남쪽"인
것에 비추어 보면, "내 방은 북쪽 구석에 있다"라는 첫 구절이 사뭇
의미심장하게 다가온다. 습한 "북쪽"의 구석은 시인의 방이 있는
곳인 동시에 시인의 내면이 향하는 의식의 지향점이다. 시인은 북
쪽으로 쫓겨 온 것이 아니라 스스로 북쪽의 소외를 선택하였다. 이
사실은 이 시의 첫 구절이 주는 직서적인 당당함의 의미에서 파악
된다. 그러나 선택한 자의 태도가 전적으로 강인해야 하는 것은 아
니다. 시인이 애벌레 한 마리가 습한 북쪽의 구석을 끌고 기어 나오
는 모습을 보면서 힘들어 하는 것은 이 북쪽 방에 대한 애정과 증오
의 감정이 동시에 있기 때문이다. 애벌레가 북쪽 방의 음습한 분위
기와 남쪽 세계의 환한 질서를 이어놓은 존재라면, 수탉은 여름 한
낮으로 그려지는 남쪽 세계의 모습을 알려주는 존재이다. 애벌레의
모습을 보면서 힘들어 하던 시인은 수탉의 큰 날개를 부러워하지만
수탉의 세계는 북쪽의 방에서 지향할 수 있는 세계가 아니라는 사
실을 이내 알게 된다. 수탉의 의기양양함 역시 시인의 천성과는 너
무나 다르다. 시인은 수탉의 의기양양을 가능하게 한 "먹이의 유
혹"과 "먹이의 경계", "먹이의 色쓰기"를 좋아하지 않는 것처럼 한
낮의 유혹을 즐겨하지 않는다. 그래서 그는 북쪽에 있는 고독한 방
을 운명처럼 받아들였다. 습한 구석을 끌고 가는 애벌레 한 마리의
모습이 애처롭게 보일지라도 시인은 자신의 방이 북쪽에 있다는 사

실을 숨기지 않았다.

흐린 저녁, 술잔 속에 내리는 빗소리 듣습니다 어깨 닳아빠진 낡은
탁자 위를 덜컹이며 지나가는 바람소리 듣습니다 굶주린 메뚜기 떼
세월의 뚝살 갉아먹고 있는 듯 기억의 구석구석 깡통 소리 와자하게
들려옵니다 술잔이 소주에게 소주가 쏘주에게 쐬주 한 잔 권하는 흐
린 저녁, 변두리 술집에서는 꼼장어도 기억 속의 발가락을 꼼작거려
봅니다 생이, 나뭇잎처럼 가볍게 뒤집힐 수 있다는 것을 믿지 않았던
어느 한때 상처마저 모서리에 찔립니다 오기의 창과 체념의 방패 사
이 뜨거운 국물이 펼치는 흐린 저녁, 빗소리 얼얼하게 들려옵니다 허
허벌판 바람소리 말 달립니다 삐거덕거리는 낡은 탁자 위에 검붉은
화덕 위에 깡통 소리 와자한 내몸 올려 놓고 삼겹살 구워 놓고 지평선
가물가물 굶주린 메뚜기 떼 기다립니다
　　　　－「지평선 가물가물」 전문(『견인차는 멀리 있다』)

이 시의 공간적 배경인 "변두리 술집"은 앞 시에 나타난 '북쪽
구석 방'과 통하는 장소이다. 스스로 북쪽 방을 선택하였던 태도는
"오기의 창과 체념의 방패"라는 표현에 나타난 복합적인 감정에서
비롯하였다. 오기와 체념이라는 대립적인 감정은 시인에게 극한적
인 고독감 속에 빠져들게 하였다. "술잔"과 "낡은 탁자"는 시인의
자의식이 투영된 것들이므로 거기에 스며드는 빗소리와 바람소리
같은 것들은 모두 다 고독감을 강화시키는 역할을 한다. 또한 이러
한 고독의 감정은 "굶주린 메뚜기 떼"의 이미지를 통하여 과거의
쓰라린 기억들과 이어진다. "기억의 구석구석 깡통 소리 와자하게
들려옵니다"라는 표현에서 보이듯 시인의 기억은 상처와 고독으로

가득 차 있는데 지금 그가 상처마저 모서리에 찔리는 고통을 감내
하면서 소주를 마시고 있는 것은 그 기억으로부터 벗어나기 위함이
아니라 그 기억을 더욱 뚜렷이 직시하기 위해서이다. "빗소리 일일
하게 들려옵니다 허허벌판 바람소리 말 달립니다"라는 표현은 황
막한 기억에 접한 내면의 풍경이다. 절망적인 혹은 비극적인 내면
을 다스리기 위해서 시인은 자신의 몸을 화덕 위에 올리는 고통을
상상한다. 나아가 시인은 지평선 가물가물 몰려온 굶주린 메뚜기
떼를 기다리며 자신이 처할 수 있는 극한상황을 상상한다.

> 이 세계 안에서, 나는
> 너에 대한 증거를 물었었다
> 빈집에 대한
> 기억의 심지가 타는 밤에
> 쟝 그르니에를 읽는다
> 그토록 많은 폐허 위에
> 그토록 많은 추억 위에
> 그토록 생생히 살아 있는 존재 위에
> 그토록 많은 희망 위에
> 시간은 멈추었다
> ─「빈집에 대한 기억」 전문(『견인차는 멀리 있다』)

이 시는 강현국 시가 담고 있는 근원적인 고독감을 가장 구체적
으로 보여준다. 고독감은 폐허의식으로 구체화되고, 폐허의식은 다
시 빈집에 대한 기억과 이어진다. 자신이 거처한 북쪽의 방은 결국

빈집의 이미지와 이어지면서 시인의 기억 역시 폐허를 이룬다. 그
러나 시인의 내면의식은 폐허 속에 깃들어 있는 것에 그치지 않고
"많은 추억"과 "많은 희망"을 향하여 나아가고자 한다. 시인이 "너
에 대한 증거"를 끊임없이 찾고 있는 것은 그 목표를 달성하기 위
해서는 멈추어 선 시간을 가로질러 가야했기 때문이다.

　강현국의 네 번째 시집『고요의 남쪽』은 시간을 가로질러 가는
고통을 인내하면서 '북쪽의 방'과는 반대인 '고요한 남쪽'을 지향한
다. 이 시집은 여전히 고독의 정서를 표출하면서도 그 고독한 절
망을 내면의 힘을 통해서 응축하여 내는 견인주의적 시정신을 구
현한다.

　　허공으로부터 범람하는 폭포로부터 솟구치는 연어떼로부터 태평양
으로부터 힘 센 절벽으로부터 푸른 식욕 붉은 성욕으로부터 아아 어
느날 멀어진 아버지로부터 살로부터 피로부터 바람의 경전으로부터
하루가 이렇게 저무는구나 늪으로부터 생선가시로부터 비린 세월의
밥상으로부터 휘영청 달밤으로부터 불면으로부터 모기 떼로부터 홍
콩감기로부터 아아 뭉개어진 내 꿈의 耳, 目, 口, 鼻로부터 마침내 속
상한 고목나무 밑둥으로부터 퍼질러 앉은 권태로부터 권태의 새끼로
부터 병정개미 떼로부터 범람하는 갈가마귀 폭포로부터 허공으로부
터

　　　　　-「세월의 밥상」 전문(『고요의 남쪽』)

　이 시가 형상화하는 것은 멈춘 시간이 아니라 흘러가는 시간이
다. 하루가 저물어가는 시간에 시인은 폭포와 연어떼, 그리고 절벽

의 이미지가 주는 싱싱한 생명력의 질서를 서서히 잃어가고 있는
자신의 존재를 인식한다. 마침내 "푸른 식욕 붉은 성욕"으로로부터
별어져 가는 사신의 존재를 향하여 허밍한 시선을 보낸다. 그러므
로 "하루가 이렇게 저무는구나"라는 인식은 한 생애의 조락에 대한
인식이다. 이 모든 연기적(緣起的) 삶의 국면이 "아버지로부터 살
로부터 피로부터" 비롯된다는 진술은 이러한 사실을 다시금 확인
시킨다. 이 시에는 구체적인 사물을 뜻하는 명사들과 미묘한 내면
의식을 일러주는 관념어들이 복잡하게 맞물려 있다. "불면"과 "권
태"는 시인이 벗어나고 싶었던 삶의 문제였을 것이지만, 아직 시인
은 이러한 삶의 습성으로부터 완전한 자유를 얻지 못했다. 이것들
역시 삶과 불가분의 관계에 놓인 중요한 본질이었기 때문이다.

> 삶이란 뷰파인더 속 사각형이 아닌데
> 너희는 어찌 믿음이란 말을 믿으려 하느냐
> 복사꽃 그늘에도 급커브는 있어
> 급커브의 지아비인 절벽은 있어
> 범람하는 정거장은 자주 거친 폭포를 이루지 않느냐
> 쥐들 제 꼬리를 뜯어먹는 황막한 일몰에 어찌 너희는
> 믿음이란 말속에 통나무집 짓고 군불을 지피느냐
> 보라, 지붕 위 염소도 바이올린도 폭포 속에 흔적 없이 부서지지
> 않았느냐
> 이제는 돌아와
> 남대천 자갈밭에 허물어진 연어처럼
> 人間世 언약이란 뜬구름인데

> 너희는 어찌 믿음이란 말의 태평양을 믿었더냐
> 복사꽃 그늘에도 급커브는 있어 급커브의 지어미인 빙벽은 있어
> 아서 아서라, 뼈 뿌러질라
>   —「복사꽃 그늘 아래서」 전문(『고요의 남쪽』)

세월이 시인에게 가르쳐 준 것은 무엇일까? 이 시는 이 질문에 대한 해답을 던지고 있는데 시인은 "너희는 어찌 믿음이란 말을 믿으려 하느냐"라는 직서적인 의문형 문장을 통하여 삶의 신념과 약속이 얼마나 허망한 것인가를 역설한다. "복사꽃 그늘"과 같은 평온한 삶 속에도 급커브, 절벽과 같은 불의의 사고가 언제 일어날지 모르므로 인간은 확실성에 대한 믿음을 버려야 한다. 믿음을 갖는 일이란 통나무집 안에 군불을 지피는 것과 같이 허망한 일일 따름이므로 "人間世 언약"을 "뜬구름"으로 인식해야 한다고 것이다. 그렇지 않으면 갑자기 다가올 불행에 의해서 신념을 향유하던 우리의 삶은 산산조각 날지 모를 일이기 때문이다. 이 시는 『고요의 남쪽』이 전반적으로 보여주는 불확실성의 세계관을 단적으로 보여준다. 시집의 권두에 실린 '시인의 말'에서 "가지 않은 길을 가야할 때가 된 것이다."라고 한 것 역시 불확실성으로 가득 찬 세상을 향한 의지적 다짐일 것이다. 결국 시인은 신념과 약속이 사라질 수밖에 없는 시대의 불안을 참고 견디면서 미지의 길을 걸어가야 하는 숙제를 숙명적으로 깨닫는다. 이 길 끝에서 만나게 되는 '고요의 남쪽'은 시인의 삶이 지향하는 마지막 종착 지점이 아니라 풍찬노숙의 노정 중 한 과정일 따름이다.

떡갈나무 그늘을 빠져나온 길은
황토 산비탈로 자지러진다
차돌처럼 희고 단단한 고요
오직 고요의 남쪽만 방석만큼 비어 있다
길은 또 한번 황토 산비탈로 자지러진다
온몸에 고추장을 뒤집어쓴 어떤 애잔함이, 출렁
섬진강 옆구리를 스치는 듯도 하였다
　　　　　　　－「고요의 남쪽」 전문(『고요의 남쪽』)

　이 "고요"는 거대한 자리를 차지하는 고요가 아니라 방석만한 부
피를 지닌 자그마한 고요이며, 확실성을 통한 고요가 아니라 불확
실성을 통한 고요이다. 그러므로 이 "고요"는 단단하면서도 언제
깨질지 모르는 고요이며 다시 한 번 더 있을 혹은 영원히 존재할
"황토 산비탈"을 예감하는 고요이다. 길의 운명에 대한 생각이 "어
떤 애잔함"의 정서를 불러일으킬 때, "온몸에 고추장을 뒤집어쓴"
삶일지라도 다시 어디론가 떠나가야 한다. 한때 '북쪽방'을 택한 후
지금 '남쪽의 고요'로 삶의 거처를 옮겨온 것과 같이, 지금 시인은
또 다른 방위의 세계로 나아가야 할 기로에 서 있다.

　강현국은 등단 이후 네 번째 시집 『고요의 남쪽』에 이르는 데 무
려 29년의 세월을 보냈을 정도로 그의 시쓰기는 신중하게 절제되어
있다. 네 시집으로 정리되는 그의 시세계는 역동적인 변모의 양상
을 보여준다기보다는 일관성 있는 시작 태도를 지향한다. 강현국이
전통적인 서정시의 평안한 자리를 거부하고 현대적인 실험정신을
지속적으로 보여주고 있는 데에서 드러나듯, 그는 문단이나 학계의

세속적인 평가에 연연하기보다는 시정신을 충실히 구현할 수 있는
데에 더욱 큰 의미를 두면서 여기에 이르렀다. 또한 강현국의 시정
신은 모더니즘적 세계관에 기인한 창작 방법론에 근간을 두기 이전
에, 생래적인 성품과 내면의식에서 비롯된 것도 사실이다. 풍부한
시적 감성과 함께 하는 실험 정신이 앞으로도 계속 이어지기를 바
란다.

제3부 시인론 II

소장신진시인의 시세계

풍경의 정서화와 무욕의 시정신

차영호론

    차영호 시인은 경북 포항에 있는 어느 초등학교의 교사이다. 시 작품과 시인은 궁극의 합일을 보이지 않을 수 없는 바, 차 시인의 첫 시집 『어제 내린 비를 오늘 맞는다』는 교사로서의 생활과 직접 관련되는 시편들은 거의 없지만 그의 직업과 연결될 수 있을 것 같은 천진성과 순수성을 지니고 있었다. 이미지의 과잉을 자제하면서 한 땀 한 땀 시의 씨실과 날실을 엮어 가는 시인의 내면이 맑고 깨끗하다는 느낌을 시종일관 지울 수 없었기에 마침내 그의 시편들에서 세속의 헛된 욕심을 버린 초월의 정신마저 읽을 수 있었다. 소화되지 않은 실험성과 추잡한 언어의 난무가 판치는 오늘날 한국시단의 현실을 뒤돌아볼 때 차영호 시인이 지닌 언어의 절제와 사유의 깊이는 의미심장하다. 그의 시를 읽으면서 나태주 시인의 짤막한 시 「국민학교 선생님」에 나오는 "한세상 억울한 생각도 없이/살다 갈 수만 있다면/시골 아이들 손톱이나 깎아 주면서/때묻고 흙 묻은 발이나/씻어 주면서 그렇게/살다 갈 수만 있다면"이라는 구절이 떠올랐다. 차영호 시인의 시에는 동화적 상상력이 개입하는 경우도 종종 있는데 이 역시 차 시인의 가슴속에 흐르는 소박하고 인정스러운 삶에 대한 동경과 안쓰으로 이어질 수 있다. 시인은 소박한 일상적 경험을 통하여 어두운 세상을 밝히는 순진무구한 희망의 언어를 길어 올리려고 노력하였기 때문이다.

1. 풍경과 페이소스

이 세상은 갖가지 풍경으로 구성되어 있다. 이 세상에 존재하는 다양한 풍경은 그 자체만으로는 어떠한 의미도 지닐 수 없다. 풍경 앞에 놓인 인간의 감각에 의하여 풍경은 재구성되기 마련이다. 풍경의 향기, 맛, 빛깔, 소리들을 어떻게 형상화하느냐에 따라서 그 풍경은 독특한 의미를 지닌다. 시 속의 풍경에 있어서도 그만큼 시인의 인식 태도와 방법이 중요한 것이다. 즉 우선은 객관적으로 존재하는 풍경일지라도 그것을 바라보는 사람의 관점에 따라서 서로 다른 의미를 지니게 된다. 이는 바로 관찰을 통한 인식, 그리고 정서화의 문제에서 비롯된다.

일반적으로 관찰은 대상을 감각적으로 인식하는 육체 기관의 일차적인 작용과 그 일차적인 작용에 의해 인간 내부의 심리가 작동하게 되는 이차적인 반응으로 나뉜다. 이 작용과 반응은 동시에 이루어지는데, 이러한 동시성의 원리를 통하여 차영호 시인의 시는 풍경을 정서화하는 창조적인 힘을 지니게 된다. 그는 보통 사람들이 그냥 스쳐 지나갈 수 있는 풍경에 대하여서도 개성적인 인식을 통하여 그것에 섬세한 의미를 부여한다. 차용호 시인의 감각은 지극히 섬세하다. 그래서 그의 풍경은 넉넉한 서정성을 지닌다. 그가 그린 풍경의 서정은 슬프면서도 아름답고 애틋하면서도 환하다.

> 그 날 칠포 바닷가 모래밭에 수천 수만의 가시내들이 깔깔거리며 모래 틈새로 스며들더니 넋 나간 멀커니처럼 냉수대가 밀려온 오늘 아침 불현듯 진저리 치며 뛰쳐나와 손나발을 불어대는 연분홍
>
> 난쟁이들
>
> ─「갯메꽃」 전문

이 시는 정제되고 압축되어 있으면서 재기 발랄한 상상력이 돋보이는 시다. 시인은 칠포리 바닷가에 피어 있는 갯메꽃을 보고 "손나발을 불어대는 연분홍 난쟁이들"이라고 표현한다. 그런데 이 자체는 크게 재미나는 표현이 되지 않으나 왜 이 난쟁이들이 진저리 치며 뛰쳐나와야 했는지를 알려주는 앞부분의 진술은 개성 있는 상상력의 역동성을 보여준다. 즉 갯메꽃이 핀 것은 반짝이는 모래알처럼 많은 수천수만의 가시내들과, 그 가시내들로 인하여 넋 나간 사내들의 만남으로 인한 것이라는 설명이 이 시의 흥미로운 화소이다. 이 시는 바닷가에 지천으로 피어 있는 갯메꽃에 대한 형상화를 통하여 사랑의 페이소스를 형성한다. 간결한 압축미와 상상력이 제격인 작품이다.

> 허름한 도포를 꺼내 입고 훌훌 길 떠날 채비하는 선비들을 만납니다 아예 옷을 벗고 겨울을 참는 잡목들의 재주나 불 탄 등걸에서도 싹을 밀어올리는 풀잎들의 질긴 목숨도 이미 위안이 될 수 없습니다

폭설도 혹한도 없는 이 난동에 물 건너온 흑파리 떼, 꺽꺽한 왜솔은 제쳐두고 절종된 미호천 황새처럼 순한 조선소나무들만 남은 수액에 모든 회한을 뭉쳐 적복령으로 내장한 채 삭정이로 말라갑니다 썩은 부스럼 딱지가 떨어질 때마다 핏빛 연명의 상흔이 드러나고 복장 터지는 아픔이 되살아나 현비유인(顯妣孺人)이 된 어머니들이 고리짝 깊숙이 감춰 두었던 배냇저고리를 꺼내 들고 울음을 참고 있습니다

　　겨울 숲에 가시거들랑 무턱대고 '야호!' 소리치지는 마세요
　　　　　　　　　　　　　　　　　　　　　　　－「겨울 숲에 가면」 전문

　차영호 시인은 풍경을 정서화하는 능력을 지니고 있다. 이 시에서 시인이 다양한 측면에서 묘사하는 "겨울 숲"의 풍경은 짙은 정서적 흡입력을 발휘함으로써 독자들에게 풍부한 페이소스를 불러일으킨다. 나뭇잎은 다 떨어지고 땅은 꽁꽁 얼어붙은 겨울 숲이지만 아무런 의미를 지니지 않는 것이 아니다. 시인은 겨울 숲에 있는 다양한 사물들 속에 자신의 감정을 충분히 이입시킨다. 시인은 먼저 겨울을 견디고 있는 고목을 "허름한 도포를 꺼내 입고 훌훌 길 떠날 채비하는 선비들"이라고 은유한다. 그것들의 모습에서 죽음의 시간을 넘어 생명의 질서로 향하는 인고적 자세를 읽어냈던 것이다. 즉 겨울 숲은 이별과 조락의 모습들로만 가득 차 있는 곳이 아니다. 불 탄 등걸에서 새싹을 밀어올리는 풀잎은 고목의 모습과는 대조를 이루지만 이것만으로 겨울 숲의 희망을 말할 수도 없는 것 역시 당연하다. 아직 그곳에는 남은 수액에 모든 회한을 뭉쳐 넣고 있는 조선소나무가 있으며 그것의 부스럼 딱지가 떨어질 때마다 드

러나는 핏빛 연명의 상흔이 있기 때문이다. 시인이 "현비유인(顯妣孺人)"이 된 어머니들의 울음을 읽어내는 이유 역시 여기에 있다.

차영호 시인이 형상화하는 풍경은 경험의 시간성으로 가득 차 있다. 그는 그 스스로가 보고 듣고 느낀 것 외에는 시로 쓰지 않는 것 같다. 그만큼 그의 시는 진실하며 사실적이다. 그가 그려낸 풍경은 상처 입고 어두운 것이 많으며 그곳에 내재된 정서가 우울하며 고독한 것이 많은 것은 그가 이 세상의 화려한 것들보다는 물질문명의 뒷전에서 홀대받고 있는 작은 것들에 대한 사랑을 지닌 시인이기 때문이다. 그럼에도 불구하고 그의 시는 어두운 풍경 안에서도 희망의 가능성을 읽어내는 일을 게으르게 하지 않는다. 그러한 가능성이 조금씩 확충되어 갈 때 그는 고개턱을 넘자마자 열리는 "그리운 바다"(「달맞이 고개를 넘으며」 부분)를 노래할 수 있었다. 그가 노래하는 풍경이 그리운 바다의 파도 소리로 가득 차오를 때 그가 형상화한 비애의 형식은 희망의 형식으로 온전히 화할 수 있을 것이다.

2. 무욕의 삶과 고결한 투신

차영호 시인의 창작 소재는 산업화된 도시 공간과는 거리를 둔 전원적이고 목가적인 세계에 근거를 둔다. 그러한 세계 속에서 시인은 순결하고 아름다운 시심을 키워 나간다. 시인은 복잡한 세속적 삶의 가치에는 관심을 두지 않았기 때문에, 그의 시에서 과격한 투쟁과 분열의 목소리를 찾을 수 없는 것은 당연하다. 도시적 문명 공간을 벗어나 있는 시인이지만 그에게 어찌 삶의 질곡과 고달픔에 대한 인식마저 전무할 수 있겠는가. 다만 시인은 특유의 순수하고 소박한 시심으로 세상의 아픔을 겸허하게 수용하여 그것을 극복하였다. 그는 돈이나 권력, 명예와는 전혀 상관이 없는 시의 세계에 투신하는 정결한 마음가짐으로 삶이라는 크다란 바다 속으로 고결한 항해를 시도한다. 그의 시에서 염결성과 진정성을 읽을 수 있는 것은 바로 무욕의 시정신 때문이다.

바람이 분다
쓰러진 풀잎보다
또 밀려오는 파도보다도
내가 먼저 눈을 뜬다
고개만 들고
사방을 훑어보아도
여린 귀청을 흔드는 포효
민감한 바다는
날씨보다 먼저 낯빛을 고치고
목소리까지 바꾸지만
내게는 단 한 벌뿐인
허름한 가난과
난파된 유산
반짝거리며 물목을 돌아가는 불빛 속에서
나는 언제나 서 있어야 하고
일어서기 위해
쓰러지는 연습을 한다

―「등대」 전문

   바다에 대한 그리움은 차영호 시인이 지닌 주요한 시의식 중의
하나이다. 이 시에서 보이는 등대에 대한 지향성 역시 바다에 대한
지향성와 연결되는 문제이다. 밀려오는 파도의 출렁거림 속에서도
눈을 뜨고 고개 들어 굳고 억세게 서 있는 등대는 다름 아닌 세상을
향해 열려 있는 시인의 올곧은 정신세계를 상징한다. 파란만장한
질곡으로 가득 차 있는 세상이라는 바다 속에서 시인은 "허름한 가
난"과 "난파된 유산"으로 모진 세파를 견디어내고 있다. 시인은 자
신의 가난과 좌절을 부정적으로 여기는 것이 아니라 오히려 이것이
그가 이 세상을 살아갈 수 있는 의미이며 희망이 될 수 있다고 생각
한다. 이는 잔잔한 수면을 바라보며 서 있는 등대보다는 거센 바람
과 파도 앞에 우뚝 솟아 있는 등대가 더욱 아름답고 가치 있는 등대
가 되는 이치와 마찬가지이다. 자신의 어려움을 이겨서 외유내강
(外柔內剛)의 자세를 유지할 수 있을 때 그에게서 퍼져 나오는 빛
은 "반짝거리며 물목을 돌아가는 불빛"으로 거듭날 수 있을 것이
다. 그리하여 시인은 마침내 "나는 언제나 서 있어야 하고/일어서
기 위해/쓰러지는 연습을 한다"라는 견인주의적 발언을 하게 된다.
고통을 감내하여 그것을 승화시키려는 이와 같은 발화는 시인의 정
결한 내면에 자리 잡고 있는 무욕의 시정신에서 비롯된다. 자본과
상품의 위력이 인간과 도덕의 가치를 위협하는 요즘, 무욕의 정신
이야말로 새로운 화해의 세계를 열어 가는 열린 가능성이다.

   마음에도 없는 말을 시퍼렇게 갈아
   네 가슴을 찔렀구나
   번연히 붉은 줄 알면서도

아물어 가는 상처를 되려 덧나게 후벼팠구나

늘 나만을 생각하고
늘 나만을 소유해 달라는 눈 먼 욕심이
이미 존재하지 않는 별의 혼적을 시새워
칼날보다 먼저 피를 흘리고
그림자보다 먼저 나동그라진다.

알면서도 자충(自充)을 두는
하수(下手)

바다를 만나러 바다에 가도
바다가 없다

-「귀로」 전문

　자신의 삶에 대한 반성적 사유가 나타난 시다. 시인은 자신이 괜
한 욕심으로 세상에 상처를 남기며 살았다고 생각한다. 마음에도
없을 정도로, 모질게 만들어진 그의 말로 인하여 세상의 상처는 오
히려 덧나게 되었다. 그러나 그러한 자신의 말이 욕심으로 인한 것
이었음을 그는 깨닫는다. 이것은 "늘 나만을 생각하고/늘 나만을
소유해 달라는 눈 먼 욕심"의 이기적 발현이었다. "이미 존재하지
않는 별의 혼적"을 되찾는 길은 이 눈 먼 욕심을 버리는 일뿐이다.
욕심을 버릴 수 있을 때 새로운 "귀로"가 나타날 수 있음을 시인은
잘 알고 있다는 것을 보여주는 작품이다.
　무욕의 정신은 이웃에 대한 사랑의 정신으로 이어진다. 시인이

나환자 정착촌이었으나 지금은 폐허가 된 "초곡리"를 형상화한 「초곡리」라는 작품에서 그곳에 살던 사람들을 얌전히 비껴서는 사람들이라고 표현한 것이나 「남포동 네거리에서 한 사내가」라는 작품에서 "지나는 이들의 발바닥 밑을 올려다보면서 지나는 이들이 비켜가는 발소리를 들으면서 사람으로 태어나 사람처럼 걷고 뛸 수 있는 평범한 자유를 그리워하는 눈물 그렁그렁 고이는 소리"를 들을 수 있었던 것 역시 이웃 사랑의 정신에서 비롯되었다. 그래서 이 작품의 끝 부분에서 "가난한 이들에게/햇살로 찾은 유물을 한 줌씩/되돌려 주고 있다"라는 표현은 남빈동 사내의 행동에 대한 묘사인 동시에 삶에 대한 고결한 투신을 갈망하는 시인의 내면 심리의 형상화인 것이다.

욕심을 버리고 낮은 곳으로 임하는 삶의 가치를 깨달은 시인은 그리하여 "무에 그리 푸달진 높이라고 아득바득 직립에 목을 매야 하나?/눕자 눕자 누운 만큼 넓어지는 하늘"(「누운향나무」 부분)이라고 노래할 수 있었다. 또한 "슬픈 눈으로 세상을 보면/아름답게 보여요"(「물봉선화」 부분)라고 말하면서 슬픔이 고달픈 이 세상을 살아가는 힘이 될 수 있으며 또한 그것이 아름다운 세상을 향한 밑거름이 될 수 있음을 깨우칠 수 있었던 것이다. 이러한 시인 의식이야말로 차영호 시인의 작품 세계의 정서적 근간이라 하겠다. 그가 이 세상의 보잘 것 없는 것들을 사랑하고 낮고 그늘진 곳으로 따뜻한 시선을 보낼 수 있었던 것은, 그가 바로 슬프고 가난한 자를 사랑할 수 있는 휴머니즘의 소유자였기 때문이다.

3. 농경적 지향성과 가족애

차영호 시인의 상상력은 식물적이다. 유랑과 분리의 형국으로 치달을 수밖에 없는 자본주의적 삶의 양식이 동물적이고 수렵적인 속성과 관련된다면 정주와 화합의 형국을 지향하는 농경적인 삶은 식물적인 속성을 지닌다. 현대인들은 기계주의적 메커니즘 속에서 가정과 공동체의 의미를 상실하고 있으며, 그러한 만큼 상실되고 있는 그 세계에 대한 간절한 지향성을 지니기도 한다. 차영호 시인이 지닌 식물 편향은 다소간 전근대적인 느낌을 주기도 하지만 전통적이고 농경적인 삶에 대한 지향성을 뿌리 깊이 내포한다는 측면에서 기계와 속도 속에서 고달파하는 현대인들에게 구원의 메시지를 전하여 주기에 이른다.

차영호 시인이 지닌 농경적 세계에 대한 갈망은 가족 나아가 인간에 대한 사랑의 시정신으로 거듭난다. 이는 공동체적 화합 가능성에 대한 믿음이기도 하다. 인간과 인간, 인간과 자연이 유대하여 하나될 때 우리는 '입동의 추위'와도 같은 현실의 질곡과 고난을 극복할 수 있을 것이다. 그래서 시인은 「입동」에서 "따개비처럼/붙어살자//무릎을 스쳐 가는 시린 바람이/먹등대 돌아드는 어둠으로 흔들려도//다닥다닥 붙어살자//살을 에고 소금 치는 시장기가 멱살 쥐고 종주먹 대도//따개비처럼 붙어살자/다닥다닥"이라고 간절하게 노래했다. 시인은 「후투티」에서 보이듯 아내를 아낄 줄 아는 지아비이며 「용등」에서 보이듯 친척할머니의 죽음을 애도할 줄 아는 사람이다. 「아우」와 「입대」 같은 시에서 뭉클한 감동을 불러일으킬 수 있었던 것 역시 공동체적 삶에 대한 지향성 때문이다.

아우는 수원시 권선동 수산물시장에서 꽃게를 다듬어 팔고
나는 물끄러미 포항에 산다

장형이랍시고 직장 핑계로 나돌고
위로 애잔한 이빨 둘씩이나 빠져
부모를 모신 가난밖에는 죄 없어 마흔이 넘도록 총각인
아우

아우나 나나 타관은 매한가지인데
대목에 손이 바빠 꼭꼭 막힌 귀성길
설밑에 안부 전하려니
부재중임을 알리는 핸드폰의 발신음이 반갑다

ㅡ「아우」 부분

　마흔이 넘도록 결혼을 하지 못한 아우에 대한 연민과 사랑이 은
근하게 묻어나는 시다. 맏형인 시인은 직장일 때문에 부모님을 모
시지 못하고 그의 동생이 타향인 수원에서 부모님을 모시고 산다고
진술되어 있다. 시인이나 동생이나 고향을 떠나 객지의 삶을 살아
가고 있는 형편은 마찬가지이다. 이 시는 아우에 대한 사랑의 감정
을 넘어 화해로운 유년의 원형적 공동체에 대한 향수를 형상화하는
데에 이른다. 뿔뿔이 객지로 이산되어 살았던 가족들이 모이는 설
과 추석 등의 명절은 바로 우리의 가슴 깊숙한 곳에 있는 원형적
세계에 대한 그리움의 발현을 전제로 한다. 우리 민족에게 원형적
삶의 형상은 늘 농경적 세계관과 맞물리는 경우가 많다. 부모님을
모시는 일을 인간의 기본 도리로 삼았고, 조상의 기일에 제사를 지

내며, 명절에 모여 가족간의 우애를 다지는 일 역시 모두가 농경문
화의 유산인 셈이다. 이런 시를 쓰게 된 시인의 내면에는 바로 농경
적이고 원형적인 세계에 대한 길망이 들어 있다.

> 어제같이 현관을 나서는 너의 등을 두드리며 동충하초(冬蟲夏草)
> 생각을 한다 아들아, 이것은 넉자로 된 고사성어가 아니다 그렇다고
> 외딴 섬나라의 대단한 짐승 이름도 못된다 그저 우리 밥상에 오르는
> 건거니려니, 고추장이나 된장보다는 조금 색다른 것이라면 어떻겠니?
> 사내로서 어깨를 다지기 위하여 벌거벗고 건너야 하는 삼 년, 너를
> 위하여 잘 준비된 연회는 아닐지라도 덤덤하게 조석으로 대하는 밥상
> 머리라 치자 빡빡 터럭을 밀어 서먹서먹한 너를 식전부터 살차게 낯
> 선 방축 너머로 등 떼미는 것은 내가 주정뱅이여서가 아니다 아니,
> 주정뱅이라서 그렇다 아무튼 밥 잘 먹고 몸조심하거라
>
> ―「입대」 전문

입대를 앞둔 아들에 대한 부성적 사랑이 엿보이는 시다. 사랑이
라기보다는 걱정이라고 해야 더 정확한 표현이 될지 모르겠으나,
자식에 대한 걱정이란 보상을 기대하지 않는 헌신적 사랑과 다를
것이 없겠다. 시인은 군대를 가기 위하여 떠나야 하는 아들을 위해
차려진 소박한 아침 식사를 가족과 함께 한다. 그리 화려하게 차려
진 식탁은 아닐지라도 부모의 자식 사랑하는 마음이 듬뿍 들어가
있는 식사라는 점은 분명하다. 한 식구를 객지에 떠나보냄으로써
이제 그들은 함께 식사를 할 수 있는 기회를 잃게 된다. 한솥밥을
먹는 사람들을 '식구(食口)'라고 한다면 뜨거운 밥솥 앞에 모두 함

께 모일 기회를 상실한 시인의 가족은 이제 당분간 온전한 식구가 아니다. 그렇다고 가족구성원들의 애정이 변할 리는 없다. 그들은 이미 혈연으로 엮여 있기 때문이다. 그러한 혈연적 유대에 대한 간절한 믿음이 "아무튼 밥 잘 먹고 몸조심하여라"라는 평이한 구절에 함축되어 있다.

현대적 삶은 전근대적인 농경사회를 지나서 산업사회로 진입한 지 이미 오래 되었으며, 이제 정보화 사회로서의 특징까지 충분히 지니게 되었다. 생산 토대가 기계화되었을 뿐만 아니라 인간관계의 틀 또한 기계화되고 고립화되어 가고 있는 것이 현실이다. 이러한 과정에서 가족 관계 역시 와해될 수밖에 없었다. 인간의 정에 의존하는 공동체적 삶은 점점 더 훼손되어 가고 기계와 컴퓨터에 의존하는 문명적 원리가 우리의 삶을 지배하는 현실에서, 원형적 삶에 대한 간절한 그리움을 지닌 차영호 시인이 가족에 대한 남다른 사랑을 지니는 것은 당연한 일이다. 또 다른 맥락에서 보면 가족에 대한 시인의 애정 역시 그의 휴머니즘 정신의 일환으로 보인다.

합리주의를 명분으로 삼은 현대성의 원리가 인간 삶의 원리를 지배하는 오늘의 시점에서 차영호 시인이 이번 시집에서 보여준 휴머니즘 정신을 되새겨볼 필요가 있다. 욕심 없는 겸손함을 미덕으로 삼아 어둡고 낮은 곳으로 향하는 그의 시정신은 세상의 혼탁함과 살벌함으로 인하여 오히려 더욱 빛이 나는 것 같다. 모더니즘의 시정신을 잘못 이해하여 문맥조차 파악하기 어려운 과도한 실험을 거듭하는 시들이 한국시단의 전통성과 서정성을 위협하는 현실 상황에서 차영호 시인이 보여주는 지극한 서정과 고전적 품격은 시의 위의를 지켰다는 점에서 시사하는 바가 크다. 첫 번째 시집인 이번

시집에서 그의 한 세계가 갈무리되고 있다. 앞으로도 차영호 시인
은 더욱 부지런히 좋은 작품들을 써 낼 것이다.

　시인은 「자서」에서 자신의 시를 "둑길에서 남몰래 눈 맞춘 이름
모를 들꽃"이며, "물살 센 여울목을 굴러내리다 잘게 부서진 돌멩
이"라고 은유하였다. 시인 자신의 겸손한 표현처럼 차영호 시인의
시는 이름 모를 들꽃과 같이 풋풋하며, 잘게 부서진 돌멩이처럼 애
틋한 면이 많다. 그의 시는 겉만 번지르르한 화려한 수사에 길들여
있지 않기 때문이다. 부디 초심(初心)을 잃지 말고 "좁쌀 맞은 이름
을 먼저/버리고 가풀막지게 사느라 그늘진 낮을/버리고 자꾸 도지
는 속병과 부끄러운 상처까지" 버리는 마음가짐으로 정진해 주길
바란다. 그러할 때 차영호 시인은 비로소 "그리운 바다"를 "닝큼"
만날 수 있을 것이며, 그의 시는 독자들의 가슴속에서 "눈물이 핑
도는 나무" 한 그루로 자라날 수 있을 것이다.

초록을 떠내는 진흙발자국

최창균론

1

　최창균 시인을 만나 뵌 지가 퍽 오래 되었다. 파주시 교하면에서 소목장을 운영하며 살고 있는 최 시인의 독특한 이력은 서울이라는 삭막한 공간에서 컴퓨터와 얼굴 맞대고 사는 많은 시인들에게 회자되고 있는데, 가끔 소와 함께, 풀과 함께 청정의 삶을 사는 최 시인을 생각할 때면 문단의 새카만 말석에서 쭈뼛거리던 이 후배 시인의 손을 덥석 잡아주던 그의 묵직한 손이 먼저 떠올랐다. 그 손이야말로 묵필에 길들여진 문약한 내 손등에 삶의 절실함을 음각시키는 뜨거운 무엇이었다. 일찍이 박목월의 시집 제목인 '크고 부드러운 손'에 빌려 표현한다면 나는 최 시인에게서 '크고 뜨거운 손'을 발견하였다.

　최창균 시인은 그의 건장한 외모에서 풍기는 이미지와는 달리 가늘게 떨리는 듯한 나지막한 목소리와 그에 걸맞은 여린 마음을 지닌 시인이다. 가끔씩 그와 통화를 할 때면, 그 때마다 늘어놓는 어눌할 정도의 언변은, 이상하게도 장시간 지루하지 않게 이야기 속으로 청자를 끌어들이는 독특한 마력을 지녔는데, 이는 그 삶이 지닌 핍진성과 솔직성에서 기인한다고 생각된다. 그는 세상 사람들과 얽힌 삶의 자잘한 부분들에서도 쉽게 여린 마음을 들키는가 하면, 한 시도 인간에 대한 근본적인 애정을 잃은 적이 없는 성품을 지녔다. 그토록 고달픈 목장 일을 바삐 수행하면서도 평생 시를 놓지 않고 살 수밖에 없었던 까닭도 여기서 찾아보아야 하지 않겠나 한다.

그러한 그가 등단한지 몇 년 후 시업을 포기하고 살아야 하던 때가 있었다. 일과 가정에 복잡한 일이 있었기 때문이다. 그는 그 때의 정황을 "권력의 힘에 밀려 아무 이유 없이 감옥으로 가야 했으며 이십 년 동안 농지원부(농민임을 증명함)를 소유해왔던 땅의 일부를 잃었으며 그 충격으로 인해 아버지를 다시는 볼 수 없게 되었던 것이다. 말하자면 내가 경영했던 일과 가정이 아수라장된 상황에서 시를 쓴다는 것이 스스로 용납되지 않았다."(『현대시학』1999년 5월호)라고 피력하고 있다. 몇 년간의 시인 폐업기를 지나 다시 본격적으로 시를 쓰기 시작한 것은 1999년이다. 휴지기를 거쳐 1999년 이후 본격적으로 작품을 발표한 그이긴 해도 등단 16년 만의 첫 시집은 늦어도 너무 늦은 게 아닌가 하는 생각도 들지만 요즘같이 작품집이 홍수를 이루는 시대에 이만한 절제를 보여주는 시인이 있다는 것도 의미 있는 일이겠다.

2

최 시인의 첫 시집은 그의 삶을 오롯이 보여주는 시편들로 구성되어 있다. 물론 시인의 삶이 나타나지 않는 시집이 어디 있을까마는 그렇다손 치더라도 특히 이 시집은 최창균 시인이 아니라면, 그와 같은 경험이 있는 사람이 아니라면 도저히 흉내 낼 수 없는 육화된 시의 정수를 보여주고 있다. 사회 변혁 운동이 시들해진 1990년대 이후 우리 문학은 새로운 지향점으로 생태주의를 내어 놓았는데 그 이론들과 잘 맞는 작품 중 일부는 탁상공론식의 사유를 보이는 경우가 많아서 도대체 작품이 먼저인지 이론이 먼저인지 헷갈리게 한다. 이에 비해 최 시인의 시는 생태주의 문학이론의 훌륭한 실제 사례가 될 수도 있을 것이나 굳이 그의 시를 놓고 그러한 서구 이론을 갖다 되어 도끼로 나비 잡듯이 할 필요는 없을 듯하다. 그의 시는 담론으로 분석할 수 있는 원형성과 순수성을 지니고 있기 때문이다.

이번 시집은 3부로 나뉘어 있다. 1부의 시들은 대체로 소에 관한 이야기들이다. 그에게 소는 생업의 수단이기 전에 가족과 같은 인생의 동반자이다. 우리 조상들은 소를 생구(生口)라고 불렀다. 생구는 원래는 머슴을 의미하는 말인데, 밥을 같이 먹는 가족을 식구라고 하듯이 생구라는 말 속에는 소를 사람으로 여기는 우리 민속사상이 배어 있다. 최창균 시인의 시에 나오는 소의 형상 역시 우직하고 참을성 있고 성실하게 그려지는데, 이는 또한 시인 자신의 모습일 것이다.

최 시인과 소의 운명적 동질성은 평생 소를 먹이며 살아온 아버지의 삶에서 비롯하였다는 원래적인 혈연관계에 대한 인식에 이를 때 더욱 명확하게 나타난다. 이를 두고 시인은 "목매지 송아지 코 뚫던 그 날 밤/나는 다시 노간주나무 한 그루 대자게 베어내었다/ 그렇게 아버지의 소는 내가 도둑질한 것이었다"라고 말하였다. 시 인은 다른 지면에 쓴 자신의 시화에서 아버지의 죽음도 소와 땅의 상실과 관련한다고 어렴풋이 밝힌 바 있는데, 이처럼 최 시인의 삶 은 소와 불가분의 운명을 지녔다. 그는 소의 생태를 바라보며 인간 삶을 이해하며, 소의 아픔을 바라보면서 인간 삶의 비극을 인식한 다. 최 시인에게 소는 세계를 향하여 나가는 통로이다. 다음의 시 역시 이 관점에서 이해할 수 있다.

우황 든 소는 캄캄한 밤
하얗게 지새며 우엉우엉 운다
이 세상을 아픈 생으로 살아
어둠조차 가눌 힘이 없는 밤
그 울음소리의 소 곁으로 다가가
우황주머니처럼 매달리어 있는 아버지
죽음에게 들킬 것 훤히 알고도
골수까지 사무친 막부림 당한 삶
되새김질하며 우엉우엉 우는 소
저처럼 절벽울음 우는 사람 있다
우황 들게 가슴 치는 사람 있다
코뚜레 꿰고 멍에 씌워 채찍 들고서
막무가내 뜻을 이루려는 자가 많을수록
우황 덩어리 가슴에 품고 사는 사람 많다

우황 주머니 가슴에 없는 사람
우엉우엉 우는 소리 귀담지 못한다
이 세상을 소리내어 우엉우엉 울지 못한다
　　　　　　　　－「소－우황에 대하여」 전문

　우황이란 소의 쓸개 속에 병적으로 뭉친 물건이니 우황 든 소의
고통을 짐작하기란 어렵지 않다. 그런 병을 앓고 있는 소가 잠을
이룰 수 없는 아픔으로 서럽게 우는 것이다. 그런데 이 시에서 말하
는 바는 다만 소의 고통이 아니라 시인 아버지의 비극적인 삶이며
또한 그러한 아버지 삶을 옆에서 바라보아야 했을 시인 자신의 서
러움이다. 결국 "골수까지 사무친 막부림 당한 삶"이란 그들 모두
의 공통 분모적인 삶이었을 것이다. 우황의 고통은 "코뚜레 꿰고
멍에 씌워 채찍 들고서/막무가내 뜻을 이루려는 자가 많을수록" 생
겨나는 것이니 이 세상이 모두 순리에 따르는 삶을 지향한다면 아
무도 우황과 같은 고통을 겪을 필요가 없을지 모른다. 그러나 시인
은 그러한 아픔을 우리 삶에서 반드시 비껴 나가야 하는 것으로 인
식하지는 않는다. "우황 주머니 가슴에 없는 사람/우엉우엉 우는
소리 귀담지 못한다"라는 구절에 이르러 시인이 궁극적으로 말하
려는 바가 무엇인지 알 수 있다. 그는 이 시를 통하여 삶의 질곡이
지니는 의미와 그러한 삶을 통하여 얻게 된 성찰을 이야기한다. 우
리네 삶에서 비극이란 존재하기 마련이므로 그 비극을 통해서 얻게
되는 세계 이해의 깊이가 중요하다고 시인은 말한다.

　부러지지 않고 찢어지지 않는 어둠 속에서

니가 붉은 소금으로 타고 있구나
시뻘겋게 삶의 밑불로 지펴지고 있구나
절망의 거품 물고 발버둥치는 네가
생의 바닥까지 갔다 되돌아오는 비명처럼 우는 때
나는 혼신의 힘으로 너를 도와 일으킨다
그렇게 너도 나를 도와 부끄러운 네 삶을 일으켜 세우는구나
이제 세상을 꼿꼿하게 살아는 보자고
　　　　　　　　　　　　　－「쓰러진 소를 일으키며」 부분

　최창균 시인이 노래하는 소는 거의 모두가 아버지에게서 얻은 운명적 현실과 이어지는 동시에 자신 삶의 중요한 맥락으로 수용된다. 소가 쓰러졌을 때 그 쓰러짐이 자신의 쓰러짐으로 수용되는 것은 소가 "내 자식, 내 아버지, 내 삶의 전부"이기 때문이다. 이토록 소를 사랑하는 시인이 소의 기질을 닮아가는 것은 당연한 일이다. 어렸을 때부터 시인은 소의 기질이 있었음을 비극적인 가족사를 가운데 두고 상징적으로 그려내는 작품이 「아버지와 소」이다. 풀을 수없이 되새김질하여 살과 가죽을 만드는 소의 생태에 대한 깊은 신뢰가 시인 스스로 인간과 자연에 대한 애정을 만들어가는 근원적인 동력이 되었을 것이다. 참을성이 있고 책임감이 있고 정직하며 성실하고 믿음직한 소의 성품이 이번 시집의 시의식 속에 근본적으로 숨어 있는 것이다.

3

이번 시집의 두 번째 특징은 식물 친화적인 상상력인데 2부에 실린 작품들이 주로 그러하고 3부에 실린 작품들 중 일부가 그러하다. 앞서 주요 소재인 소를 이야기하였는데 소야말로 식물친화적인 동물이다. 소는 고기를 전혀 먹지 않는 초식성 동물이기 때문이다. 세상의 갖가지 풀을 즐겨 먹음으로써 소는 붉디붉은 살을 만들어간다. 풀 속에서 풀과 함께 살다가 남기고 가는 최고의 고기인 것이다. 이 고기를 노리는 식육수(食肉獸)의 습격이 두려워 반추(反芻)라는 특별한 기능까지 발달시켰던, 이 식물 친화적이고 자기희생적인 삶의 형식을 지닌 것이 바로 소이다. 시인의 삶 역시 소와 함께하는 것일진대 그 마음이 나무와 풀과 함께 하는 것은 당연하다.

> 순간 연못에 얼음이 쩌억,
> 이제 오래 전 나무에게서 받아두었던
> 연못의 물이 나뭇가지의 눈으로 옮겨가는 중이다
> —「봄나무」 부분

> 드디어는 나무는 더는 못 참고
> 낭창낭창 제 몸을 구두질하던 속엣 말을 꺼내어서는
> 빗방울들과 죽이 맞아 물 손뼉소리 쳐대는 것이라니
> —「여름나무」 부분

시인에게 나무는 농경적 삶의 동반자이다. 그는 소를 사랑하듯이 나무를 사랑한다. 그리고 이는 사람 사랑에까지 이어진다. 봄나무

든 여름나무든 오동나무든 두릅나무든 간에 그들 나무의 생리 속에
는 우주적 원리가 들어 있다. 시인은 나무와 함께 살아가면서 나무
에게서 많은 것을 배우며, 인간 삶의 질곡에서 비롯한 상처를 나무
로부터 치유 받으려 한다. 키 작은 나무와 키 큰 나무가 둔덕 아래
를 조금씩 메우면서 서로의 마음을 환하게 이어가듯이 사람들도 이
렇게 어울려 살아갔으면 좋겠다는 것이 시인의 궁극적인 마음 아니
겠는가. 이러한 나무를 나무답게 하는 것은 초록이며 사람을 사람
답게 하는 것은 사랑일 것이다.

그렇다면 그 초록은 어디에서 생겨나는가. 초록은 햇볕으로부터
온다고 시인은 누누이 말한다. 시인은 "내 마음의 화수분 같은 열매
들/잘 받아먹은 햇볕으로 울긋불긋해지지요"(「햇볕 환한 집」 부분)
라고 말하며 햇볕을 통하여 사랑과 행복을 빚어낸다. 그런데 이 광
합성이란 물과 햇빛만으로 유기물을 만들어 내는 식물성의 원리가
아니던가. 마치 소가 풀로 살을 만들듯이 말이다.

최 시인이 지닌 햇빛 친화적인 상상력은 「햇빛에 대하여」, 「탐스
러운 햇빛」 등에 시에 잘 나타나는데, 이는 「공중먼지를 추억한다」
라는 작품의 마지막 연인 "공중먼지로 떠돌던 나무와 풀들이/무수
히 떨어지면서 날아가면서/파르르 몸 떨며 스스로를 추억하네"라
는 표현에서 무수히 많은 햇빛이 존재하는 하늘에 대한 지향성으로
까지 이어진다. 이는 햇빛 친화성은 곧 식물 친화성이다. 시인은 싸
리꽃잎이나 패랭이꽃이 다 이곳에서 온다고 말한다. 이러한 식물
친화적인 세계관은 농경민으로 살아가는 최 시인이 지니는 당연한
상상력이다. 이 시집의 제목을 따온 「자작나무 여자」 역시 나무 사
랑과 인간 사랑을 한 마음으로 연결시킨 작품이다.

그의 슬픔이 걷는다
슬픔이 아주 긴 종아리의 그,
먼 계곡에서 물길어 올리는지
저물 녘 자작나무 숲
더욱더 하얘진 종아리 걸어가고 걸어온다
그가 인 물동이 찔끔,
저 엎질러지는 생각이 자욱 종아리 적신다
웃자라는 생각을 다 걷지 못하는
종아리의 슬픔이 너무나 눈부실 때
그도 검은 땅 털썩 주저앉고 싶었을 게다
생의 횃대에 아주 오르고 싶었을 게다
참았던 숨 살이 벗어나기 위해
또는 흰 새가 나는 달빛의 길을 걸어는 보려
하얀 침묵의 껍질 한 커플씩 벗기는,
그도 누군가에게 기대어보듯 종아리 올려놓은 밤
거기 되려 잠들지 못하는 어둠
그의 종아리께 환하게 먹기름으로 탄다
그래, 그래
백년자작나무숲에 살자
백년자작나무숲에 살자
종아리가 슬픈 여자,
그 흰 종아리의 슬픔이 다시 길게 걷는다
                    ―「자작나무 여자」 전문

자작나무를 종아리가 하얀 여인에 비유하고 있는 이 시는 식물

적 원리와 삶의 원리를 일원론적으로 파악하려는 화해로운 세계관
이 들어 있다. 자작나무는 나무껍질이 희고 얇게 벗겨지기 때문에
백화(白樺)라고 불린다. 자작나무의 종아리에 대한 이 시의 형상화
는 백화의 이러한 생태적 특징에서 비롯된 것이다. 중요한 것은 자
작나무가 지닌 "웃자라는 생각"과 그 생각으로 인하여 생긴 "종아
리의 슬픔"을 보았다는 점이다. 그리고 시인이 "검은 땅 털썩 주저
앉고 싶"은 자작나무의 내면을 읽었다는 점이다. "백년자작나무숲
에 살자/백년자작나무숲에 살자"라는 간절한 영탄으로 어둠조차
오히려 잠들지 못하는 그 슬픔을 환기시키는 공간인 자작나무숲은
시인 영혼이 깃든 식물성 꿈의 결정체이다.

4

최창균 시인의 시에는 화려한 수사가 드물다. 자연물을 소재로
한 은유와 직유 역시 더없이 소박하여 독자들은 그것이 수사인지도
모르고 자연스럽게 넘어간다. 그 스스로 세속의 화려한 옷을 모두
다 벗어던지고 맨살의 정신으로 이 세계와 맞부딪히고 있기 때문에
나타난 일이다. 위선과 가식의 삶이 보편화하고 있는 자본주의적
양식 속에서 자신을 솔직하게 드러내 보이는 일은 쉽지가 않다. 특
히 도시적 생활에서는 더욱 그러하다. 최 시인이 이만큼 맨몸으로
이 세계를 맞이하려고 하는 것이 눈물겹게 느껴지는 것은 이 세계
를 사는 사람 대부분이 그러한 자연인의 삶으로 환원하려는 의식조
차 잊고 있기 때문이다. 그는 맨발로 이 세계의 상처를 보듬고 그것

을 위무하려 든다. 그것이 일견 무모해 보일지 모르나 모름지기 시를 쓰는 사람의 삶이란 근본적으로 이래야 되는 것 아니겠는가.

> 내 부러진 발목의 지팡이를 붙들고
> 끝까지 놓아주지 않으려는 봄날
> 이내 대지의 마음을 알았어요
> 앓던 이를 뽑아 놓은 것처럼
> 말랑말랑한 흙 위로 걸어나오는 돌들의 신음소리
> 제 자리에 돌려놓는 것이 얼마나 아픈 길인지
> 이제 맨발의 흙길 서럽도록 걸어는 봐요
> —「맨발의 흙길을 걸어요」 부분

시인은 대지의 목소리를 듣고자 온몸으로 그것을 맞이하고자 발을 벗었다. 맨발의 흙길은 우주의 변화를 실감하는 길인 동시에 이 세상과 대지의 아픔을 위무하는 길이며 또한 서러운 자신의 삶을 스스로 객관화하여 인식할 수 있는 길이다. 그러므로 시인은 이 흙길을 맨발로 걸어 돌들의 신음소리를 들으며 대지의 마음을 이해하게 된다. 맨발이 이 시집에서 소, 초록, 햇빛 등과 더불어 하나의 상징을 이룰 수 있었던 것은 이 때문이다.

> 드디어 진흙발자국이 꽝꽝 얼어붙었다
> 진흙이 입 벌려 발자국 꽉 물고 있는 것처럼
> 나는 아픈 발자국 진흙에 남겨놓고 걸어나왔다
> 돌이켜보니 나는 저 족적으로

부단히도 삶을 뒷걸음질쳐 왔다
지난봄 밭에다 씨앗 심을 때
논배미 모 꽂을 때 모두 뒷걸음질쳐야 했으니
초록을 앞세운 것이 아니라
초록이 내 발자국 따라 왔던 것이었으니
저 꽝꽝 언 진흙발자국은 초록 데리고
봄으로의 진흙 속으로 뒷걸음질치고 있으리라
그 때마다 나는 밭이나 논배미에 나가
초록 잃어버린 나를 다시 찾아놓곤 했었다
그렇게 입 딱 벌린 언 진흙발자국에다
내 아픈 발을 슬그머니 디밀어 보았던 것,
진흙의 슬픈 국자처럼
내 꽝꽝 언 진흙발자국은
지금 초록을 떠내고 있는 중이다

　　　　　　　　　　　　　　－「진흙발자국」 전문

　꽝꽝 언 진흙발자국 속에는 무한한 생명력이 숨어 있다. 그 속에
는 무진장의 창조력을 지닌 생산의 원천인 흙과, 잠재적인 가능성
에 새 생명을 불어넣는 물이 들어 있다. 진흙이 물의 가루라는 바슐
라르의 말을 인용하지 않더라도 진흙 속에 물의 원리가 숨어 있는
것은 당연하다. 잠시 이 둘이 생명의 동력을 멈춘 것이 얼어붙은
진흙발자국이다. 이것은 녹는 순간 다시금 원래적인 생명력을 획득
하게 된다. 시인은 언 진흙이 지닌 생명력의 가능성에 주목하였다.
꽝꽝 언 진흙발자국이 초록을 데리고 봄의 대지 속으로 뒷걸음치고
있다는 진술은 이래서 가능하다. 또한 이 시에는 앞으로만 전진하

는 속도의 시대를 거역하고 천천히 뒤로 걸어가면서 모를 심고 곡식을 생산하는 농경적 삶의 원리에 대한 믿음이 들어 있다. 초록을 앞세워서 초록을 생산하는 것이 아니라, 초록으로 하여금 내 발자국을 따라 오게 할 때 진정으로 초록의 향연은 펼쳐질 수 있다. 시인이 얼어붙은 논에 나가서도 잃어버린 초록을 되찾는다고 말하는 태도는 자연의 순환 질서에 대한 신뢰를 통하여 얻어진 기다림의 태도를 말하리라. 그러한 기다림의 시간 이후에 이루어지는 초록의 꿈이야말로 진흙발자국의 진정한 의미를 각인해 주리라. 한겨울 내내 얼어 있든 아니면 봄 햇살 아래 질퍽하게 녹아 있든 간에, 초록을 떠내는 진흙발자국, 이것은 최창균 시인의 삶과 문학의 찡한 상징이 되리라.

　인간 삶과 함께 하는 소, 백년을 넘게 산 자작나무, 초록을 떠내는 진흙발자국 등에서 보이는 풋풋한 상징들로 이루어진 최 시인의 처녀 시집은 이른 아침 군불로 끓여낸 쇠죽의 걸쭉한 향기를 내뿜는다. "맨땅에 녹색이나 초록이 번지는 힘으로" 오랜 세월 천신만고 끝에 지어낸 집 한 채를 이루었기 때문이다. 최 시인은 시인의 말에서 "나는 이 땅에 내 마음의 녹색이나 초록을 심는다는 생각"으로 시를 쓰겠다고 다짐하였다. 밭에서 아무리 돌을 골라내어도 돌의 알은 끊임없이 그 풀 위에 나타나는 것처럼 그의 시 밭에도 '초록을 떠내는 진흙발자국' 마다에 짙푸른 시의 알이 영원히 무성해질 수 있기를 바라마지 않는다. 최 시인 역시 "남아 있는 몇 분을 네 다리로 밟고/다시 내일로 이동해 가는" 느리나 씩씩한 소걸음으로 새로운 시의 세계로 나아가리라 기대해 본다.

불화를 견디는 탐색의 형이상학

전기철론

어떤 시인들은 농경적 세계관을 바탕으로 하여 향토적이고 전원적인 풍경에 관심을 기울이기도 하고, 또 다른 시인들은 서구의 모더니즘적인 세계관을 섭렵하여 근대적인 풍경에 관심을 기울이기도 한다. 이분법적인 시각으로 볼 때 전자의 시인들과 후자의 시인들이 구분되기도 하지만, 이들이 형상화하는 서로 다른 두 세계는 오늘날 혼란스럽게 공존한다. 전기철의 새 시집『아인슈타인의 달팽이』의 주요 소재는 도시적 공간이며 도시적 사물이다. 농경사회에서 산업사회로, 산업사회에서 정보화사회로 접어든 시대에 살고 있는 우리에게 도시는 문명의 총체적인 양상을 경험시켜 준다. 그러므로 신이 인간을 만든 정교한 기술로써, 인간은 도시를 만들었다고 한 어느 서구 학자의 말도 일리가 있다. 전기철에게 도시는 삶을 영위해야 하는 공간인 동시에 끊임없는 불화를 불러일으키는 갈등의 공간이다. 어쩌면 시인 전기철에게 도시는 갈등과 불화로서의 의미를 더 강하게 지니는 것 같다. 그곳은 낯선 사람들과 낯선 거리가 있는 불편한 공간이다. 그곳에서 수많은 이미지들은 서로를 외면한 채 흩어지며 나부끼고 있다. 그것에서 동일성을 향한 시인의 꿈은 산산조각나기 일쑤다.

> 가난한 밤은 길다./수녀들이 지나가고/신부들이 지나가고/골판지 박스가 오고/신문지들이 오고/차곡차곡 쌓인 하루 위에 몸을 누이면/잠 속으로 발자국이 찍히고/아직 밥을 먹지 못한 영혼이 휘파람 소리를 키우면/소주병들이 여기저기 흩어지며/욕설을 폭죽처럼 터뜨린다./밤은 저흘로 깊어가고/잠들지 못한 이들의 신발은/발레를 하듯 꺾이고 꺾인다. 눈을 감아도/잠은 달아나고 자꾸 알전구만 충혈되니/숫자를 세다가 그치고 그치는/밤은 정말, 천천히 걷는다./파도 소리를 키운 잠 속/다리를 모아 지느러미를 만드니/몸 위로 지나가는 행인들의 발자국에서/가시가 돋는다./방귀처럼 터지는 한밤/잘라온 옛 꿈속에 숨어도/아침은 영영 오지 않을 듯이
> —「노숙일기」 전문

전기철의 시집에는 밤의 시간이 자주 등장한다. 시인은 밤의 도시 속을 파고든다. 밤이 되면 도시의 겉모습은 야경으로 빛나지만, 그 내부 깊은 속으로 들어가 보면 누추하고 초라한 풍경이 꿈틀거리고 있다. 노숙자들이 모이는 공간은 도시의 밤이 지닌 어두운 일면을 여실히 보여준다. 지나가는 수녀와 신부들도 이들의 삶을 구원하지는 못한다. 소주병들이 흩어지고 욕설이 난무하는 밤의 공간에 거처한 노숙자들은 자본주의라는 참혹한 경쟁 사회에서 비켜 서 있는 자들이다. 그렇다고 이들에게서 꿈이 완전히 사라져 버린 것은 아니다. "잘라온 옛 꿈"을 숨겨야 하는 노숙자들이 배회하는 우울한 풍경을 통하여 시인은 현대 도시의 빛 아래에 숨겨진 그림자

를 보여준다.

　밤의 깊이를 재기 위해 어둠 속에 내시경을 넣는다. 깊이 박힌 눈이 잠들지 못하고 있다. 변종의 눈이다. 수면제 루미날을 떨어뜨린다. 내성이 생긴 눈은 감았다 뜨고 감았다 뜨면서 퍼즐처럼 쌓인다. 눈은 눈을 낳아, 어둠 여기저기에 박힌다. 파편의 어둠 속에 또 한 알의 루미날을 떨어뜨린다. 누더기가 된 눈이 죽어가며 또 다른 눈을 낳는다. 그러다가 새벽이 할, 할, 할, 죽통을 치면 결백을 가장한 눈이 어둠에서 **빠져나온다**. 천근만근 쇳덩이 하나 공중으로 솟는다.

―「유마힐 문병기」 전문

　불면으로 밤이 찢기는 새벽/몸에서 담배 냄새가 난다./꽁초가 몸에 갇혀 있기 때문이다./몇 번 기침을 하다가/참지 못하여 물을 마시기도 하고/침을 삼키기도 하지만/불은 좀처럼 꺼질 줄 모른다./폐의 안부가 궁금해/간밤의 불면을 조사해 본다./연기가 나오는 길을 따라,/안을 들여다보면 까맣게/그을린 사연들이 곳곳에 죽어 있다./침을 삼켜/낮 동안의 사연을 달래지만/흉터가 너무 깊게 패어 있다./내 운명을 뚜렷이 아는/꽁초의 장난으로/아침은 늘 매캐하다.

―「꽁초」 전문

　위에 인용된 두 편의 시는 도시 공간에서의 불안과 불면을 형상화하고 있다. 두 시의 화자가 겪은 낮 동안의 사연 속에는 흉터와 상처가 가득할 것이다. 그러한 고통스런 일상을 통하여 다다른 밤의 시간에 온전한 잠을 잘 수 있는 자는 드물다. 수면제 루미날은 잠을 오게 하지도 못한다. 약효에 내성이 생긴 눈은 더욱 또렷해질 뿐이다. 시인은 잠을 이루지 못한 채 새벽을 맞이하게 된다. 「유마힐 문병기」에 나오는 수면제의 이미지는 「꽁초」에서 담배의 이미지로 이어진다. 몸 속 깊은 곳에서 풍겨져 나오는 담배 냄새는 내면의 고뇌와 고통을 상징한다. "낮 동안의 사연"은 도시 공간에서의 불안과 이어진다. 불안은 현대인이 지닌 내면의 중요한 부분이 되어버렸다. 불안은 강박적이거나 지속적이어서 낮의 불안은 밤의 불안으로 이어지기 십상이다. 일상이 끝난 밤의 시간에도 계속적으로 고통스러워하는 것은 이와 같은 불안의 특성 때문이다. 현대 도시는 불안으로부터 결코 자유로울 수 없는 공간이다. 우리는 언제 무슨 사고가 일어날지 모르는 상황 속에서 자본을 획득하기 위하여 경쟁적인 삶을 살아가고 있다. 도시가 숨긴 불행의 국면을 잘 알고 있으면서도 도시를 떠날 수 없는 역설적 상황은 "내 운명"이면서 나아가 우리의 운명이다.

　　추운 날 술집 사이를 걷고 있는데 명치에서 자전거가 생겨 여간 성가신 게 아니다. 가슴이 답답하여 어찌할 바를 몰라 호프집으로 들어가 생맥주 한 잔을 들이켜자 자전거가 사이렌 소리를 내며 바퀴를 돌린다. 취기가 일수록 바퀴는 더 빨리 돈다. 화장실에 가서 자전거를 토해보려 하지만 자전거는 더 쏜살같이 돈다. 걸을수록 피멍이 들어 골목을 돌아설 때 목숨 하나씩을 버리지 않을 수 없다. 뒤를 돌아보면 버린 목숨을 물어뜯는 개들이 최후의 목숨을 노리고 있다. 덜컥, 겁이 나서 바퀴보다 빠르게 집에 이르면 여자는 마지막 남은 목숨 하나마저 빼앗으려 든다.
　　　　　　　　　　　　　　　　　　　　　　　　—「어떤 꿈」 전문

일상의 틈바구니 속에서 살고 있는 현대인이 꾸고 있는 꿈은 행복보다는 고통을 전해 주는 경우가 많을지 모른다. 가슴뼈 아래 생겨 난 자전거는 떨쳐버릴 수도 없고 또한 추구할 수도 없는 현대인의 꿈을 상징한다. 그 꿈으로 인하여 가슴이 답답해진 시인은 그 답답함에서 벗어나기 위하여 술에 취해보지만 그렇다고 고통이 사라지지도 않는다. 꿈의 고통으로 인하여 목숨을 하나씩 버려야 한다고 시인은 말한다. "마지막 남은 목숨 하나"마저 빼앗기는 순간, 꿈의 고통은 극대화한다. 전기철의 도시시는 프랑스 상징주의 시와 독일 표현주의 시에서 많은 영향을 받고 있는 듯하다. 그의 시는 근대 문명을 총체적으로 상징하는 도시의 여러 공간과 사물에 대한 천착을 통하여 문명비판적인 시선을 다분히 견지한다. 치밀한 관찰과 냉정한 비판 속에서 발화되는 전기철 시는 현대인들에 대한 애정 어린 시선을 놓지 않음으로써 낯설음의 미학 속에서도 인간적인 공감대를 형성하고 있다.

변방의 사랑

김태정론

　　김태정은 등단 13년 만에 첫 시집 『물푸레나무를 생각하는 저녁』
을 상재하였다. 이 시집은 유랑하는 젊은 영혼이 펼쳐놓는 독특한
이야기들로 가득 차 있다. 이 이야기들은 끝없이 중심을 경계하고
혹은 두려워하면서 변방을 떠도는 자의 상념들로 엮여 있는데 그
상념들은 일견 비애와 자조 섞인 목소리로 들리기도 한다. 하지만
그 목소리에 가만히 귀 기울이면 거기에는 혼탁한 세속과 정갈한
탈속의 경지를 눈물겹게 오가고 있는 젊은 영혼이 지향하는 낭만적
세계관이 엿보인다. 그만큼 김태정의 시가 폭넓은 서정의 형이상학
을 구현하고 있기 때문이다.
　　이 시집에 실린 시들은 대부분 자유시 형태를 취하면서도 긴 호
흡을 가진 작품들이 대부분이다. 그 유장한 가락을 뽑아 시인은 이
별과 가난과 방랑의 기록을 촘촘히 뜨개질한다. 삶의 질곡을 얽는
날실과 홀실 사이에는 차마 쉽게 건네지 못할 한스러운 사연이 구
구절절 숨어들어가 있다. 김태정의 시는 오랜 세월 동안 방황한 여
린 영혼의 자서전을 보여주는 듯하여 읽는 이의 마음속에 슬픔의

공감대를 형성시켜주는 구절을 많이 가지고 있다. 그러한 공감은 주로 80년대의 시공을 향한다. 그는 90년대를 거쳐간 새천년의 지평 속에서도 이른바 80년대의 정서에 많이 침윤되어 있는데, 80년대의 숨결은 애정이며 동시에 증오의 감정을 불러일으킨다.

> 이제 나의 286은 천하무적이다
> 내가 무슨 소리를 지껄여도 어떤 사랑을 꿈꾸어도 어떤 정치꾼을 욕한대도 어떤 정견을 갖고 있대도
> 아무도 모르는 오직 나와 286과의 암묵적인 약속, 수상한 문자는 깨끗이 지워준다는 불온한 유전자는 절대 유출하지 않는다는 외계와의 교신은 완벽하게 끊어준다는 알리바이를 확실히 담보해준다는 약속을 나는 철저하게 맹신한다
> 이것이 팔공년대에 대한 나의 증오이고 애정이라 해도 좋다 머지않아 다시 컴퓨터 대란이 올지라도
>
> ─「나의 아나키스트」 부분

"286"은 80년대에 유행한 대표적 컴퓨터 기종이다. 그러나 새로운 기종이 나와 그 쓸모를 다한 컴퓨터를 붙잡고 시인은 오히려 더 편안해 하고 행복해 한다. 이러한 286컴퓨터에 대한 집착은 시인의 삶과 얽힌 80년대적 정서를 상징적으로 보여준다. 그는 이미 고물이 되어 버린 기계와 함께 하면서 속도를 미덕으로 삼고 있는 정보통신의 시대에 과거를 잊어버린 현재의 삶을 반성하고 있다. 이러한 반성은 지나간 시절에 대한 회한과 그리움으로 이어지는데 시인은 이를 두고 "팔공년대에 대한 나의 증오이고 애정"이라고 표현한

다. 여기에는 지나간 시절에 대한 애정이 더 강하게 자리 잡고 있는
것처럼 보인다. 시인이 변방을 떠돌며 자본과 상품의 논리에 얽매
이지 않는 자유로운 삶을 선택할 수 있었던 것도 80년대적 정서의
현존 때문일 것이다.

> 약속된 불빛을 기다리며
> 묵묵히 철로 위의 침묵을 견디어낼 때
> 잃어버린 집결지를 찾아들듯
> 녹슨 포복으로 열차는 오고
> 그 나지막한 흔들림과 흔들림 사이
> 삶은 또한 서둘러 슬픔의
> 마지막 한방울까지 지우라 하네
>
> ―「하행선」 부분

시인은 춥고 배고픈 밤, 더디게 오고 있는 하행선 열차를 기다리
며 슬픔에 젖는다. 그는 침묵에 휩싸인 철로를 바라보며, 가슴속 슬
픔을 이겨보고자 하는 태도를 취한다. 하지만 그는 마지막 남은 슬
픔의 한 방울을 지워버린다 하여도 우리의 삶이 행복해지는 것이
아니라는 사실을 잘 알고 있다. 그는 슬픔을 지우며 사는 사람이
아니라 슬픔의 힘으로 삶의 양식을 만들면서 살아온 사람이기 때문
이다. 가난과 이별과 고독의 힘으로 그는 시를 쓰고 사람을 사랑했
을 것이다. 그의 시에 배어있는 휴머니즘은 그래서인지 가식적으로
느껴지지 않는다.

물속에서 물이 오른 물푸레나무
그 파르스름한 빛깔이 보고 싶습니다
물푸레나무빛이 스며든 물
그 파르스름한 빛깔이 보고 싶습니다
그것은 어쩌면
이 세상에서 내가 가장 사랑하는 빛깔일 것만 같고
또 어쩌면
이 세상에서 내가 갖지 못할 빛깔일 것만 같아
어쩌면 나에겐
아주 슬픈 빛깔일지도 모르겠지만
가지가 물을 파르스름 물들이며 잔잔히
물이 가지를 파르스름 물올리며 찬찬히
가난한 연인들이
서로에게 밥을 덜어주듯 다정히
체하지 않게 등도 다독거려주면서
묵언정진하듯 물빛에 스며든 물푸레나무
그들의 사랑이 부럽습니다

— 「물푸레나무」 부분

김태정의 시는 슬픔과 고독의 정서가 "물푸레나무의 푸른빛"처럼 고요하고 잔잔하게 배어 있는 작품이다. 물에 담긴 가지로 그 물을 파랗게 물들이는 물푸레나무는 제 몸에 있는 초록으로 타자를 향한 사랑을 실천해 보여준다. 어느 저녁 어스름에, 본 적 없는 이 나무를 갑자기 떠올리는 것은, 자신에게 결핍되었던 그 사랑이 간절하게 그리워졌기 때문이다. "그것은 어쩌면/이 세상에서 내가 가장 사랑하는 빛깔일 것만 같고/또 어쩌면/이 세상에서 내가 갖지 못할 빛깔일 것만 같아"라는 구절은 바로 이 마음을 짐작케 한다. 시인은 물푸레나무의 빛깔을 보며 절망과 희망의 빛을 동시에 읽어 내는데 이 두 상반되는 감정은 사랑의 스펙트럼을 통하여 일원화한다. 이 사실은 김태정이 이번 시집을 통하여 추구한 궁극적인 명제가 '사랑'이라는 점을 뚜렷이 보여준다. "불생불멸"하는 삼라만상을 향한 슬프고도 강렬한 사랑은, 변방을 떠돌며 읊어낸 유장한 가락 속에 가장 중요한 시정신으로 자리 매김된다.

인간 사랑과 식물성의 꿈

윤향기론

　윤향기의 언어는 맑고 간결하다. 그의 세 번째 시집『엄나무 명상법』은 인간과 사물에 대한 맑고 순박한 애정이 스며든 편안한 모성의 세계를 형상화하고 있다. 대상을 바라보는 시인의 눈은 앞서 간행한『내 영혼 속에 네가 지은 집』『굴참나무 숲과 딱따구리』등의 시집들에서보다 깊어졌고 그의 어조는 더욱 고요해졌다. 조용히 그 순연한 슬픔을 되뇌면서 독자를 그 슬픔의 세계로 불러들인다. 이웃과 가족에 대한 깊은 애정을 나타낼 때 그는 그들의 아픈 자리에 가서 앉아 그 아픔을 자기 것으로 만들어 보기도 한다. 자신을 둘러싸고 있는 다양한 삶의 편린들을 무리한 비약으로 초월하려 하지 않는 데에 윤향기 시의 미덕은 있다. 그러므로 그의 시에는 현실을 과장하여 표현하려는 위악(僞惡)적 이미지가 나타나지 않는다.

　윤향기는 일상과 완전히 분리된 세계의 이미저리 속을 몽상하는 시인이 아니다. 일상 속에서 현현하는 시적 순간을 발견하여 여러 사람이 감동받을 수 있는 작품을 쓰는 일이야말로 윤향기의 지향점인 동시에 여타 많은 서정시인들의 바람이기도 하겠지만, 이는 쉬운 일이 아니다. 이때 작품으로서의 성공 여부는 일상이라는 공간을 어떻게 형상화하느냐에 달려 있다. 현실에서 변용된 문학적 일상이 예술적 구조의 힘으로 얼마만한 감동을 주느냐가 중요한 관선이다. 윤향기 시에 나타난 일상은 여느 사람들의 삶 속에서 언제나 존재할 수 있는 것이면서도 그가 발견해 낸 시적 모티프는 섬세한 감성을 가지지 않고서는 잘 발견할 수 없는 것들이다. 놓치기 쉬운 삶의 순간들에서 얻어진 소재들이 그의 시에 두드러진 인간 사랑의 시정신 속에서 아름답고도 슬프게 형상화되고 있다. 그의 시에 담긴 휴머니즘은 스스로 전혀 의도하지 않는 가운데 나타나는 자연스런 인간 성정(性情)의 발로라 하겠다. 윤향기의 휴머니즘은 자신의 삶의 결핍에 목말라 하면서 한편 그것을 인정하고 나아가 그것을 극복하는 과정에서 우러나오기도 한다. 그러할 때 이러한 인간 사랑의 정신도 더욱 값진 것이 될 수 있다. 먼저 그의 시에 나타난 자아 결핍을 이해할 필요가 있다.

> 마음에 가깝던 한 사람을 묻고 돌아서자
> —「Peru 2000」 부분

> 돌아서면 스스로 어둠 속에 가라앉는 돌이 될지라도
> 내 아직 버리지 못한 것 하나
> —「겨울강 지나다」 부분

> 제 무게를 견디지 못한 그리움이
> 신에 대한 완전한 복종으로 보였다
> —「그날 카펠교에는」 부분

인용된 시들에서 알 수 있듯 윤향기의 이번 시집에는 사라진 것
들에 대한 그리움을 표현한 시편들이 많다. 그리움의 대상은 "마음
에 가깝던 한 사람"이었으며 "내 아직 버리지 못한 것 하나"였다.
시인은 떠나간 것 혹은 사라진 것들을 아직도 잊지 못하고 있다.
위 시들은 김소월의 「금잔디」나 「초혼」에 나타난 연인 상실과 한
의 정서를 떠올리게 하는데 그는 그 그리움이 견딜 수 없는 것이며
그것은 "신에 대한 완전한 복종"처럼 어찌할 수 없는 것이라고 말
한다.

윤향기가 지닌 생의 허무와 정한의 이유 중 하나는 덧없이 흘러
가 버린 세월에 대한 아쉬움에 있기도 하다. 이는 "빛나던 머리칼은
/새 옷을 입은 지 오래/우연히 들어선 찻집에서도/음악은 낯설기만
하다"(「이방인」 부분)라고 하면서 자신을 현실의 이방인으로 보는
것이나, 조카 결혼식날 "병풍 앞에 앉은 중년 여인이/먼 옛날 같아
보이고/시어머니 같기도 하고/따뜻한 늦가을 햇볕에 핀/황국도 닮
았다"(「황국처럼」 부분)라고 하는 표현에서 구체적으로 보인다.
필자는 이 "황국"이라는 단어에 주목한다. 원형비평에서는 20대를
봄에, 30대를 여름에, 40대를 가을에 비유하기도 한다. 황국은 봄과
여름에 있었을 시련을 견디고 피어난 가을꽃이다. 동시에 황국은
아쉬움·서러움·그리움 등 젊은 날의 뜨거운 감정을 조금씩 절제
한 다음에 오는 성숙하고 고요한 아름다움을 느끼게 하는 40대 혹
은 중년의 꽃이다. 덧없이 흘러간 세월을 아쉬워하면서도 동시에
자신의 삶은 "황국"에 비유할 수 있다는 것은 성숙되고 균형 잡힌
삶을 향한 가능성을 시사한다. "황국"의 세계에 다다르고 싶은 것
은 윤향기에겐 삶의 이상이며 시의 이상이다. 그러므로 아래와 같

은 따뜻한 긍정의 시를 쓸 수 있었던 것이다.

보이는 것 모두
길 아닌 것이 없는 듯하였습니다
새로운 길이 궁금하여
이쪽 길을 걸으면서도
마음은 늘 저쪽 길을 갈망하였습니다
한때는 행복한 휘파람을 불기도 했습니다
한때는 아무나 찾아올 수 없는 길로
들어선 적도 있었습니다
그러나 한 길에서 오래 머물 순 없었습니다
되도록 높이 바라보며 멀리 가고
싶었기 때문입니다
해시계의 그림자가 닿는 곳까지 걸었습니다
그러면서 보았습니다
길이란 길 속에서 찾는 게 아니라
마음 터에서 찾아야 한다는 것을
그리고 생각했습니다
그리운 사람은 함께 걸어도 그립고
가슴에 있는 사람은 함께 있어도
보고 싶다는 것을.

−「길」 전문

길은 그리움이 이어진 공간이다. 그곳은 인간 삶을 풍요롭게 한
다. 길을 떠난다는 것은 그리운 것들에 대한 동경이며 그리운 것들

이 들려주는 목소리에 대한 화답이다. 우리는 소망의 노래를 부르면서 길을 떠나가다가도 언제나 아쉬운 마음으로 집에 돌아와야 한다. 길 끝에는 쉴 집이 존재할 테지만 그 집을 떠나서 또 다른 길을 선택하여 영원히 떠나야 하는 것이 인간의 삶이다. 그러므로 인생이란 떠나감과 돌아옴의 영원한 반복이며 변주인 것이다. 인간의 삶을 방위적 공간성으로 파악한다면, 그것은 태어난 곳을 시작으로 한 떠남과 돌아옴의 구조이다. 그러므로 인생이란 이중적인 구조를 지닌다. 떠남과 돌아옴이 모두 다 여행인 것이라면 인간은 태어나서 죽을 때까지 끝없는 여행의 과정에 있다고 할 수 있다.

화자가 항상 "새로운 길"을 찾아 떠나려고 하는 것이나, 한 길을 걸으면서도 미지의 다른 길을 그리워하는 것에서도 길의 형이상학은 자연스럽게 나타난다. 세상에 길 아닌 것이 없는데도, 우리는 어떤 길을 가야 우리의 희망이 이루어질지 쉽게 알지 못한다. 그러므로 "보이는 것 모두/길 아닌 것이 없는 듯하였습니다"라는 가능성의 말 속에는 길 하나라도 제대로 찾을 수 없다는 절망감도 묻어 있다. 시인이 가고자 한 인생의 길은 어떤 길일까. 그 길은 화해로운 인간 세계를 창조하는 길이며 나아가 인간과 자연과 우주를 화합시켜 주는 길이다. 그런데 이 길은 지도 속에 존재하는 길이 아니다. 이 길은 사색과 반성과 깨달음을 통하여 열어갈 수 있다. 그러므로 화자는 "길이란 길 속에서 찾는 게 아니라"고 말한다. 이는 깊은 사유의 과정을 통하지 않고서는 쓸 수 없는 말이다. 화자가 찾고자 한 "그리운 사람"이나 "가슴에 있는 사람" 역시 마음먹기에 따라서 멀리 있기도 하고 가까이 있기도 한 것이다. 그것은 세상의 길이 너무 많기도 하지만 오직 자신이 나아가야 할 길은 마음속에 있는 것이기 때문이기도 하다.

　이러한 깨달음이 더욱 육화될 때 시인은 비로소 "꿈은 밤을 태우고 피어난 촛불 같아서/어둠을 완전히 몰아낼 수 없으나/그 어둠 속에서/길을 안내하듯이 험한 길이었으나/아름다움을 만난 소중한 여행이었습니다."(「올리브 정원」 부분)라는 세계 긍정에 도달할 수 있는 것이다. 슬픔의 내면화를 거쳐서 도달한 세계에 대한 따뜻한 긍정은 "멀리서/비둘기 한 쌍이/아카시아 언덕으로 날아 왔습니다.//때묻지 않은 스페인 무곡을/어깨에 짊어진 시인의 눈빛을 닮은/신혼 부부가 이사를 왔습니다"(「일요일 아침」 부분)와 같은 표현에서 소박하고 자연스러운 이웃 사랑으로 나타나기도 한다. 윤향기의 인간 사랑은 가족에 대한 그리움과 애정으로도 나타나는데, 아버지 연작에서 이를 확인하게 된다.

　　혼자 가방을 쌌다
　　아버지께 뿌려드릴 갠지스 강물 한 움큼과
　　몇 방울의 눈물을 유리병에 담으며
　　그래도
　　발바닥에 묻어 있는 붉은 모래는 털지 않았다.
　　　　　　　　　　　　　　　　　－「아버지・1」 부분

　육친(肉親)에 대한 애정과 그리움은 인간이 지닌 감정 중에서 가장 자연스럽고 원형적인 것이다. 시인은 인도를 여행하는 도중 아버지의 죽음을 알리는 전화를 받고 혼자 가방을 싸고 있다. 시인은 아버지의 영전에 올리기 위하여 갠지스 강물과 눈물을 유리병에 담는다. 강물과 눈물의 이미지는 묘한 충돌을 일으키면서 동시에 조화를 이룬다. 모든 강이 그렇겠지만 특히 힌두교의 성소(聖所)인 갠지스 강은 죽음과 생이 공존하는 공간이다. 많은 이들의 주검이 그곳에서 화장된다. 산 자들은 망자의 뼈와 피가 흐르는 물을 마시고 그 물에서 목욕한다. 죽음과 삶이 자연스레 교차된다. 아버지의 영전에 갠지스 강물을 올리는 것은 생사가 순환하는 갠지스의 상징성을 선물하는 것이다. 그 마음속에는 아버지의 죽음에 대한 겸허한 인정과 생사의 무상한 순환성에 대한 믿음이 들어 있다. 그 믿음은 "눈물"로 인하여 진정성을 획득한다.

윤향기 시에 나타난 인간 사랑의 시정신은 자연에 대한 애정으로 깊어진다. 윤향기가 파악한 자연 속에는 인간 삶의 원리가 내재한다. 자연은 곧 인간이다. 그에게 나무와 풀과 흙은 단순한 유기체가 아니라 시들지 않는 커다란 생명체이다. 그러므로 그의 시에 나타난 인간과 자연의 변주는 자연스럽다. 그곳에는 시가 있고 음악이 있고 종교가 있고 철학이 있다. 마침내 시인은 나무와 풀과 함께 대화도 하고 그들의 꿈속에 자신의 꿈을 아로새겨 넣는다. 이것은 곧 식물성의 꿈꾸기이다. 시인이 「광릉수목원에서」라는 시에서 "은목서, 금목서,/금식나무, 국수나무,/먼나무, 문구나무, 명자나무,/홍가시나무, 좀치자나무, 까마귀쪽나무,/넓은잎산나무, 큰잎꽝꽝나무, 아왜나무, 둥근잎다정큼나무," 등이라고 외는 것은 식물성의 꿈꾸기를 시작하기 위한 호흡 고르기이며 또한 이것은 시인 자신의 숨겨놓은 또 다른 이름에 대한 호명(呼名)이라는 의미를 동시에 지닌다.

시인이 지향하는 것은 아름다운 삶이다. 그러나 이러한 꿈꾸기는 간혹 복병을 만난다. 이는 인간을 둘러싼 세계의 문제이면서 인간 자신의 문제이기도 있다. "정월/나무는 너무 추웠다./사람을 향해 걸어가고 싶었지만/이미 어둠의 포로가 된 지 오래였다//이월이 되었다./침묵이 된 사람들이/유리창 속에 갇혀 보이지 않았다./사람의 목소리가 그립다."(「나무 이야기」, 1연)에서 알 수 있듯 이 세상에 만연해 있는 어둠과 침묵은 나무와 사람이 하나 될 수 있는 길의 걸림돌이 되어 있다. 결국 어둠과 침묵을 몰아내고 생명의 꽃으로 이 세상을 불 밝히는 일만이 인간과 자연의 화해로운 공동체를 만드는 작업의 시작인 것이다. 이때 대승적 사랑은 싹을 틔운다. 시인이 "온몸을 베이고 또 베어/옷 입을 겨를이 없는 그들은/그래서 지금도 알몸인 채로/외도의 밤과 낮을 지킨다."(「외도 2」 부분)라고 하면서 외도에 있는 장승을 노래하는 것도 이타적 사랑으로 나아가고자 하는 마음에서 비롯한다.

> 사월 이른 아침
> 비로소 남쪽 창문이 열렸다.
> 사람이 나무를 향해 손짓을 하자
> 어린 줄기들이 연두빛 손수건을 흔들었다.
>
> 보라색 줄무늬 장갑을 낀 라일락 꽃송이들이
> 사람에게 말을 걸었다.
> 평생 그늘 하나쯤은 남기고 떠날 줄 알아야 사람이라고
> ─「나무 이야기」, 4~5연

침묵과 어둠으로 휩싸인 나무와 인간의 집에 "남쪽 창문"이 열린
다. 남녘의 밝은 빛이 스며드는 것이다. 이제 사람이 먼저 나무를
향해 손을 흔든다. 비로소 나무의 어린 줄기들이 인간을 향해 파란
새싹을 내민다. 이것은 대자연의 순수 원리를 거역하지 않으려는
인간 의지가 빚어낸 아름다운 화해의 풍경이다. 라일락 꽃송이들도
인간을 위해 위로의 말을 던진다. 인간 삶 속에 내재한 상처와 고독
을 나무는 감싼다. 나무는 "평생 그늘 하나쯤 남기고 떠날 줄 알아
야 사람이라고" 말하면서 자신의 꽃가지 아래 있는 그늘과 인간 삶
이 드리운 그늘이 같은 것이라는 것을 말한다. 사람과 나무의 화해
가능성은 이처럼 소박한 데에 있다. 식물성의 이미지들은 그의 시
여러 곳에서 발견된다.

> 어느 친절한 이가 있어
> 모국어로 소리내어
> 나의 마음을 어루만져 준다면
> 지난 날 한 송이 들꽃으로 피어나
> 길 가는 길손에게 이정표 노릇했었음이라
>
> —「낯선 곳에서」 부분

> 윤중로 걷는 이들은
> 어느새 그대를 만나
> 벚꽃으로 피어나고 있었네
>
> —「벚꽃 만나다」 부분

식물적 세계는 시인의 순결한 상상력의 지평이며 고난에 찬 현실을 극복할 수 있는 가능성이다. 화자는 "들꽃", "벚꽃"이 되어 소멸과 이별이 있는 이 세계를 벗어나 영원한 생명과 얼락의 세계에 다다르고자 한다. 이는 세속의 삶을 단순히 부정하는 것이 아니라 그것을 승화하고자 한 것이다. 식물성의 이미지를 중심으로 한 화해로운 세계의 모습은 시인의 유년 기억 속에 명징한 아름다움으로 아로새겨져 있다. 시인의 기억은 선명하다. 그 기억 속에는 잃어버린 낙원이 있고 상실한 행복이 있다.

> 어린 시절
> 개울가 버드나무랑 미루나무랑
> 미끄럼 타던 이슬방울이랑
> 피래미 몰고 가던 가을 햇볕이랑
> 거친 나무토막에서
> 화석처럼 떨어지던
> 청설모의 어지러운 발자국까지
> 날 찾아오니 얼마나 좋은지
> 시인은 가끔
> 나무 젓가락을 타고
> 세상을 건너기도 한다네
> ―「나무 젓가락을 타고」 부분

윤향기 시의 고향은 순진무구한 동심의 세계관을 바탕으로 하여 형상화된다. 고향을 떠나와 있는 현재의 시인에게 유년의 고향 체

험은 평화로운 기억으로 남아 있다. 유년의 시인이 겪었던 아름다
운 고향의 풍경은 추체험 형식으로 전개되어 나타나고 있는데 이것
은 화해로운 세계에 대한 갈망에서 비롯되었다. 시인이 유년의 고
향에 애착을 갖는 것은 여러 갈등으로 뒤얽힌 현실 세계로부터 탈
출구를 찾기 위한 하나의 모색이라고 보인다. 이러한 유년의 고향
은 다른 시인들에게서도 식물적 이미지와 더불어 나타나는 경우가
많다. 윤향기 역시 마찬가지이다. 제목 자체부터가 동화적 색채를
물씬 풍기는 이 시는 인간이 끝내 돌아갈 수밖에 없는 곳은 고향이
며 세속에 찌들어 가는 인간의 정신은 동심 회복으로 인하여 정화
될 수 있음을 가르쳐 준다. "다시 푸른 나무로 회복되"어 "개울가
버드나무"나 "미루나무"처럼 자랄 수 있는 일은 식물 세계를 향한
지고지순한 꿈꾸기다. 이것은 윤향기가 지닌 시적 이상의 중요한
축이다. 식물성의 꿈꾸기는 「엄나무 명상법」이라는 시에서 존재론
적으로 더욱 확대되어 나타난다.

　　가시나무 아래
　　참깨알같이 아주 조용하게 앉아 봐
　　숨쉬기와 성격은 하나야
　　태양이 그 빛으로부터 분리될 수 없는 것처럼
　　절대 순수에 홀로 서 보고 싶다면
　　시인의 이름을 아침마다 반복해 부르는 거야
　　소리의 형상에 깃든 신성이
　　너의 마음을 지나가는 순간 너는 느끼고
　　너는 한 편의 시로 태어나

너를 비추면서 함께 세상을 비출 거야
깊은 들숨과 날숨이 다시 제자리로 돌아오는 동안
시신(詩神)은 너의 이름을 반복히고
너는 참깨알 속에서 만난 우주와 나란히 앉아
그걸 듣는 거야.

　　　　　　　　　　　　　　　　─「엄나무 명상법」 전문

　　순수 세계의 원형성을 엿볼 수 있는 시다. 이 시는 시와 시인의
존재 의의를 제시한다. 가시나무 아래 조용히 놓인 참깨알이 되어
서 심호흡을 가다듬었을 때 비로소 시의 신은 인간을 찾아오게 된
다. 시의 신은 신성하며 시인의 삶은 아름답다. 불교적인 참선을 연
상하게 하는 경건한 몸가짐은 시인의 신성한 이름을 반복해 부르는
행위와 연결된다. 그때 시신은 "소리의 형상"을 지닌 율동적인 신
이 되어 시인을 방문한다. 시신(詩神)은 지상과 태양을 연결하는
우주적인 춤을 통하여 시인의 마음속으로 스며든다. "깊은 들숨과
날숨"은 우주적 무도(舞蹈)를 위한 에너지이다. 지금 화자가 아침
마다 반복하여 부르는 "시인의 이름"은 우주로 확대되어 시의 원형
으로서 재생한다. 이렇게 탄생된 시는 시인의 정신세계를 다시금
순화시킬 수 있는 동시에 세상을 환하게 비출 수 있는 힘을 지닌다.
그러므로 시인은 "참깨알"이라는 작디작은 공간 속에서도 우주와
나란히 만날 수 있는 것처럼 시의 소박한 힘이 인간과 우주를 움직
이게 한다.
　　「엄나무 명상법」에 나타난 식물성의 꿈꾸기는 시의 숭고성을 향
한 꿈꾸기이다. 여기에 윤향기 시가 지향하는 궁극적 지점이 있다.

그의 이러한 지향은 고난에 찬 삶을 관념적으로 초월해 보고자 한
것이라고 보이기도 하나 그의 마음 한쪽은 늘 우리가 발 딛고 있는
인간 세상의 생생한 현장성에 잇닿아 있음도 알 수 있었다. 그는
절대 순수로 향하는 우주적인 자기 고양도 세상의 상처를 이해하여
"함께 세상을 비출" 수 있을 때 비로소 의미 있는 것이 된다는 것을
안다. 앞서 누누이 지적한 윤향기 시의 휴머니즘도 이러한 맥락과
연결된다. 명상과 수련을 통하여 자아 상승과 존재 발현을 향한 형
이상학적 꿈을 꾸면서도 늘 타자에 대한 사랑을 잃지 말아야 하는
것은 모든 시인이 지닌 천명인지 모른다. 윤향기 시는 시인의 삶을
지극히 긍정하고 찬미한다. 그것은 시인의 삶을 살아가는 자신에
대한 사랑이기도 하다. 그의 시에는 자기애(自己愛)의 진실미(眞
實美)가 있다. 그런 과정에서 윤향기는 자신의 문학이 지향해야 할
곳을 다시금 깨닫는다.

　　나는 시인만 보면
　　빨리 늙어지고 싶다

　　시인만 보면
　　모자를 하나 사
　　그 모자를 쓰고 육십 년대 명동을
　　은성 다방을 거닐고 싶어진다
　　한때 음악이었다가
　　한때는 나비였다가
　　은발의 시처럼 투명해져서

온몸이 시가 되어 버린

그의 가슴에 걸리고 싶다
한 편의 시가 되어

―「음악처럼」 전문

　화자는 왜 시인만 보면 "빨리 늙어지고 싶다"고 말하는 것일까?
이 말 속에는 시인이라는 삶과 시라는 예술 작품에 대한 경외감이
들어 있다. 이것은 화자 자신에 대한 반성과 존중이기도 하다. "모
자"는 윤향기가 지닌 정신적 엄격성과 예술가적 소명 의식이 투영
된 소재이다. 모자를 쓰고 명동을 거닐고 싶다는 표현에는 시라는
낭만주의적 꿈 혹은 지고지순한 동경을 영원히 잃지 않아야겠다는
다짐이 있다. 화자도 역시 "온몸이 시가 되어 버린" 존재가 되고
싶은 것이다. 완전한 시를 쓰고 싶은 것이다.
　보들레르는 그의 시 「축복」에서 궁핍한 세계를 방랑하는 시인의
운명이야말로 예수 그리스도의 생애와 통한다고 했건만 오늘날 시
인의 삶을 칭송하는 목소리를 듣기란 쉬운 일이 아니다. 그만큼 시
인의 삶이 지닌 숭고함이 훼손되고 있기 때문이다. 그러나 모든 시
인에게는 멀어진 천국에 대한 기억이 있다. 시인은 본디 천국의 사
람이기 때문이다. 그 낙원을 이 삭막한 세상에 재창조할 수 있는
힘이 그에게 있다. 윤향기는 시인의 삶이 지닌 가치를 "온몸"으로
믿고 있는 시인이다. 그래서 그는 자신의 시를 통하여 자연과 우주
에 대한 합일을 노래하였다. 그리고 그 노래 속에서 삶의 희열을
느꼈을 것이다.

윤향기는 등단한 지 10년이 채 지나지 않은 세월 동안 3권의 작품집을 상자(上梓)하는 문학적 성실성을 보여주고 있다. 그는 세상의 자잘한 순간과 사물에 대해서 애정을 잃지 않는 순수한 시정신을 통하여 더 나은 세계를 향하여 끊임없이 절차탁마 노력하는 자세를 견지한 것이다.

"그의 가슴에 걸리고 싶다/한 편의 시가 되어"와 같은 꾸밈없는 목소리가 물건과 자본이 인간 정신을 지배하는 이 어지러운 세상에서 더욱 크고 아름답게 울려 퍼질 때까지, 윤향기는 더욱 정진할 것이라고 믿는다.

고독한 여정의 순결한 고백록

송종찬론

    송종찬의 두 번째 시집 『손끝으로 달을 만지다』는 아름다우면서
도 눈물겨운 것들과 만나는 정답고도 애잔한 이야기들의 기록이다.
혼탁한 도시적 삶 속에서도 아련하고 소담한 서정적 자의식을 잃지
않고 사는 시인은 시대적인 담론 같은 것들을 애초에 멀리한 채 낭
만적이거나 미학적인 세계와의 핍진한 동일성을 꿈꾸었다. 이러한
송종찬의 시는 주로 길 위에서의 고독한 사색을 통하여 이루어지며
그 사색을 통하여 시인은 누추한 세계 현실과 그 현실 속에 존재하
는 가녀린 존재들의 이미지와 본질을 원형적인 모국어를 통하여 형
상화했다. 또한 그의 시는 운율과 심상에도 각별한 신경을 쓰는 편
이어서 언어의 감각성을 잃지 않고 있었다.

    막차 끊어진 이 밤
    폐광을 넘어 날리는 눈발 속에
    간절한 눈동자가 있는 것 같다

슬레이트 지붕 아래서
두 손 불어가며 먼 불빛 바라보다
선 채로 얼어붙은 고드름처럼

떠나가 오지 않는 사람을
기다리는 것은
하늘 끝에나 매달리는 일

-「고드름」 부분

지금 돌아갈 차편마저 잃어버린 매우 난처한 상황에 처해 있는 시인은 슬레이트 지붕에 얼어붙어 있는 고드름 속에 자신의 감정을 이입하게 된다. 간절한 기다림 속에서 살아가고 있는 자신의 삶을 거꾸로 매달린 고드름의 이미지와 닮았다고 생각한 것이다. 송종찬은 이처럼 여행 과정 속에서 만나게 되는 자연물에 감정을 이입하여 자신의 마음을 솔직하게 고백하는 시들을 여러 편 쓰고 있다. 「겨울강」, 「자작나무 거울」, 「정수사」, 「정암사」 등등 여러 시편들이 여행의 길과 관련이 있다. 이 여행의 길은 지리멸렬한 삶의 테두리를 벗어나 자아의 자유와 낭만을 추구할 수 있는 공간이다. 현실의 시간이 규범과 질서를 강요한 것에 비하여 여행의 시간은 숨겨놓았던 이상과 감성을 풀어놓을 수 있도록 허락해 준다. 시인은 잠시나마 "아내의 마음을 걸리게 했던 일/밥줄이 걸린 월요일 회의"(「식도에서」) 등 세속적 잡사를 잊을 수 있었다.

사랑에 돈을 위해

모든 것을 걸었던 적이 있었다
나는 세상의 적수가 못 되었던 것일까
나를 받아주지 않던 세상은
함백산 중턱에 세워진 카지노처럼
오늘밤에도 유혹한다
이제 내게 남아 있는
견딜 수 있을 만큼의 부채와 자산을
무엇에 걸어야 하나

　　　　　　　　　　　　　－「고한읍」 부분

　폭설에 갇힌 채 삶의 시간을 되돌아보는 시인은 자신을 짓눌렀던 부채와 자산을 털어버리고 싶은 마음 간절하다. 때로는 모든 밑천을 '올인'하는 무모함으로, 때로는 '남아 있는 가슴속 불꽃'을 생각하는 간절함으로 살아왔던 시인은 막막한 밤의 시간에 길을 잃은 채 지나가는 화차만 바라보고 있을 뿐이다. 이 침잠과 응시의 시간에 송종찬 특유의 고백과 참회의 목소리가 생겨난다. 이러한 시정신은 「눈 내리는 밤」에도 그대로 이어져 부끄러웠던 삶의 경험마저도 여과 없이 고백하고 있는 것이 아닌가! 자신의 내면을 솔직하고도 정갈하게 드러내고 있는 송종찬의 시는 이미 해석과 강평을 전적으로 거부하고 있는지도 모르겠다. 이토록 여린 감성을 지닌 시인은 고해의 세상사 속에서 가족과 동료들을 사랑하는 시들을 썼던 것이다.

　아내의 둥근 가슴을 만지다 보면 낮은 천장에도 어둠을 밝히는 달

이 떠올랐다 초승달 보름달 사이로 자전을 하고 파도가 밀물져 들
때 작은 돛을 띄워 달에게로 건너가곤 하였다

  구름에 가려져 있다가 밤이면 파란 실핏줄을 드러내는 달 그 달에
서 지구라는 별을 바라보면 버찌가 익어가는 엄마 품을 빠져 나온
불빛들이 강을 따라 소근소근 흘러가는 모습이 보였다

  아내의 젖가슴 사이로 마그마 소리 들리기도 하였다 그런 밤에는
우거진 삼나무 숲에 피어 있을 붉은 열매들이 생각났고 짐승의 피처
럼 뜨거워져 짙은 안개 속을 헤집고 다녔다

  아내의 둥근 가슴을 만지다 보면 손가락도 어느새 둥그러졌다 창문
에 얼비치는 쪽달의 야윈 볼을 어루만지고 바닷가 할머니의 거친 무
덤을 쓰다듬고 파도 끝에서는 월식이 시작되었다
                    ―「손끝으로 달을 만지다」 전문

  시인의 시정신이 잘 드러나 있는 이 시는 이번 시집의 표제작이
다. 시인은 "아내의 둥근 가슴"을 만지면서 고단한 지상과 광활한
우주를 오가는 입체적인 상상력의 날개를 편다. 지상에 아내의 따
뜻한 젖가슴이 있듯이 허공에는 초승달 보름달로 변주되는 우주의
달이 있다. 이 두 아름다운 이미지 사이에서 시인의 활달한 상상력
은 시작된다. 우주의 달을 생각하며 "버찌가 익어가는 엄마 품을
빠져나온 불빛"을 상상해보는 시인은 이내 아내의 젖가슴을 바라
보며 "삼나무 숲에 피어 있을 붉은 열매"를 생각하기도 한다. 결국
시인에게 아내의 젖가슴은 지상의 달이며, 우주 속에 빛나는 하늘

의 달은 지상의 달이 지닌 의미를 초월적이게 하거나 미적으로 변
용시키는 역할을 하게 된다. 이 시에서 송종찬 시가 지닌 초월적
낭만성을 읽을 수 있는 이유가 여기에 있다.

이 낭만성은 "그 막막하고 어찌할 수 없는 빈틈을 위하여 밖에서
밥을 벌어와 안을 채우고 안에서 그리움을 키워 밖을 채웠던 것 같
다"고 한 자서의 내용과도 이어질 것인데, 여기서의 이 "틈"이야말
로 송종찬의 시적 상상력이 시작되는 근원적 지점이라고 말해도 과
언은 아닐 것이다. 송종찬은 '이즘'의 세계에 동승하지 않은 채 꿋
꿋이 자신만의 길로 나아가고 있는 시인이다. 온건하고 온유한 생
래적 서정시인 송종찬이 엮어놓은 섬세한 이미지들 속에서 또 다른
표정의 현대성을 엿볼 수 있을 것이다.

청빈과 용서의 시학

윤요성론

1. 구석의 힘으로 세상을 보며

　윤요성 시인의 언어는 구체적인 동시에 서정적이다. 그의 시에는 다양한 삶의 이력들이 숨김없이 드러나 있다. 그의 시는 경험적 서사와 그것에서 비롯되는 정념을 중심으로 펼쳐지고 있는데, 이 과정을 통해 그가 지닌 '소박한 리얼리즘적 세계관'은 서정성과 적절히 융합되고 있었다. 그러므로 리얼리즘 시가 균형 감각을 잃었을 때 나타날 수 있는 난점들이 그의 시에는 별로 없는 듯하다. 요컨대 강한 어조보다는 나지막한 어조에 더 익숙한 윤요성 시인의 이번 작품들은 세계와 자아의 동일성을 갈망하는 서정시의 전형을 보여주고 있다.

　그의 서정성이 출발하는 지점은 모성성의 세계이다. 윤요성 시가 지향하는 중요한 근원들 중 하나인 모성성은 크게 두 가지 맥락으로 나누어볼 수 있는데, 그 첫 번째 것은 자신의 아내이며 두 번째 것은 자신의 어머니이다. 이 두 이미지는 여성성이라는 맥락을 넘어서서 대모성적 지평을 향하여 나아가고 있었다. 아내와 어머니라는 두 여성 이미지는 모성성의 틀 안에 한 가지로 수렴된다. 시인은 먼저 평생 동고동락한 아내의 삶이 지닌 의미망을 통하여 고달픈 세상사와 그 세상사 속에서 현현하는 삶의 진실에 관하여 생각한다. 아내는 시인의 삶을 떠받치고 있는 버팀목이며 아내는 언제나 시인에게 꿈을 주는 존재임을 다음 시는 잘 알려준다.

생활에 절어 한물갔어도
여전히 식지 않는 아내의 꿈처럼
등 푸른 고등어는 아침식탁을 모처럼 풍성하게 한다
서둘러야 될 출근길이었다지만
먹어보란 말 한마디 없이
나는 아내의 그 꿈을 발라가며 뼈만 남겼다
언제나 그랬듯이 아내는 그 뼈를 버리질 못하고 있다
그것이 오늘따라 목에 가시처럼 걸린다
근본을 잃어버리지 않는 한 그녀는 다시금
그 뼈대 위에 살을 입힐 것이다
하루쯤 내가 쩍쩍 달라붙는 남자가 돼
그릇마다 아내를 담아보기로 했다
이곳저곳 내 손이 가면서 바다가 되던 아내
집채만한 파도로 나를 덮치는 순간
아내의 꿈에서 고등어를 봤다

―「고등어」 전문

시인은 아침 밥상에 오른 고등어의 푸른 등을 보면서 여전히 식지 않은 아내의 꿈을 생각한다. 그러나 자신의 식사를 위해 고등어 푸른 등이 조금씩 사라지는 것을 보면서 아내의 꿈 역시 시인 자신으로 인해 그렇게 사라질 수 있을 것이라는 생각을 한다. 아내의 꿈은 나의 꿈이며 우리의 꿈이니 그것이 사라지면 부부와 가족의 행복은 위협 받는다. 그 꿈은 생활에 절어 한물 간 가운데에서도 가족 사랑의 정신을 잃지 않는 구석진 곳에서의 꿈이므로 그것을 지키기 위해서는 남다른 세심한 배려가 필요할 것이다. 그 꿈이 결코 쉽게 사라질 수 없는 것임을 확신한 시인은 자신이 남긴 "그 뼈"에 아내는 다시 살을 입혀줄 것임을 굳게 믿는다. "아내의 꿈" 속에서 고등어를 보게 된 것은 바로 이러한 꿈의 현현과 현존에 대한 믿음과 소망이 있었기 때문이다.

아이들 학교 가고 애 엄마도
직장이라고 나가고 나면
어머니 홀로 집을 지킨다
누가 와도 문열어줄 생각 말라는 당부에
전화벨이 울려도 현관문을 두들겨도
먼 산 보듯 하던 어머니였는데
어느 날부턴가
창문에 들어찬 먼 산 불러들여
주술처럼 바람소리 일깨우고
제 말씀 토해낸다
그런 어머니
혹여 잘못 됐을라
어깨 흔들어 기척 느껴서야 안도하게 되는데

허공 가득 새소리에 묻혀
미처 걷어들이지 못한 말들
바람소리를 냈다
어머니의 오랜 내공
물소리를 냈다

―「적막강산」 전문

앞서 지적했듯이 시인의 시에 나타난 아내의 이미지는 어머니의
이미지와 결합되면서 하나의 상징체계를 이룬다. 이 시에는 어머니
의 두 가지 모습이 나타난다. 하나는 현실의 세계에서 일상적 삶을
살아가고 있는 어머니이며, 다른 하나는 죽음의 시간에 조금씩 다
가서고 있어서 때론 낯선 모습을 보이기도 하는 어머니이다. 가족
구성원 모두가 학교와 직장을 향해 외출한 후에 홀로 집을 지키시
던 어머니는 "어느 날" 이후 죽음의 세계로 가까이 다가서 있는 듯
한 모습을 지니게 된다. 바람소리를 일깨우거나 물소리를 만드는
어머니의 언어는, 어느 듯 외부 세계를 경계하며 집을 지켜야 하는
상징 세계의 현실 원리를 초월하여 상상 세계로 나아가고 있었다.
드디어 바깥 세계에 존재하는 먼 산마저 불러들일 수 있는 어머니
를 바라보는 시인의 어조마저 사뭇 잔잔하고 고요하다.

손님을 상대로
화를 내며 싸우기도 하는 걸 보면
아직은 힘이 있다는 것이다
믿는 구석이 있다는 것이다

구석은 힘이 있다
아내는 그 힘으로 애도 셋이나 뽑아낸 것이다
별 탈 없이 애들이 큰다
힘 탓이다
달처럼, 한달 내내
아내는 저잣거리에 뜰 것이다
애들의 힘이다

－「힘 1」 전문

　어머니는 편찮으시고 아내는 일상 속에서 분주하지만, 시인은 모성성의 힘을 여전히 신뢰한다. 시인은 아내가 일터에서의 손님을 만만치 않게 상대하는 모습을 보면서 아직 남아있는 아내의 힘을 확인한다. 시인은 아내의 힘은 "믿는 구석"에서 비롯되었다고 말하는데, 이것은 가족 전체의 후원이다. 아내는 그것들에 대한 믿음을 통하여 아이를 낳고 기르면서 가족 공동체를 만들었고 그것을 정성스럽게 꾸려나갔다. 이 시의 마지막 부분에서 아내의 이미지는 달의 이미지로 치환된다. 백제 가요 「정읍사」의 달처럼 아내는 저잣거리 하늘 위에 두둥실 떠올라 남편과 아이들이 나아갈 길을 밝혀줄 등대가 될 것이다.

2. 바닥을 사랑하는 마음으로

　주지했듯이 윤요성의 시를 읽는다는 것은 그의 삶의 이력을 살피는 일이기도 하다. 시의 문맥으로 미루어 볼 때, 그는 건설 노동자, 야채 장사 등등 여러 가지 직업 경험을 한 것 같다. 시인은 그 체험을 솔직하게 작품 속의 적재적소에 용해시키고 있다. 그의 체험은 힘 있는 사 혹은 가진 자들이 누릴 수 있는 향락 기록들이 아니라, 힘겨운 삶을 살아야 하는 사람들이 경험할 수밖에 없는 불가 피한 역경과도 같은 시간이었다. 시인은 그 시간 속에서 자신과 함께 한 사람들을 기억하며 그들 삶이 지닌 진실한 의미를 반추한다.

시 속에 구체적 현실 체험이 굳이 들어갈 필요도 없는 것이 오늘날의 모던한 현대시의 특징이기도 하지만, 윤요성 시인의 시에 현실 체험의 구체성이 소거되었더라면 그의 시는 매우 밋밋한 것이 되었을 것이다. 그의 시는 상상력의 소산이기 전에 경험의 소산이며, 그 경험은 생계와 맞물려 있었다. 이미지나 상징보다는 애틋한 상황의 서사에 더 관심을 보이는 그의 시는 생래적인 시심과 만나는 시적 체험을 정서화하는 데에 주력하고 있는 듯하다.

> 짧고 굵게 산다는 말이
> 유행한 적 있었지만
> 인생도 유행을 탄다
> 버스처럼 일정한 노선을 따르는 것이 싫어
> 잘나간다는 직장을 때려치우고
> 인생의 적재함 가득 야채로 채웠다
> 어릴 때 선생님이 그려준 속곳처럼
> 색깔 입힌 길들이 메뚜기처럼 통통 튄다
> 길의 사정이 안 좋으면
> 사람 사는 사정도 좋을 리 없다

앞으로 남고 뒤로 까지는 장사 야채상뿐일까
대담하게 선이 생략되고 거칠어졌다
열에만 약한 것이 아니라 추위에도 짓물러진다
여자의 치마 길이만큼이나 장세가 길게 뻗지를 못했다
오늘따라 유독 붉은 색을 많이 썼다
                                      ―「색칠공부」 전문

 시인의 모험 정신과 반골의식은 그의 삶을 평탄하지 못하게 만들었다. 자신의 야채트럭이 지나가던 울퉁불퉁한 길에서 야채가 시들어갔던 것처럼 그의 삶도 많은 질곡이 있었을 것이다. 시인은 야채상을 하면서 야채의 생리가 삶의 원리가 됨을 자연스럽게 터득하였다. "길의 사정이 안 좋으면/사람 사는 사정도 좋을 리 없다"라는 구절 역시 길에서의 고단한 경험으로부터 배운 잠언이다. 인생을 짧고 굵게 살지도 못했을지라도 일정한 노선을 거부하는 모험 정신으로 무장한 시인은 인생의 적재함 가득 숱한 행복과 불행을 동시에 채우고 다녔다. 가지지 못한 사람 혹은 배우지 못한 사람들에 대한 연민과 사랑 역시 이러한 구체적인 체험의 소산이라는 점을 다음 시는 알려 준다.

 밑바닥에서
 안 해 본 것 없다는 사람이다
 그런 사람이 속 다 드러내놓고
 환하게 웃고 있다
 밑인가, 하고 손 디밀어 보면

또다시 만져지는 밑
끝 모를 바닥이지만
스스로 바닥이라 인식하는 기점이
바닥 아니겠는가
그래도 디딜 절망이라도 있으니 부자란다
바닥 찍고
언젠가 한번 뜰 때
그게 밑천이 된다는 걸
그는 아는 사람이다

―「빙어」 전문

빙어의 삶은 온갖 우여곡절 속에서도 꿋꿋하게 사는 서민들의 삶에 대한 알레고리이다. "밑인가, 하고 손 디밀어 보면/또다시 만져지는 밑"이 있듯이 그들의 좌절과 고난은 쉽게 끝나지 않았다. 그러나 영원한 행복이 없듯이 영원한 불행도 없다. 행복은 불행의 원인이며 불행은 또한 행복의 원인이다. 남은 절망 또한 부자의 밑천이 될 수 있는 것은 이 때문이다. 투명하고 낙천적으로 살아가는 사람들은 "끝 모를 바다"을 경험하지만, 언젠가 그 바닥이 그야말로 바닥을 드러낼 때가 올 것이라는 점을 잘 알고 있었다. 절망은 그 사람들의 밑천이고 양식이다.

편편한 날이라곤 없이
신발이 탈 정도로 짙삼고 다닌 결과,
물집이 생겼다

오죽 못났으면 그렇게 미련하게 굴었을까 싶지만
너무 아프면 아프단 소리마저 잊는다
그 옛날 그 동네에서 그 동네로
일 년이 멀다하고 이삿짐 꾸릴 때
애들이 많다 하면 선뜻 방을 내주지 않았었다
살림이 많다 하여 고개를 설레설레 흔들 때마다
연장 든 손에 물집이 잡히곤 했다
한번 잡힌 물집 굳은살이 박일 때쯤이면
골조가 완성돼 다시 짐을 싸야했다
분당 평촌 일산 수없이 지어 올렸던 집 하지만
여태껏 아랫목 불 지피며 대자로 누워본 적 없다
당장은 어렵겠지만 마음 속 집 터트려야 한다
때론 이것에 나를 해할 수도 있다
비좁고 우중충해도 내 몸을 집삼아
살아온 나에겐 큰일이다
그 한 몸에 다섯 식구들
각기 자기 방 꾸미지 않았던가
물을 가두는 것은 고이게 하는 것과 다르다
그만하면 됐다, 집터가 흉터 될라
설운 길 걷더라도 결국 헐릴 집
물집은 안에다 또 물집을
속 깊이 숨겼지만 욕망에 사로잡힌 건 아닌지
허망하지만, 물집을 부순다

—「물집을 부수다」 전문

시인은 지나온 자신의 삶에 관하여 "편편한 날이라곤 없이/신발이 탈 정도로 짙삶고" 다녔다고 표현한다. 집을 짓는 일을 했던 시인에게 안정된 집과 살림은 애초부터 불가능했던 것일지 모른다. 생계를 위해서 여러 동네를 오가면서 이사를 다녀야 했던 시인은 가족이 여러 명이었기 때문에 세를 얻는 일 역시 만만치 않았다. 시인은 그때의 정황에 대해 "살림이 많다 하여 고개를 설레설레 흔들 때마다/연장 든 손에 물집이 잡히곤 했다"라고 말한다. 시인은 수도권 여러 곳에 수많은 집을 지었음에도 불구하고 정작 자신이 편히 쉴 집은 마련할 수 없었다.

자신이 한 일 혹은 자신이 만든 재화로부터의 소외는 자본주의 체제의 근본적인 모순 상황이기도 하겠지만, 시인은 이 문제에 이념적으로 접근하는 것을 피하고 그 문제를 인간적인 차원에서 형상화한다. 물집이 생기고 물집이 터지는 상황은 이러한 세계 모순에 처연히 직면한 인간적 현실이 아닐 수 없다. 역경 속에서 순박한 시심을 잃지 않고 살아왔던 시인에게 욕망은 사라져야 할 대상이며 이것이 사라진 순수한 마음가짐으로 새 삶을 준비해야 하기에, 그는 욕망에서 비롯된 고난의 산물인 물집을 부수어야 하는 것이다. 이 행위는 허망한 듯 보이기도 하겠으나 궁극적으로는 순연한 삶을 회복하는 계기가 된다.

3. 끝이 아름다운 삶을 위하여

삶의 세세한 국면에 대한 통찰을 시도했던 윤요성 시의 형이상

학은 지나온 시간에 대한 성찰과 언젠가 다가올 수밖에 없는 죽음
의 시간에 대한 사색을 통하여 더욱 깊어지게 된다. 시인은 세상
모순으로 인해 갈등하기보다는 그 모순을 포용하는 데 더 많은 노
력을 기울이고 있는 듯하다. 규범과 도덕에 얽매인 삶을 지양하고
자유와 순수 앞에서 주저하지 않는 삶의 자세를 보이게 된 것 역시
이 때문일 것이다. 이 과정을 통하여 시인은 스스로를 용서하게 되
고 나아가 자신 밖의 세상을 용서하게 된다. 시인의 나이, 지천명을
훌쩍 넘어섰으니 이제 인생과 죽음의 형이상학에 대한 성찰을 통해
열린 자세로 세계를 바라보게 되었을 것이다. 삶에 대한 애정을 놓
은 적이 없었던 시인은 지나간 인생 여력을 돌이켜 볼 때에 가슴
사무치는 일들이 많았을 터이나, 이제 그는 사무침의 기억보다는
애잔함의 기억을 더 많이 가지고 있는 듯하다.

지난 세월 돌이켜 보면
언제 갔나 싶게 짧고
올 시간 까마득해 보이지만
지나간 시간만큼 짧은 게
우리네 삶 아니던가
구만리 같다던 20대
20km 30km 40km로 밟다보니
언제인가 싶게 가고
이젠 50km로 간다는 50줄
한시도 속도계에서 눈 떼지 못하네
길다면 길지만
결코 짧지 않은 삶 속에

언제 갔나 싶게
참 빠른 세월의 흔적이
자꾸 시야를 가리네

                           ─「경춘가도에서」 전문

세월은 까마득한 것이다. 지나간 과거의 시간은 언제나 아쉽고, 다가올 미래의 시간은 두렵고 막막하기 마련이다. 경춘가도를 달리고 있는 시인은 지난 삶을 돌이켜본다. 젊었을 시절보다 빠르게 50대가 지나가고 있다. 점점 더 빨리 지나가는 세월 속에 서 있는 시인은 그 세월에 관해 "한시도 속도계에서 눈 떼지 못하네"라고 하면서 그동안의 긴장을 말하고 있다. 이제 시인은 세월의 의미를 반추하는 시기에 이르렀다.

잡다함 잊고 어딘가 가고 싶을 때
그 충동의 바람 정중히 붙잡아 둬라
한창 들떠 악세레다 밟아대다가
타이어 펑크날 때, 그 소요는
동급 최상의 파워엔진을 우습게 만든다
꽉 찬 기름통도 무용지물 되면서
내란으로 번질 수 있다
바람이 빠지며 어느 한쪽에 쏠린 힘에
저들만의 삶의 무게를
지탱하지 못하고 주저앉을 때
균형을 잡아주는 것은 바람이다
그 열정은 바람이다

땅을 박차며 산뜻한 출발을 알리는 것이

타이어 속의 탱탱한 바람인 것처럼

둔중한 차체가 가볍다

가벼워진 몸이다

내 안의 바람을 가둬

그 충동의 바람이 다양한 장치를 통해

바퀴의 무늬를 만들고 세상을 굴릴 때

세상도 가벼워진다

그러고 보니 밖엔 바람 한 점 없다

후까시 잔뜩 넣고 바람 잡아라

가볍다는 소릴 들어도 좋은 날

가끔 자신을 흔들어대는

모반의 회오리바람이 좋다

―「내란」 전문

인생은 복잡하면서도 무겁다. 복잡한 삶의 무게를 지탱하면서 살아가는 우리는 내면의 균형 감각을 잃고 방황하는 시간을 보내기 일쑤다. 시인은 혼돈과 좌절을 뛰어넘게 하는, 새 삶의 동력이 바로 '바람'이라고 말한다. 진지하고 복잡한 세속 시간으로부터 해방되어 "산뜻한 출발"을 통하여 경쾌한 자유의 삶을 향하게 도와주는 것이 바람이라는 것이다. 그런데 바람의 동력을 거느릴 수 있는 능력을 얻는 일이 그리 쉽지는 않을 것 같다. 왜냐하면 세상 밖에는 바람 한 점 없이 고요한 날들이 많기 때문이다. 그래서 시인은 가볍다는 소리를 들어도 좋을 만큼 "후까시 잔뜩 넣고 바람 잡아라"라고 단호하게 말한다. 강렬해진 바람이 일으키는 "모반의 회오리바

람"까지 수용하는 자세야말로 갖가지 중압감을 경험한 중년의 삶
이 향할 수 있는 열린 지평이다.

　　　가는 데까지 가보자는 자포자기로
　　　해남을 밟았지만
　　　땅 끝은 아니었다
　　　탁 트일 것 같은 바다지만
　　　막막함에 가슴절벽 파도에 멍이 들고
　　　무슨 말을 하든 곧이듣질 않고
　　　여태 귀절벽 쌓았지만
　　　그 절벽이 빚어내는 비경에
　　　절벽이었던 입이 조금씩 깎여 내렸다
　　　앞만 쳐다보고 달려온 지금까지의 일이
　　　벼랑 끝 아닌 적 있었던가
　　　그 끝에 마을이 돌처럼 박혀있다
　　　자신을 용서할 때 찾아오는 행운처럼
　　　되돌아 갈 곳이 있다는 것은 축복이다
　　　토말은 땅 끝이지 세상 끝은 아니었다
　　　환상의 드라이브 코스는 어쩌면 인생이 아닐는지
　　　삶은 끝이 좋아야 한다
　　　　　　　　　　　　　　　　　　　　－「토말」 전문

　시인이 땅 끝 마을 '토말'에 찾아가게 된 것은 "가는 데까지 가보
자는 자포자기"의 심정에서 우선은 연유하였다. 그러나 막무가내의
심정은 시간이 흐름에 따라 지나온 삶을 돌이켜 봄으로써 반성과

성찰로 향하게 된다. 망망대해가 뿜어내는 파도를 바라보면서 삶의 회한에 잠겨보지만 결국 그 회한은 비극적인 세계관으로 향하지 않은 채 새로운 삶을 향한 동력으로 이어진다. 땅의 끝에서 세상의 끝을 바라본 게 아니라 끝없이 펼쳐지는 삶의 원환론적 이치를 체득했기 때문이다. 그는 자신이 고달프게 도달한 삶의 끝자락이 새로운 삶의 실마리가 될 수 있음을 자각한다.

"앞만 쳐다보고 달려온 지금까지의" 삶이 벼랑이긴 하였지만, 땅 끝에 마을이 돌처럼 박혀 있듯 삶의 벼랑 끝에도 희망은 존재하기 마련이다. 시인은 마침내 이제까지의 삶에 대해서 후회하거나 자책만 할 것이 아니라 그 삶 속에 깃든 자신의 업보를 용서하고 그 회한을 풀어주고자 하는 적극적인 자세를 견지한다. 용서의 미학은 윤요성 시인의 시의식이 궁극적으로 향하는 지점이다. 그의 용서는 자신에 대한 용서에서 출발하여 타인과 세상에 대한 용서로 나아간다. 자신을 용서하고 사랑할 줄 모르는 이가 어찌 자신 밖에 있는 존재들을 용서하고 사랑할 수 있겠는가!

이 점을 잘 알고 있는 윤요성 시인은 이번 시집을 통해서 자신을 용서함으로써 얻은 축복을, 모순으로 가득 찬 세상과 그곳에서 몸 부대끼며 살고 있는 순박한 사람들에게 나누어주려고 한다. 그는 벼랑 끝과도 같은 지난한 노정을 지나면서 가슴에는 멍이 들기도 하였지만, 가난과 고통 속에서 빚어진 극한적인 상황에 처하여 비로소 되돌아 갈 곳이 있음을 발견한다. 이러한 역설이야말로 윤요성 시인이 오랜 세월 동안 시심(詩心)과 인심(仁心)을 잃지 않은 채, 청빈 속에서도 세상을 뜨겁게 껴안으며 살아갔던 근원적 동기, 혹은 동력이 되었을 것이라고 믿는다.

감각의 향연, 그리고 선

김영탁론

    김영탁의 시는 감각적 사유를 풍부하게 소유하고 있다. 그의 감각은 진부하거나 피상적인 느낌을 준다기보다 대상과 현상의 본질을 투시하고 간파하여 명징한 구체성의 이미지를 조형하려는 장인 정신의 소산이다. 주체와 객체 사이를 왕래하는 감각의 광휘를 따라가면 시인이 형상하려는 대상의 실루엣이 감지된다. 인정주의가 깃든 소박한 리얼리즘을 보이는 듯한 작품들 역시 삼라만상에 조응하려는 주체의 노력을 보인다. 그가 그려놓은 고향의 풍경이나 북한의 모습에서조차 감각적인 시어들과 어울린 상상력의 폭이 결코 좁지 않으며, 낭만적 사색을 통하여 서러움과 외로움이라는 고답적인 정서를 불러일으킬 때에도 직서적인 발화보다는 감각의 구체성을 따르는 것은 흔치 않은 미덕이다. 감각적 사유를 통한 명쾌하고 개성적인 이미지의 발현이야말로 그의 시가 궁극적으로 지향한 선적 세계의 원근법을 만들어내는 근간이다. 대상을 순간적으로 인식하면서도 그 순간성 속에 영원의 형이상학을 불어넣으려는 깨달음의 도정은 김영탁 시의 핵심이며, 그의 시가 앞으로 나아갈 바를 상징적으로 알려준다.

1. 원형적 풍경과 기억의 미학

김영탁은 화해로운 유년의 고향 체험을 잘 간직한 시인이다. 이번 첫 시집의 한 축은 시인의 고향이다. 한 시인의 첫 시집에 나타나는 고향 이미지는 그의 시가 역동적으로 변하여 가는 과정의 출발점으로 자리 매김되는 경우가 많다. 그런 의미에서 유년과 고향에 관한 체험은 시세계의 전체 구조에서 매우 소중한 의미망을 형성한다. 김영탁 시인 역시 고향의 풍경을 하나의 원형적 공간으로 수용하면서 그곳에 얽힌 갖가지 이야기를 동일화의 방식을 통하여 서정적으로 형상화한다. 그의 고향은 추체험의 형식을 통하여 재현되는데, 이때 기억은 고향의 이미지를 매우 명징하게 그려내는 데에 이바지한다. 그의 기억은 고향의 원형성을 생생하게 간직함으로써 추체험의 미적 공간을 충분히 환기시킨다.

오랜만에 고향집엘 갔더니 웬 시계가 그렇게 많은지, 방마다 시계가 걸려 있다 부엌에도 정낭에도 헛간에도 마구간에도 걸려 있다 이 많은 시계들! 어디서 왔을까 아마 쑥떡 같은 노인들만 사는 곳이라 흔해빠진 시계, 선심 쓰듯 왔을 것이다 시계들은 내가 신뢰하는 디지털하곤 아랑곳없이 흑백 사진 한 컷으로 떠오를 뿐 타임머신을 타고 가는 앉은뱅이책상이 있고 추억에 잠겨 느린 숨을 쉬는 오지항아리가 있고… 그렇게 모두 흘러간다 나의 디지털 우그러진다 마구간엔 소가 지그시 자기 코를 바라보며 되새김질을 하고, 방에서는 노인들 잔기

침 소기만 들린다

　　　　　－「보고 싶은 서정－여산골族」 전문

　시인에게 고향은 당연히 "보고 싶은 서정"의 공간임에도 불구하
고 "오랜만에" 갈 수밖에 없는 곳이다. 시인이 오랜만에 찾아간 고
향은 친근함의 정서를 불러일으키는 동시에 낯설음의 체험을 하게
하는 이중적인 의미를 지니는 공간이다. 방과 부엌과 정낭과 헛간
등 여러 곳에 걸려 있는 많은 시계들은 주체로서의 시인과 타자로
서의 고향을 분리시켜놓는다. 그러나 이 시계들은 모두 디지털이
아니라 아날로그이므로 농촌의 풍경과 어울리기도 한다.

　그리하여 낯설음의 정서는 오래가지 못한다. 시인은 "타임머신
을 타고 가는 앉은뱅이책상"과 "추억에 잠겨 느린 숨을 쉬는 오지
항아리"를 바라봄으로써 자신의 기억 속에 있는 고향의 이미지를
떠올리게 되고, 다시 고향은 친근한 모성적인 공간으로서의 의미를
회복하게 된다. 많은 시계가 고향의 모습을 이상하게 보이게도 했
지만, 그럼에도 불구하고 아직 고향의 대부분 모습은 시인이 기억
하는 옛 모습 그대로 남아 있다. 즉 "타임머신을 타고 가는" 시인의
기억과 지금 고향의 모습이 크게 다르지 않다. 「보고 싶은 서정－
여산골族」이 고향의 현재 모습을 주로 형상화한다면, 「옛날 빵집」
은 고향의 과거 모습을 형상화하는 작품이다. 후자에 이르러 기억
의 힘은 과거 공간에 대한 복원력으로 작용한다.

　다시, 빵집 안은 뜨거운 김으로 메워져
　유리창에 뿌연 우유가 흐르고 상식이는 부르튼 손으로 찐빵을 만

지네

난, 자전거 술 배달 가신 아부지를 기다리며

찐빵이 집채만큼 부풀어 문짝도 기둥도 지붕도 빗어버린 뻥으로 된 집을 꿈 꿀 것이네

이윽고 자전거와 술통이 덜컹거리고 서늘한 찬바람에 진한 막걸리 냄새를 작업복에 묻혀 오신 아부지는

뻑뻑한 막걸리에 불어터진 두꺼비 같은 손으로 한지에 싼 찐빵을 머리맡에 툭 던져 놓고 휑하니 나가시네

찐빵과 막걸리 냄새에 난, 달고 몽롱한 꿈에 취해

김이 모락모락 피어나는 찐빵, 찐빵이 그 할배의 빨간 모자를 쓰고 내 낮잠 위의 조선이불을 밟고 지나가네

그리고 와르르 선물을 쏟아놓고 지나가네.

-「옛날 빵집」부분

이 시의 두 가지 중심 이미지는 "찐빵"과 "막걸리"이다. 이것은 둘 다 음식 이미지이다. 시인은 음식 이미지를 통하여 고향의 모습을 실감나게 재구하는 데에 성공한다. 이 시가 그리는 것은 유년의 환상이 있는 고향 공간이다. '어린 나'는 옛날 빵집 유리창에 흐르는 물방울을 우유라고 생각하면서 술 배달 나가신 아버지를 기다린다. 이 기다림의 시간은 '어린 나'로 하여금 "찐빵이 집채만큼 부풀어 문짝도 기둥도 지붕도 벗어버린 뻥으로 된 집을 꿈 꿀 것이네"에서 보이듯 더욱 충만한 환상에 빠져들게 만든다. '어린 나'의 환상은 아버지에 의해서 어느 정도 현실로 재현된다. 막걸리 배달을 마치고 온 아버지가 머리맡에 두고 가는 찐빵 선물은 산타클로스 할아버지의 선물만큼 행복함을 전해주었다. 그러므로 '어린 나'는

아버지의 막걸리냄새와 상식이네 찐빵 냄새에 취해 다시 황홀한 낮
잠을 잘 수 있었다. 이 시는 유년의 체험과 환상에 대한 기억을 통
하여 시인이 경험한 고향 이미지의 한 부분을 구체적으로 형상화해
준다. 그런데 재미있는 점은 이 기억이 떠오른 장소가 아침을 거르
고 탄 "출근길 마을버스 속"이라는 점이다. 고향에 대한 애틋하고
간절한 기억이 타향에서의 결핍의식에 의해서 발현되는 것은 당연
하다. 시인은 고향의 찐빵과 우유와 막걸리를 떠올리면서 잠시나마
아침의 허기를 잊게 된다.

이 시에 나온 음식 이미지에서 보이듯, 이번 시집에는 고향 혹은
농촌의 모습을 섬세한 감각을 통하여 재구해내는 경우가 여럿 있
다. 이 중에서 특히 좋은 이미지를 보여주는 표현은 "바람이/옥수
수 대궁을 흔들면/꽃술은 붉게 취해서 가을 운동회 깃발처럼/흔들
리고 대궁 끝의 끝에까지 올라온 수액이/힘차게 집을 들어올렸다"
(「황홀했던」)와 같은 구절이다. 원형적인 고향의 모습조차 감칠맛
나는 이미지를 통해 감각적인 형상으로 치환시켜 놓는 것은 김영탁
시의 강점이며 그의 시세계가 지닌 전반적인 특징이다.

"아부지껴 쌀 부쳐 줘서 고맙니더. 그런데, 집에 된장도 좀 부쳐 줄
랄 껴…. 이놈의 서울 된장은 먹질 못 하잖니껴."
　　　　　　　　　　　　　　　　　　　　－「예천 말로－자음」 부분

어메에라고 불러보면
함부로 풀을 찾아 헤매다
우는 송아지 울음이

　　산 그림자에 묻어 있다

　　　　　　　　　　　　－「예천 말로－모음」 부분

　　시인은 고향의 모습을 잘 기억하고 있는 동시에 고향의 언어 또한 잘 간직하고 있다. 시인의 고향은 경북 예천이다. 위에 인용된 시구에 나타난 예천 방언은 읽는 이의 개별적인 고향 체험과 상관없이 매우 정감어린 어조로 다가온다. 방언은 지역적 삶의 구체성과 핍진성을 전해주는 역할을 하기 때문에, 고향의 방언에 대한 기억 없이는 고향의 모습을 온전히 기억하고 있다고 말할 수 없다. 시인이 이번 시집에서 고향의 방언에 대한 진술을 여러 번 시도하는 점 역시 고향의 모습을 더욱 감각적으로 드러내고자 하는 의도를 지니는 것으로 파악된다.

　　이번 시집에는 시인의 고향을 제외하고 원형적 풍경이 또 하나 더 있다. 그것은 이른바 북방정서와 관련된 시편들이다. 「개마고원」, 「백두산천지」, 「북한, 그 단편들」 같은 작품에서 이러한 형상화를 엿볼 수 있다. 이 두 풍경은 신화적이면서 원형적인 성격을 지녔다는 점에서 통한다. 또한 그 정서 역시 상관성이 있다. 시인이 지닌 고향의식이 북방정서에 대한 지향으로 이어진다는 사실을 다음 시에서 확인할 수 있다.

　　내 마음의 지리부도엔 개마고원이 무늬져 있네

　　어머니의 어머니인 그 어머니가

　　무섭도록 아름답고

　　튼튼한 처녀의 몸으로

맨머리에 집채만한 동이를 이고

찰랑이는 천지의 물위를 하얀 맨발로 건너와

내 잠결 머리맡에 감자와 귀리와 콩, 우수수 쏟아 붓고

돌아서며 달빛 밟는 소리 아득해라

처음 맨발이 땅에 아프게 박혀 있어도

아파하지 않고

그녀의 맨머리는 울창한 원시림으로 살아 있어

종내, 구릿빛 등고선으로 가로누운

그녀의 몸은

언제나 뭉긋하게 높은 산이었으니

―「개마고원」 전문

　개마고원은 우리나라에서 가장 높고 넓은 고원으로 총면적이 대략 4만km2에 이르기 때문에 한반도의 지붕이라고 일컬어진다. 시인은 광활한 개마고원의 지도를 마음속에 그려 넣음으로써 민족의 시원에 대한 향수를 간직한다. "어머니의 어머니인 그 어머니"는 바로 우리 민족의 모태이므로 그녀가 머리에 이고 온 개마고원의 작물들은 민족의 뿌리를 튼실하게 번성해 나가게 하는 식량이 된다. 그녀의 맨머리를 울창한 원시림으로 은유하는 것과 그녀의 몸이 구릿빛 등고선으로 가로누웠다는 진술에 이르러 이 시는 신화적 상상력을 발휘하게 된다. 신화적 상상력을 통하여 시인은 민족의 시원에 대한 자긍심과 우리 국토에 대한 열렬한 사랑을 보여주는 데에 성공한다. 개마고원을 가슴속에 품어보는 광활한 기백과 민족적 모성에 대한 뜨거운 애정은 「백두산천지」에 이르러 더욱 아름답

게 펼쳐진다. "그리하여 큰어머니 천지 안에서 무궁한 세월 견디며 지켜온 내 무늬의 결 속에 살아 있는 水宮圖, 따뜻한 상징이 춤추며 더러는 구름을 하늘로 보내면 오래 기다리던 그 하늘이 잠깐, 천지에 들어갈 것이다"(「백두산천지」)에서 보이는 광활하면서도 섬세한 이미지와 상상력은 김영탁 시가 지닌 북방정서가 궁극적으로 민족의 시원에 대한 탐구로 이어진다는 사실을 잘 보여준다.

2. 낭만적 사색과 상실의식

김영탁은 낭만적 사색을 즐길 줄 아는 시인이며, 낭만성은 그의 시를 이끄는 동력 중의 하나이다. 낭만성은 현실보다는 이상을, 이성보다는 감정을 강조한다. 세상의 '실체'를 매우 정서적이고 이상적으로 파악하려는 낭만성은 김영탁 시가 온유하고 애상적인 '여성적 감수성'을 거느리게 되는 근본 원인이다. 이번 시집에서 낭만적 사색은 주로 사랑시에 나타난다. 시인의 사랑시에 담긴 서사는 서럽고도 애달프다. 그것은 사랑을 성취한 자가 지닌 기쁜 마음의 형상화라기보다는 사랑을 잃은 자의 후일담적인 성격이 강하기 때문이다. 북방 정서를 다룬 시편이 남성적인 기백의 웅장한 상상력을 보여주고 있는 데 비해, 사랑시편은 낭만적 사색을 통하여 이루어진 비애의 애잔한 기록이다.

네가 떠난 후에 베란다엔 상사화 피고

아침, 세상의 꽃들이

수없이 많은 축제를 위해서 필 때

네가 벗어두고 간 옷을 빨아
빨랫줄에 널고, 다시 걷어서 하얗게 빨면
눈물이 난다 어두운 방으로 들어가 타다만 초를
켜서 손에 들고 네 흔적을 찾아
손으로 쓰다듬어 본다

촛농이 손등에 떨어져 하얀 꽃이 되고
촛불이 꺼져 그림자마저 희미하게 스러질 때
빨랫줄에 걸린 옷들은 밤바람에 흔들린다

베란다엔 상사화 피고 잎은 몸을 감추고
                    ―「신산유화(新山有花)」 전문

　김영탁 시에 나타나는 상실의식은 시련의 체험과 연관된다. 이
시에는 깊은 정한(情恨)이 배어 있다. 이 시가 산유화에 관한 내용
이 아님에도 불구하고 "신산유화(新山有花)"라는 제목을 달고 있
는 것은 김소월의 시 「산유화」가 지닌 한의 정서를 계승하고자 하
는 의도에서이다. 김소월의 「산유화」는 자연과 인간의 불연속성을
통하여 자아의 상실감과 결핍감을 고조시키고 있는 작품으로 알려
져 있다. 새는 꽃이 좋아서 산 속에서 행복하게 살아가는데 김소월
시인은 꽃을 좋아함에도 불구하고 자연의 화해로운 공간에 이르지
못한 채 '저만치' 밖으로 추방당한다. 이 절망감 역시 연인상실에서
비롯되었다. 김영탁의 「신산유화」는 연인 상실의식을 시의식의 중

심으로 한 점, 그리고 상사화라는 꽃을 소재로 삼은 점 등에서 김소월의 「산유화」와 이어진다.

"아침, 세상의 꽃들이/수없이 많은 축제를 위해서 필 때" 시인은 그 축제를 맞이할 준비가 전혀 되어 있지 않다. 그는 아직도 사랑하던 사람이 벗어두고 간 옷을 빨면서 눈물을 흘리고 있다. "타다만 초"를 찾으며 떠나간 사랑의 흔적을 손으로 쓰다듬어 보지만 그렇다고 그 사람이 다시 돌아올 수도 없다. 시인은 새로운 사랑을 찾아나서는 적극성을 보여주는 대신 이미 가버린 사랑의 흔적을 더듬는 소극성을 보인다. 이 행위에서 시인이 지닌 한의 정서를 새삼 확인하게 된다. 연인 상실로 인한 괴로움을 잊는 가장 빠른 방법은 새로운 연인과 만나는 일임에도 불구하고 시인은 계속적으로 과거의 연인에 집착한다. 이러한 집착은 한을 더욱 강화시키는 역할을 할 뿐이다. 그러므로 베란다에서 피어나는 상사화는 시인으로 하여금 지난 사랑에 더욱 이끌리게 하는 한의 매개물로 존재한다. 이 시가 한의 정서에 푹 빠져 있는 상태 혹은 역설적으로 말하면 그 괴로운 심사를 통하여 어떤 비극적 희열에 접어들고 있는 상태를 보여주는 작품이라면, 「번개」는 가버린 사랑의 모습을 감각적으로 보여주는 작품이다.

> 한밤중, 창문을 두드리며 누군가 부르는 것 같아
> 아니다 후레쉬 비추며
> 자꾸 나오라고 접선 신호를 보낸다
> 나가보면 아무도 없는데
> 뒤돌아서는 뒤통수를 찰나로,

　　　때리고 지나가는 첫사랑

　　　　　　　　　　　－「번개」 전문

　이 시는 첫사랑의 형상을 표현한다. "뒤돌아서는 뒤통수를 찰나
로,/때리고 지나가는 첫사랑"은 매우 순간적인 사랑이다. 이처럼 첫
사랑이 머물다 지나가는 시간은 찰나에 불과할지라도 첫사랑이 각
인시켜 준 의미는 영원성을 이루어내고 있다. 첫사랑은 지금도 시
인에게 창문을 두드리는 누군가의 음성으로 다가오고 있으며 또한
자꾸 나오라고 접선 신호를 보내고 있기 때문이다. 이 시가 말하는
것은 바로 첫사랑이라는 무형의 존재가 지니는 순간성과 영원성이
라는 이중적 의미이다. 이 두 가지 의미가 동시에 있으므로 첫사랑
은 인간의 삶에서 진정으로 중요하다.

　　　구름을 바라보며 세상 만상과 그림 맞추기를 한 적이 있네
　　　그럴 때면 구름은 언제나 내가 생각한
　　　처지와 내 몸에 딱 맞아떨어지네
　　　완전히 제 논에 물대기 식이지만 그렇다고 구름은
　　　뭐하고 맞다 안 맞다 그런 적도 없지만
　　　그림을 맞추다가 구름이 제멋대로
　　　흩어져도 구름을 잡고 뭐라 할 수도 없네

　　　아득한 그때부터 지금도 늦지 않고
　　　흘러가는 구름이여
　　　물렁물렁한 구름이여
　　　내가 그린 욕망과 지상의 사랑이

온전히 그림틀 속에 있지 않고
조금씩 느슨하게 흩어지는 이별이여
다시는 못 볼 이별이여
그대의 부드러운 몸과 옷자락을 부여잡는
내 剛愎한 완강함에도
여지없이 뿌리치는 헐거움이여

가끔, 천진한 어린 사랑을 떠올리며
솜사탕을 입에 물고 뭉게구름 웃음만큼 웃다가
천근만근 무게로 내 머리 위에 떠 있는
구름이 갑자기 우레와 천둥에 소낙비로
내 몸을 흠뻑 적시네
한낱 헛된 꿈밖에 모르는
내 그림판에 벼락을 쳐도 어이할 수 없네
　　　　　　　　　　　－「생활의 발견－구름」 전문

　이 시는 실연의 상처 혹은 상실의식을 낭만적 상상력을 통하여 재현하고 또한 극복하는 작품으로 상상력의 운용이 돋보인다. 이 시에 나오는 "구름"은 시인에게 몽상의 즐거움과 현실의 어려움을 동시에 가르쳐 주는 사물이다. 1연에서 시인은 "구름을 바라보며 세상 만상과 그림 맞추기를 한 적이 있네/그럴 때면 구름은 언제나 내가 생각한/처지와 내 몸에 딱 맞아떨어지네"라고 말하지만 사실은 그 구름이 이렇게 만만하게 시인을 받아주지는 않았다. 이것은 어디까지나 주관적인 판단일 뿐이라는 솔직한 고백이 그 다음에 이어진다. 구름은 시인의 비현실적인 몽상을 받아주기도 하는 동시에 그 몽상을 정지시키거나 무화시키는 역할도 하고 있다. 구름은 "제 멋대로/흩어져" 변화무상하게 움직인다는 측면에서 순간적인 의미를 지니고 있지만 또한 "아득한 그때부터 지금도 늙지 않고" 존재한다는 측면에서 초시간적인 의미를 지닌다. 구름은 시인의 삶이 지닌 사랑과 이별의 서사를 온전히 그 안에 새겨놓고 있는 존재이다. "그대의 부드러운 몸과 옷자락을 부여잡는/내 剛愎한 완강함에도/여지없이 뿌리치는 헐거움이여"라는 진술은 사랑의 아름다움 속에 숨어 있는 덧없음을 구름에 빗대어 표현한 것이다.

중요한 것은 이 구름이 시인에게 몽상의 시간만을 제시하여 주지는 않는다는 점이다. "천진한 어린 사랑을 떠올리며/솜사탕을 입에 물고 뭉게구름 웃음만큼 웃다가/천근만근 무게로 내 머리 위에 떠 있는/구름"이라는 표현에서 알 수 있듯, 구름은 어느 순간 시인의 "한낱 헛된 꿈"을 깨게 하는 현실적인 조건으로 다가오기도 한다. 구름과 함께하는 몽상, 그리고 구름의 압력으로 인한 생활의 발견, 이 두 가지 상황을 동시에 말하는 작품이 「생활의 발견-구름」이다. 이 작품이 김영탁의 시세계를 이해하는 데 중요한 것은, 그가 지닌 상실의식이 극단적으로 치닫지 않은 채 어느 정도 극복되는 양상을 보여주기 때문이다.

3. 깨달음을 향한 선의 도정

김영탁은 선(禪) 감각을 지닌 시인이다. 선(禪)이란 삼라만상과 내통하여 일상적 삶 속에서도 충만한 깨달음의 경지를 향유하게 되는 정신적 자각 행위이다. 마음을 고요히 하고 정신을 자유로이 풀어헤칠 때 비로소 선의 상태에 다다르게 된다. 시인은 사물과 상황을 직관적으로 통찰하여 그것의 성질을 감득함으로써 마침내 주체와 객체가 하나 되는 자타불이(自他不二)의 정신 상태에 이르게 된다. 이것은 신심일여(身心一如)의 경지를 얻기 위한 노력이 뒷받침되었기 때문에 가능하다. 김영탁이 선적 감각을 통하여 추구한 궁극적인 진리는 존재의 조응을 통한 사물의 화해이다. 대체로 이런 종류의 시들은 설명적인 묘사나 서술적 이미지의 나열을 최대한 억제한 채, 여백의 미학을 통하여 완성되는 경우가 많다. 그래서인지 이 계열에 속한 작품들은 대개가 단형(短形)이다.

새가 나무속에서 울었다//귀가 저렁저렁하도록//울었다//아니다, 징소리였나;//가슴이 떨어져나간 듯 눈이 맑아졌다//몸이 절로 먼 산 보고//인사하고 싶어했다//궁금해서 들여다봤다//천덕꾸러기마냥 까지 한 마리//거기, 있었다

―「울새」 전문

이 시에 나타난 새 울음소리는 주체의 감각을 더욱 선명하게 만드는 기제이다. 그래서 시인은 그 새소리를 "귀가 저렁저렁하도록" 만드는 "징소리"를 닮았다고 은유한다. 그런데 역설적이게도 새소리는 시인의 귀를 맑게 한 것이 아니라 시인의 눈을 맑아지게 만들었다. 여기서 시인이 지닌 선적 감각의 의미를 엿보게 된다. 소리가 눈을 맑게 한 것은 청각과 시각을 넘나들며 혹은 각각의 감각의 의미를 초월하면서 세계를 인식하고 수용한 결과로 보인다. 청각과

시각을 오고가는 감각은 "가슴이 떨어져나간" 듯한 무념무상(無念 無想) 혹은 무아지경(無我之景)의 시간을 거쳐서 새로운 감각 운동을 일으키게 되는데, 시인은 이 상태를 "몸이 절로 먼 산 보고// 인사하고 싶어했다"라는 구절로 절묘하게 표현한다. 선적 순간을 거쳐 깨달은 몸의 감각은 이미 인식의 영역을 훌쩍 벗어난다. 선의 경지에 도달하는 순간, 주체가 몸을 부리는 것이 아니라 몸 스스로 행위의 주체가 된다. '몸의 자동 감각' 혹은 '몸적 주체화'를 음미한 후에 비로소 시인은 그 울음의 정체인 "천덕꾸러기" "까지 한 마리"를 확인한다. 김영탁의 선적 감각이 지속성보다는 순간성을 지향한다는 점은 「방학동」 끝 연에서도 나타난다.

> 다시, 물은 초록빛 옷을 벗었지만
> 하나도 안 부끄럽고, 다시 산은
> 먹잠색으로 갈아입는 소리에
> 학은,
> 산허리 길게 베어 날아
> 산 그림자 질 때,
> 생의 반쯤은 어쩔 수 없이
> 방학에 잠겨,
> 가슴에 날고 있는
> 학 한 마리
> 고요히 키우고 있길 바라네.
>
> ─「방학동」 부분

이 시는 아름다운 동양화 한 폭을 보여주는 듯한 작품이다. 밤이 찾아오고 있는 방학동의 산에 학 한 마리가 날아가고 있다. 학이 산허리를 길게 베어가는 순간 산은 그림자를 드리운다. 특히 학이 산을 베는 순간을 포착한 시선이 예사롭지 않다. 이 순간적인 인식 능력이야말로 선적인 감각에서 비롯된다고 하겠다. 다시 시인은 어둠에 잠긴 산을 자신의 가슴으로 끌어들이며 산이 곧 가슴이 되는 황홀한 순간을 체험한다. 이미 학은 시인의 가슴 안에서 날아가고 있다. 이 시를 가능하게 한 것은 인식의 힘이 아니라 명상의 힘이다. 「방학동」이라는 구체적인 제목을 달고 있긴 하지만, 방학동을 관찰하여 묘사하려고 하는 것이 아니다. 시인은 이미 알고 있는 방학동의 이미지를 중심으로 명상의 과정을 통하여 작품을 완성하였다. 요컨대 이 시는 삼라만상이 지닌 색(色)의 형상을 초월한 명상과 집중이 돋보이는 작품이다. 김영탁이 선적 감각에 정성을 기울이는 것은 어떤 깨달음의 순간에 도달하기 위해서이다.

아이들이 비눗방울 거푸집을 만드는데
입술을 오므리며 호하고 불면
금세 허공엔 총천연색 둥근 우주가 탄생한다
무수히 떠 있는 거푸집,
1초 동안 깜박이는 아이들 눈동자엔
거푸집은 태어나 자라고
거푸집은 오래 살다 사라진다

못자리가 한창일 때,

수천의 하얀 밥알로 떠 있는 이팝나무
너무 많아서 무거운 밥을
잘 가시라고 허공의 거푸집에 고봉밥을 잘 먹여준다
비눗방울이 허공에서 잠시 떠있는 동안
이팝나무에 붙어 있는 수천의 밥알을
고봉으로 아이들에게 먹여준다
배부른 아이들이 더욱더 힘을 내어
입술을 오므리며 비눗방울을 불어낸다

못자리가 한창일 때, 거푸집에서
아이들과 비눗방울과 이팝나무가 잘 어울려서
서로에게 고봉밥을 먹여주며 잘 놀고 있다
                                —「月印千江—거푸집」전문

　이 시는 모든 현상이나 사물은 원인인 인(因)과 조건인 연(緣)이
상호 작용하여 나타난다는 '연기적(緣起的) 세계관'을 근간으로 삼
으면서 화해와 유대의 세계관을 아름답게 형상화하고 있는 작품이
다. 1연은 아이들이 만드는 비눗방울 거푸집에 관한 진술이다. 시인
은 이 비눗방울 거푸집을 "둥근 우주"라고 은유하면서 나타났다가
사라지는 둥근 방울이 지닌 존재의 의미를 소중하게 받아들인다.
2연은 밥알 모양의 꽃을 피우고 있는 이팝나무에 관한 내용이다.
이팝나무가 "수천의 하얀 밥알"로 밥을 지어 "허공의 거푸집"에 고
봉밥을 먹여준다는 표현은 평화롭고 아름답다. "허공의 거푸집"이
고봉밥을 먹는 사이에 비눗방울을 만들고 있는 아이들 역시 고봉밥
을 먹는다. 모든 존재들이 서로를 도와가며 존재의 승화를 이룬다.

이제 아이들과 비눗방울과 이팝나무는 한몸이 되었다. "서로에게 고봉밥을 먹여주"는 행위는 서로가 서로를 이해하며 사랑하고 포용하는 과정이다.

> 는개 속을 날고 있는 하이얀 나비 한 마리
> 고추 꽃술에 앉았다 날자
> 꽃잎 떨어지자
> 갓 달린 아기 고추 쉬 하자 나비,
> 옥수수 꽃술에 붙어 떨자
> 꽃술 붉어지자
> 가지와 호박과 강아지풀 사이를 날자
> 모든 여정이 정적으로 되돌아가자 나비,
> 날개 는개에 젖어
> 之之 之字로 는개 속으로 사라지자
>
> 遊遊히,
>
> —「夢遊」 전문

이 시는 장자의 호접몽(胡蝶夢)을 연상하게 한다. 몽상과 감각의 어울림을 보여주는 이 시는 「월인천강」 시편이 지닌 세계관과 유사할 정도로 사물과 사물의 치밀한 연관성에 주목하고 있다. 이 시의 이미지는 "는개 → 나비 → 고추꽃술 → 아기고추 → 옥수수꽃술 → 가지 → 호박 → 강아지풀" 등으로 이어지는데 이들은 서로 제유적으로 결합되어 있다. 은유가 선택의 원리를 지향한다면 제유는 결합의 원리를 지향한다. 한 사물의 움직임의 결과가 다른 사물이 움

직이는 것의 원인이 되면서, 그 각각의 원인과 결과가 연기적으로
끊임없이 이어지고 있다. 시인은 제유적 세계인식을 통하여 세상에
존재하는 것들의 유기적 연관성에 주목하였다. 제유가 동양시론의
중요한 원리라는 일반론을 인정할 때, 김영탁의 「월인천강」 연작이
나 「몽유」 같은 시들이 동양시론을 기저에 깔고 있다고 해도 과언
이 아니다. 어느덧 시인의 감각은 깨달음의 시공에 닿아 있다.

　각각의 사물 역시 유기체이고, 그 유기체들이 모여서 이루는 질
서 역시 유기적이며 연기적이라는 인식은 김영탁 시 전반에 근본적
으로 담긴 세계관이다. 이 점에서 김영탁 시학은 유기체 시학이다.
그가 지향한 화해의 세계관은 유기체 시학에서 비롯하였다. 그의
시가 인간과 사물에 대하여 깊은 연민의 정서를 담고 있는 것 역시
이 시정신과 이어진다.

　이번 시집은 다양한 소재와 인식 방법을 보여주기 때문에, 그의
시가 앞으로 나아갈 행보를 예측하기는 쉽지 않다. 그러나 적어도
이번 시집에 나타나는 다양한 소재와 감각들이 궁극적으로 만물의
유대를 향한 유기체적 세계관으로 수렴되는 점을 확인할 때 향후
전망은 어느 정도 드러난다. 유년에 체험한 원형적 고향 풍경을 개
마고원과 백두산을 향한 북방정서로 이어보려는 진취적인 노력이
나, 소멸과 떠남의 길을 걸어가야 했던 안타까운 존재를 향한 낭만
적 사색의 과정은, '유와 무', '색과 공', '너와 나', '과거와 현재' 등의
이분법적인 사유를 극복하고 "다만, 시와 사랑이 꺼지지 않는 불꽃
이길"(「서문」) 바라는 연민과 화해의 시정신으로 귀결하였다. 이는
일원론적 세계를 향하여 나아가고자 한 진정성 있는 시적 노력의
결과이다.

신생을 향한 순례의 노래

조영순론

1. 여행의 형이상학, 노정은 계속된다

카브리엘 마르셀은 인간을 호모 비아토르(Homo viator)라고 지칭하였다. "여행하는 인간"이라는 뜻을 지닌 이 말은 인생의 본질이 여행의 시간에 있으며 삶이란 곧 하나의 기나긴 여행이라는 진리를 담는다. 삶은 정처 없는 길 떠남이며 그 길로부터의 끝없는 돌아옴이다. 자연과 고향을 떠나는 인생이라는 노정은 결국 자연과 고향으로의 영원한 되돌아옴이다. 그러므로 일상의 모든 자잘한 삶의 국면들 또한 인생이라는 긴 여정에 포함되는 일순간들이다. 인간의 출생 자체가 인생이라는 기나긴 여행의 시작이기 때문이다.

그럼에도 불구하고 이러한 일상적인 공간에서보다는 이국과 타향을 떠도는 시간 속에서 우리는 여행의 진가를 발견하게 되는 것은 당연하다. "여행하는 인간"이란 떠도는 시간 속에서 삶의 참 의미를 발견하는 존재이어야 한다. 여행은 낯선 풍광 속에서 빠져드는 객창감을 넘어 고단하고 긴장된 시간 속에서 자아를 성찰하는 기회가 되어야 한다. 조영순의 첫 시집 『새들은 난간에 기대 산다』
는 시인이 오랜 세월 동안 묵혀 온 서정시들을 모아 엮은 따뜻한
책이다. 이 시집에는 다양한 여행 체험이 성찰과 실존의 언어로 형
상화되고 있다.

조영순이 바라본 세계가 불화와 갈등으로 가득 차 있음에도 불
구하고 이 세계를 대하는 시인의 대응 태도가 온화하고 포용적일
수 있었던 것은 우선 시인이 지닌 생래적인 성품 때문이겠다. 그의
외모와 언행이 풍기는 소박함과 단정함은 그의 작품의 전반적인 특
징들과도 잘 어울려서 그의 시를 읽으면 그와 만나 대화하는 듯한
인상을 받는다. 다른 한편으로는 그의 시의식 깊숙한 곳에 사랑의
실천을 강조하는 기독교적 진리에 대한 이해가 자리 잡고 있기 때
문이다. 그러므로 그의 시는 종교적이다.

그가 기독교적인 박애사상을 갈등 없이 전달하는 데에 그치지
않고 이 세계의 아픔과 슬픔을 인식하고 그것을 매우 솔직히 형상
화하는 데 우선 주력하고 있다는 점은 중요한 미덕이다. 그의 시
중 여러 편이 종교적인 색채를 지니고 있으며, 또 겉으로 보기엔
전혀 종교적이지 않은 소재를 다루고 있는 시들조차도 문맥 깊숙한
곳에 기독교적 세계관을 숨기고 있음에도 불구하고 그의 시를 단순
한 종교적 메시지만을 담는 협의의 종교시라고 할 수 없는 이유가
여기에 있다.

　　이천 년 전 그는 태어날 때부터 노숙이 인연이 되어
　　해질 무렵이면 여우도 제 집 찾아가지만 자신은 머리 둘 곳이 없으
　셨던

마지막 죽음을 맞던 자리도 한데였던 바로 나사렛사람처럼
　그도 일상어로 자리 잡아가는 노숙자가 되었다.
　　　　　　　　　　　　　　　　　　　－「홈리스 트레인」 부분

　예수는 마구간에서 태어나 스스로 선택한 풍찬 노숙의 삶을 살
다가 군중들이 지켜보는 노상에서 죽어갔다. 잠자리마저 제대로 갖
추지 못했던 그의 파란만장한 삶은 죄 많은 인간을 구원하는 위대
한 삶으로 이어졌다. 이 시에서 기차에 탄 사람들은 한가로운 여행
을 즐기고 있는 것이 아니다. 그들은 집이 없는 "홈리스"들이다. 그
들은 그들 삶을 송두리째 뒤흔드는 풍파를 견디며 새 삶을 기다리
고 있다. 이러한 갈구는 종교적 메시아에 대한 목마름과도 통하며
이러한 핍진한 기다림 속에 살아가는 사람들의 삶은 나사렛예수의
삶과도 통한다는 것이 시인의 생각이다. 이 기차를 탄 사람들은 자
신들이 짊어진 삶의 고통보다 훨씬 더 큰 고난에 찬 삶을 살았던
예수의 구원을 기다린다.
　시인은 그들의 기다림이 언젠가 실현될 수 있다는 점을 확신하
고 있다. 이 시에서 중요시 여겨야 할 점은 조영순이 삶과 인간을
바라보는 관점이다. 시인은 실직한 노숙자의 고통에 대한 연민만을
말하는 것이 아니다. 시인은 이 시에서 삶은 근본적으로 노숙이며
실업이며 방랑이라는 점을 말하고 있다. 또한 언제 끝날지 모를 방
랑의 시간 속에서 영혼을 풍요롭게 할 수 있는 종교의 힘을 역설한
다. 다음 시에서도 이와 비슷한 삶의 태도를 읽을 수 있다.

알겠다

새들이 일제히 허기진 배를 움켜잡고

어둠이 빽빽이 박힌 갈내 숲으로 가는지를

찬물에 외발목 담그고 밤내 오돌오돌 떠는

잿빛 두루미가 그토록 욕심 없는 맑은 눈을 가졌는지를

월동을 준비하는 철새들에게 한 움큼씩 모이를 놓아두고

새 발자국 따라 진흙투성이 신발을 터벅거리며 돌아온 날

깃털 마구 흩어진 빈 벌판이 시퍼렇게 눈 떠

처녀림으로 남아 있는 마음 어지럽게 흔들고 있다

내가 잦은 아픔으로 혼자 누워 있을 때에도

미확인 지뢰밭 속에 감추어 둔 나만의 노래가 있어

걸어서는 갈 수 없는 땅도 새들처럼 자유롭게 손짓하며 왕래할 수

있었다

사람 하나 오지 않아 외로운 땅 저만치

향방 가늠할 수 없는 살얼음 진 늪지에 가두어 둔

뇌관 터뜨리기 위해 위태롭게 맨발로 서 있는 것

오늘 비로소 알겠다

　　　　　　　　　　　　　　　　　　－「비무장지대」 전문

　"비무장지대"는 휴전선 일대의 무장이 금지된 'DMZ'만을 의미
하는 것이 아니다. 이곳은 조영순이 몸 부대끼며 지금까지 살아온
삶의 공간이기도 하다. 시인은 겨울의 초입에 비무장지대에 들러
월동을 준비하는 새들에게 먹이를 주고 돌아오는 경험을 하였다.
그때 그는 비무장지대의 하늘을 날아다니는 새들의 모습 속에서 어
떤 소박한 깨달음을 얻게 된다. "알겠다"라는 어구를 이 시의 처음

과 끝에 반복하여 배치함으로써 그 깨달음의 절실함을 강조한다. 그 깨달음은 어떤 것일까? 이것은 앞 시의 해석과 연결시켜 이해할 수 있다.

"일제히 허기진 배를 움켜잡고 갈대숲으로 가는 새" "찬물에 외발목 담그고 밤내 오돌오돌 떠는 잿빛 두루미" "월동을 준비하는 철새"는 모두 같은 새를 의미하는 것으로 보인다 시인은 이 새들에게 자신의 감정을 이입한다. 그러므로 이 새들에게 모이를 주는 행위는 이 새들의 삶과의 자연스러운 일치를 의미한다. 이 새들은 자신들의 거침없는 삶을 위하여 늘 자유로운 비상을 하고 있다. "비무장지대"라는 공간 설정은 이러한 자유의 의미를 확대시키는 기능을 한다. 새들이 허기를 견딜 수 있는 것도 또 욕심 없는 맑은 눈을 가질 수 있는 것도 모두가 이 자유의 힘 덕분이다. 시인이 보기에 이 새들은 자유와 방랑의 삶을 가장 완전하게 살아가고 있는 자들일지도 모른다.

10-12행에 이르러 시인의 삶과 새들의 삶은 더욱 일체화한다. 시인은 자신 역시 이 새들처럼 자유로운 방랑자처럼 살 수 있었다고 말한다. 그것은 "나만의 노래"가 있었기 때문이며 이 노래는 뜨거운 삶을 향한 에너지이다. 그것이 "미확인 지뢰밭"에 숨겨져 있다는 진술을 통하여 그 노래의 열렬함이 더욱 강조된다. 그렇다면 15행에 나오는 "뇌관 터뜨리기 위해 위태롭게 맨발로 서 있는 것" 역시 이 노래의 이미지와 이어지는 것으로 봐야겠다. 방랑하는 삶은 언제나 위태로운 것이며 그 위태로움으로 인하여 더욱 강렬한 에너지를 내뿜을 수 있는 것이 또한 삶인 것이다. 조영순 시의 어조는 일견 낮고 조용한 것 같으면서도 폭발 직전에 있는 생의 에너지

를 인식해내는 강렬함을 품고 있다.

잔잔한 수면 속에 질풍노도의 열정을 숨긴 채, 시인은 "나만의 노래"를 부르기 위한 여행을 계속할 것이다. 그 여행이 닿고자 하는 것은 "까슬하게 일어서는 삶의 내력들 저마다 키를 낮추면 근심도 잦아져 눈부신 희망으로 오는가"(「산책」 부분)라는 감탄 속에서 찾아지는 "희망"이리라. 그러나 조영순은 안이한 세계 화해를 노래하는 시인이 아니어서 그의 희망은 늘 절망의 그림자와 가로놓인다. 그의 시는 여기 미만한 절망을 딛고 희망의 세계로 나아가려고 애쓰고 있다.

물은 動하지 않았다

단 한 번에, 美醜 뚜렷한 이름을 지운다
瑞雪, 눈이 시리다, 아이젠 없이 오른다
함께 오르던 청솔모도 오늘은 보이지 않는다
누가 無欠의 얼굴에 걸맞는 몸짓을 시작해 보라고 유혹한다
극한에서 부풀어 터지는 환부를
읽어내는 봉우리 봉우리들
만성 질환의 발자국들 더운 입김으로 비틀대고 있는데
떡갈나무들이 의기양양하게 찾아낸 처방전
빨갛게 언 귀를 감싸 안고
못 속에 들어가는 것만이 유일한 진단 방법이 아닌 것을
삼십팔 년이나 다져왔던 그림을 완성하면 혹,
알게 될까

　　물은 결코 動하지 않았다

　　　　　　　　　　　　　　　－「베데스다」 전문

　이 시의 각주에서도 언급되었듯이 "베데스다"는 성스러운 못이다. 이곳은 예루살렘 성내의 양을 매매하는 시장 가까이 있다. 상상에 의한 시인지 실제 체험한 것인지는 알 수 없지만 지금 시인은 "베데스다"라는 상징을 찾아 헤매고 있다. 시인이 "베데스다"를 갈구하는 것은 그의 "부풀어 터지는 환부"를 치유하기 위함이다. 그가 안고 있는 "만성 질환의 발자국들"은 시인만의 것이 아니라 이 세계의 사물이 공히 가지고 있는 상처일 것이다. 시인이 이 성소를 찾아가는 길은 시인 스스로 "베데스다"가 되어 세계의 치유자가 되기 위한 과정이라 하겠다. 이 시의 결말 부분은 조영순 시인의 또 다른 직업을 암시하고 있으며 진리와 구원의 샘물을 찾아가는 고행의 완성이 "그림"이라는 예술 작품의 탄생과도 같은 의미를 지닐 수 있다는 시인의 생각을 눈치 채게 한다.

　조영순은 시단에서는 오늘에서야 첫 시집을 상재하는 신예시인이지만 미술계에서 이미 많은 전시회를 가진 화가이다. "못 속에 들어가는 것만이 유일한 진단 방법이 아닌 것을/삼십팔 년이나 다져 왔던 그림을 완성하면 혹/알게 될까"라는 구절은 그가 화가로서의 삶, 시인으로서의 삶, 크리스천으로서의 삶을 하나의 범주로서 성실하게 엮어가고 있다는 것을 짐작케 한다. 이 시의 앞뒤에 나와서 수미상관을 이루고 있는 "물은 動하지 않았다"라는 구절은 안이한 세계 화해를 거부하는 시인의 의지적 발언인 동시에 결핍으로 가득 찬 세상을 열어나가는 주술적 언어라 하겠다. "결코"라는 시구가 결코 완전한 부정이 될 수 있음은 두 말할 나위가 없다.

2. 폐허를 꽃 피우는 온유한 모성

조영순에게 시쓰기는 자신의 삶을 반성하는 형식인 동시에 고독과 슬픔으로 가득 차 있는 이 세계의 형상을 순박한 모성으로 껴안아 가는 과정이라는 의미를 지닌다. 온유하고 섬세한 그의 통찰은 세계 불화를 끌어안고 그것을 승화시키려 하는 모성적인 너그러움이라 할 만하다. 도시의 일상적 삶 속에서나 혹은 객지와 타국을 여행하는 과정 속에서나 시인은 자신의 삶을 돌이켜보는 한편 애처롭고 소박한 것들에 대한 사랑과 정을 잃지 않는다. 그의 시가 우리에게 물큰한 감동을 주는 것은 그의 시에는 자신의 삶에 대한 반성의 양식과 세계 불화에 대한 포용의 양식이 공존하기 때문이다.

재개발 지역으로 밀려난 내 사는 곳 빈 항아리며 칠 벗겨진 소반이며 한숨 묻어 있는 쪽마루를 버려 두고, 그렇게 쫓기듯 사람들이 떠나고 난 뒤 마지막 남은 잿빛 지붕들이 무너져 내리자 이내 명아주와 망초가 발빠르게 들어섰다 담벼락에 기대어 선 수수꽃다리 떠난 사람들 마음 한 자락 붙잡아 자잘한 그림자 품고 있었다 멈칫 했다 형광등 파랗게 깜박이는 내 작업실 비껴 가는 길 잡풀들 틈새로 누군가 떨어뜨리고 간 메꽃 한 송이 혼자서 둥글게 휘어지면서 아무에게나 손 흔들며 잘 놀고 있었다 겨드랑이 끝 긴 꽃대 위 하얀 꽃술 여섯 개의 메아리 나를 껴안고 오오래 허리 굽혀 세워두고 뜻도 없이 출렁이는 말들 들여다보며 한여름을 살았다 젖은 몸으로 가늘게 휘청거리며 소

나기 속에 섞여 들기도 했다

-「메꽃」 전문

　"빈 항아리", "칠 벗겨진 소반", "한숨 묻어 있는 쪽마루"는 재개발 계획 때문에 삶의 터전을 남겨 두고 떠나간 사람들이 버리고 간 물건들이다. 마침내 마지막 남은 지붕 하나가 무너져 내리고 이 마을은 완전히 폐허가 되어버린다. 하지만 이곳에도 생명 있는 것들은 떠나간 사람들을 추억하듯 그 뿌리를 내리고 꽃을 피운다. 발빠르게 피어난 명아주와 망초가 그것들이다. 시인의 시선은 자신의 작업실로 향하는 길가에서 만나게 되는 "메꽃" 한 송이에 집중된다. 시인은 메꽃을 바라보면서 지나간 시간의 흔적들을 더듬는다. 메꽃은 재개발 지역에 홀로 남아 있는 시인의 쓸쓸한 삶을 위로한다. 폐허에서 피어난 꽃 한 송이가 생의 모서리로 밀려난 듯한 시인의 삶에 생명력을 불어넣는다.

　이 보잘것없는 꽃을 발견함으로써 시인의 삶은 거듭나게 된다. 바꾸어 말하면 시인 자신이 홀로 피어 있는 메꽃의 벗이 되기도 한다. 이 둘은 서로를 위안하면서 쓸쓸한 삶의 벗이 될 수 있었다. "출렁이는 말들 들여다보며 한 여름을 살았다 젖은 몸으로 가늘게 휘청거리며 소나기 속에 섞여 들기도 했다"라는 구절에 이르러 메꽃과 시인은 더욱 일체화한다. 그러므로 "살았다"와 "섞여 들기도 하였다"의 주체는 메꽃도 되며 시인도 되는 것이다. 이러한 일체화를 이룰 수 있었던 것은 상처받고 결핍된 세상에 대한 시인의 모성적 포용이 있었기 때문이다. 그리하여 시인은 마침내 "상처들, 아픔을 꼿꼿이 세운 채 아물지 않는"(「서리꽃」 전문) 그 환한 상처의 몽우

리들을 감싸 안을 것이며 "잡초에 묻힌 길을 새로 내"(「폐허에 피
는 꽃」 부분)게 될 것이다. 난간에서 기대어 서로서로 의지하면서
살고 있는 새들의 삶에 다가서려고 하는 다음 시에서도 이러한 시
의식을 읽을 수 있다.

> 아침이면
> 짜글짜글 부서지는 텃새들의 낯익은 말들이
> 건너편 지붕 안테나 끝을 휘청 흔들어 놓는다
> 어디서 곤한 몸을 뉘였다가 날아왔는지
> 아무도 쉬지 않는 난간에 작은 몸을 의지하고 있다
> 깃털 사이에 가득 배인 한기를 녹이려고
> 분주하게 들락거리는 너그러운 햇살들이 고맙다
> 종이든 횡이든 새들은 왜 가파른 곳에다
> 발을 들여놓는지 참,
> 엎어질 듯 뒤로 자빠질 듯 중심을 세우고 있는 새들과
> 이제 막 아침을 먹고 집을 빠져나가는 식구들이
> 도심 난간에서 떨어질 듯 하루 분의 흔들림을 감당해야 하는
> 오늘
> 아직 이루어야 할 것이 많은 두 아이들은
> 빼곡한 과목들을 등에 업고 푸른 신호등을 건너간다
> 차 한 잔을 천천히 비워내는 동안
> 떠날 때 일시에 떠나는 어리디 어린 새들에게
> 또 한 가지를 배우고 있다
> 삼 시 세 끼 끝자락에서 바르르 떠는 법과
> 날개 퍼덕이며 기대어 살 곳이

십자가 끝이라는 것을
　　　　　　　　　－「새들은 난간에 기대 산다」 전문

　도시의 새들이 연명하는 공간은 풍요로운 자연의 서식처와는 거리가 멀다. 그것들은 도시의 콘크리트 벽 사이에서나 녹슨 베란다 난간에 의지하여 둥지를 튼다. 이런 곳은 그들에게 죽음의 위협을 안겨줄 뿐 평화로운 온기를 가져다주지 못한다. 그러나 시인은 그곳으로 "분주하게 들락거리는 너그러운 햇살"을 발견한다. 시인의 따뜻한 마음이 거기에 투영되었기 때문이다. 시인은 이 위태로운 공간에 집을 짓고 사는 새들의 삶과 고단한 하루를 시작해야 하는 가족의 삶을 연결시킨다. 무언가를 이루기 위하여 또는 그 성취를 위한 준비를 하기 위하여 각자의 짐을 지고 도로를 건너가는 아이들의 모습이 시인은 몹시 안타까웠다. 그런데 시인은 그들의 고단한 삶을 걱정하는 데에만 그치지 않고 새들이 난간에 기대어서도 나름대로의 삶을 열심히 영위해 나가듯 자신의 가족들도 어려운 현대 도시의 삶이지만 잘 헤쳐나갈 것임을 확신한다. 그 믿음을 새들에게서 배운 것이다.

　시인의 겸허한 확신은 종교적인 신념으로 확장되기도 한다. "날개 퍼덕이며 기대어 살 곳이 십자가 끝이라는 것을"이라는 구절은 이러한 종교적인 성찰의 의미를 담는다. 또한 이 구절은 시인의 모성적인 포용력이 그의 종교적인 신앙심과 별개가 아님을 일러준다.

3. 어둠 끝에서 피어오르는 신생의 빛

조영순의 이번 시집에는 밤을 배경으로 하고 있는 시가 여러 편 실려 있다. 밤은 시인에게 여러 가지 성찰을 안겨주는 배경으로 기능한다. 그리고 어둠이 주는 정적인 분위기에 힘입어 시인의 성찰은 더욱 감동적으로 다가온다. 낮이 생산과 노동의 시간이라면 밤은 사색과 낭만의 시간이다. 낮에 있었던 현실적인 삶의 관계들 속에서 생겨난 긴장감도 어둠 속에서는 잠시 이완될 수밖에 없다. 어둠이 삶의 세세한 조건과 규율들을 덮어주기 때문이다. 이로 인하여 낮은 밤의 범주에 포섭되기도 한다. 사람들은 밤 시간에 낮 동안 쌓인 피로를 풀기도 하며 나아가 혼란스러웠던 낮의 형상을 반성하고 성찰하기도 한다. 밤이 용서와 반성과 성찰의 시간으로 지칭되는 것은 이 때문이다.

고대 그리스 시인 헤시오도스가 밤을 "신들의 어머니"라고 한 말을 떠올리더라도 모성적 감성을 지닌 조영순 시 전반의 주제 의식과 밤의 배경은 잘 어울린다. 다음에서 밤을 배경으로 하고 있는 시인의 고즈넉한 사색의 결을 따라가 보자.

> 살붙이들 물 고른 사랑으로 다독이며
> 소리 없는 물길 속으로 잠겨들던 아버지 얼굴
> 비로소 숨결 헤아려 눈뜨는 사랑을 알겠다
> 시들시들 앓아 가며
> 기차로 아버지 뵈러 가는 해질 무렵
> —「해질 무렵 물소리」 부분

꽃으로 온 한 아이가 씻어줄 상처와 아픔
그 아이가 가지고 오는 기쁨은 땅의 것이 아니라고 합니다
그를 오게 하는 것은 내가 아니라는 것
분내 나는 꽃이 밀어닥치는 저녁이 되면 알 수 있습니다
　　　　　　　　　　　　　　　－「기다리며 보리라」 부분

　「해질 무렵 물소리」에서 시인은 저녁 무렵의 기차를 타고 아버지를 만나러 가고 있다. 창밖을 보니 비가 내리고 있고 이 비는 강물처럼 큰 물줄기를 형성하지는 못하지만 목마른 논두렁을 일시에 적셔주기에는 남음이 있다. 이 봄비를 보면서 시인은 아버지의 잔잔한 사랑을 깨닫는다. 지난 날 아버지의 사랑은 이 봄비와도 같이 목마른 시인의 삶을 위무해주었다. 아버지와 멀리 떨어져 살아가고 있는 시인은 지금 시들시들 앓고 있다. 육친과 고향을 떠나온 삶의 고달픔 때문이었으리라. 시인은 이 저녁에 아버지의 순결한 사랑을 깨닫고 이 사랑에 감사한다.
　「기다리며 보리라」는 표면적으로는 개화의 아름다움과 기쁨을 진술하고 있는 시다. 그리고 그 이면을 보면 메시아의 강림에 대한 환희의 형상화라고도 할 수 있다. 이 시 속의 서사와 깨달음 역시 저녁을 배경으로 이루어진다. 시인은 꽃 한 송이를 피우기 위하여 초봄부터 정성을 다하여 나무를 가꾸었다. 그리고 반드시 꽃이 필 것이라는 믿음을 가졌다. 이것은 시인이 지닌 종교적인 자세의 경건함과 성실함과도 이어진다. 지금 아름다운 개화를 맞이할 수 있는 것은 이러한 시인의 노력과 믿음 때문이다. 그런데 시인은 "그를 오게 하는 것은 내가 아니라"고 말하는 겸손함을 보인다. 시인은

자신보다 더 크고 자신보다 더 위대한 자연의 섭리를 깨달았던 것
이다. 이것은 곧 신의 손길이며 신의 사랑이기도 하다. 자연과 종교
의 신성한 원리를 체득할 때 자연의 아름다움에서 오는 기쁨은 더
욱 우주적으로 확산된다.

자연과 우주의 원리에 대한 깨달음은 「바라나시」 같은 작품에서
더욱 깊어진다. 「바라나시」에서 조영순은 이 세계에 난 두 갈래의
길을 본다. 하나는 새로운 탄생을 향해 있는 길이며 또 다른 하나는
생의 에너지가 다 되어 조금씩 조락하여 죽음의 공간으로 들어가는
길이다. 그런데 시인은 이 두 길이 결국 다른 길일 수 없으며 이
둘은 서로 얽히면서 어울리면서 한 커다란 길을 만들어 가고 있다
는 점을 깨닫는다. 삶과 죽음은 돌고 도는 것이며 그러므로 삶과
죽음은 둘이 아니라는 것이다. 그의 깨달음의 목소리는 과장되어
있지 않으며 나지막하게 울리어 공감대를 형성한다. 요컨대 그의
목소리가 더욱 정직하고 잔잔하게 울려 퍼질 수 있는 이유 중의 한
가지는 그 깨달음의 시간이 저녁이라는 사실에서 찾을 수 있다.

바라나시 화장터에 사람들이 떠나고
나, 타버린 잿더미에 남았어요
이상했어요
장작 아랫단부터 서서히 타오르는 불꽃이 확, 확, 열기를 더해 가
는데
몸은 녹아져 사지는 툭툭 부러지는데
재투성이 땅바닥에 나뒹구는
푸른 진액도 채 마르지 않는 막 잘라낸

대나무 들것 하나가 내 마음 안쪽으로 파고들었어요
불기 남은 숯덩이 몇 개로 추운 어깨 다독이는 사람들 틈 비집고
야윈 암소 한 마리도 쪼그리고 앉아 불을 쪼이고 있었어요
타다 만 흔적들 빗자루에 쓸려 강물에 버려지고
때묻은 손을 씻고, 빨래를 헹구고
산발한 머리를 올곧게 빗어내는 것을 알 리 없는 무심한 강가강
그 속으로 내리꽂히는 생각들 울어대고 있었지요
불티가 하얀 재 되어
내 어깨 위에 쌓이는 것도 모르고
잠깐씩 혼불 한 점 가물거리며
한 생애 밀어내는 것 숨죽여 보고 있었어요
태워버리지 못한 가난한 꿈들
장대 마디엔 시퍼렇게 살아 있는데

―「바라나시」 전문

이 시의 중심 공간인 강가 강(Ganga 江)은 갠지스 강(Ganges 江)의 다른 이름이다. "강가"는 힌두교의 하천의 신으로서 갠지스 강을 신격화한 지칭이다. 힌두교의 성지인 갠지스 강은 많은 시인들에 의해서 죽음과 삶이 교차하는 공간으로 형상화되곤 하였다. 조영순 역시 이 성스러운 장소에서 생과 사의 끊임없는 순환을 바라보고 있다.

시인은 화장터의 잿더미에 남아 자신의 몸을 태워보는 상상을 하게 된다. 그의 몸은 장작 아랫부분부터 서서히 타오르고 있는 불꽃에 의해서 툭툭 부서져 없어져 가고 있다. 그리고 대나무 들것 하나가 시인의 마음 안쪽으로 들어온다. 시인은 이제 끝없이 돌고

도는 우주적 시간 속으로의 여행을 시작한 것이다. 이는 우주적 신생(新生)을 향한 의식적 체험이다.

육체가 태워지고 그 재가 뿌려지는 갠지스의 강물로써 사람들은 머리를 감고 목욕을 하고 빨래를 한다. 그들은 그 행위 자체가 구원을 얻는 수도와 순례의 과정이라고 믿고 있다. "혼불" 한 점이 한 인간의 생애를 저 우주 밖으로 돌려보내고 있다. 힌두교도들은 이승에서 가난하고 핍박받을수록 내생에서는 더욱 행복한 운명을 받고 태어난다고 믿는다. 그들에게 "들것"에 남아 있는 "가난한 꿈들"은 새로운 생으로 가는 여행의 노자가 될 수 있다. 그러므로 "장대마디"에 "시퍼렇게" 살아남은 꿈들이 비극적으로 읽히지 않는다. 시인은 이러한 그들의 믿음을 깨닫고 그들의 죽음을 고요히 관조한다. 시인 스스로 그 죽음을 체험하는 과정을 거치면서.

조영순은 자신의 삶 역시 이 거대한 우주적 시공 속에서 한 점 티끌처럼 부유(浮遊)한다는 사실을 잘 알고 있다. 조영순이 고행을 위한 여행을 끊임없이 떠나가고 또 그 과정을 시로 형상화하여 보여주려 하는 것은 이러한 자기 인식에서 출발한 것이다. 그 여행은 새로운 삶을 향한 혹은 새로운 삶으로 귀환하는 과정이다. 그의 다양한 여행 체험이 놀이로서의 시간이라는 의미를 넘어서 인생의 주요 과정이라는 의미를 지니는 것은 이 때문일 것이다.

오랜 세월 동안 조영순은 폐허를 개간하고 어둠을 밝히는 시심으로 살아왔다. 불화와 결핍으로 가득 찬 세상을 향한 모성성이 더욱 깊어질 때, 그때 비로소 시인은 "사라지는 짜이 빛 해변을 따라 마구 걸어도 좋은, 부겐빌리아 붉은 입술에 달콤하게 무르익는 체리 향기, 활짝 열리는 어둠 끝에서 오는 노래"(「쵸파리 해변」 부분)

를 들을 수 있을 것이며 "야윈 가슴을 서서히 물들이는 등불 같은/ 저 魂을 보아/아주 잘 익어 속살 탄탄히 채운/빛 고운 사람 하나" (「감」 부분)도 만날 수 있을 것이다.

이 노래와 이 사람은 등대 없는 세상을 밝히면서 새로운 축복과 구원을 생성시키는 신생의 빛이다. 이 빛을 맞이하기 위하여 혹은 스스로 그 환한 빛의 몸이 되기 위하여 조영순은 쓸쓸하고 고요한 노래를 부를 것이다. 갠지스 강가에서 꽃등을 들고 새벽빛을 기다리는 순연한 마음가짐으로.

비습오니에 깃든 아득한 그리움의 시

채풍묵론

채풍묵의 첫 시집 『멧돼지』를 읽으면서 세속과 탈속의 경계에서 쉼 없이 머뭇거리고 있는 나지막한 목소리의 자아를 만나는 즐거움을 누릴 수 있었다. 다소 고전적이라는 느낌을 주면서도, 정돈된 이미지를 통해서 작품의 긴장감을 잃지 않고 있는 그의 시편들은 따뜻한 서정의 언어와 날카로운 비판의 언어를 동시에 지니고 있었다. 등단한 지 어언 10년 만에 간행하는 첫 시집이니만큼 그간에 시인이 이 시집을 위하여 불철주야 공들인 흔적을 여러 곳에서 발견할 수 있었다. 삶의 진리에 다가서려는 사색의 과정 속에서 언제나 그가 잃지 않고 있었던 정서 중에서 중요한 하나가 그리움이라는 점을 여러 시편들을 통하여 확인할 수 있었다. 그러한 그리움의 정서를 다분히 지닌 작품들 속에는 이 복잡다단한 세상을 뛰어넘어서 저 순연한 초월의 지평으로 다가서려는 애타는 시심이 숨겨져 있었다.

아득한 그에게 닿는다는 것은
꽃이 진 자리 같은 단어 하나에 다시금
얇은 수식의 날개 붙이고 붙이는 일
얼마만큼 올랐다고 생각하면
하늘 한 끝을 잡고 떨어지고 있어서
난 자꾸만 날개가 무겁다
버리지 못한 열망의 꽃가루야
그를 표현할 언어 하나 찾지 못하고
난 다시 베인 가슴으로
참대나무 뼈대를 갈라내고 있구나
실 같은 눈길 풀어 그대에게 가는 길
끝내 아득한, 꽃을 찾아 가는 길

―「나비연」 전문

사람이 삶을 영위해 나가는 일이나, 시인이 시를 쓰는 일이나, 나비연이 하늘로 날아가는 일이나 모두 다 무상(無常)하기는 마찬가지일 것이다. 모두들 그 자신이 추구하고자 하는 궁극적 지점을 향하여 나아가고 있지만, 그들은 언젠가는 다시 처음 시작한 원점으로 하강해야 하는 운명을 이미 지니고 있었을 것이라고 시인은 생각한다. "얼마만큼 올랐다고 생각하면" "다시 베인 가슴으로 참대나무 뼈대를 갈라내"야 하는 것이 모든 존재자의 처절한 운명이자 선택일 것이다. 그러한 비극성을 예감하고 있을지라도 우리는 나비연처럼 "버리지 못할 열망의 꽃가루"를 지녀야 할 것이다. "끝내 아득한, 꽃을 찾아 가는 길"에 있을 나비연의 숙명은 바로 모든 시인의 삶에도 깃들어 있을 것이다. 이처럼 지상과 천상, 그 사이에서 파동하는 채풍묵 시인의 시심은 「카페, 달처럼」이라는 작품에서도 그대로 나타난다. 이 시에서 시인은 어느 카페에 들러 "구름을 벗어난 달"을 바라보면서 "가볼 수 없는 모퉁이"와 "아득한 길 하나"를 상상한다. 그 모퉁이 혹은 길은 지상을 떠나서는 한시도 살 수 없는 세속 사람들의 마음속에 깃든 초월과 상승을 향한 소망이 다다르는 한 지점일 것이다. 이러한 소망을 오랫동안 지녔을 채 시인은 아래와 같이 '무아(無我)'를 향한 상상력을 펼쳐놓게 된다.

> 찻물처럼 우련히 떠 있다
> 나를 지우겠다는 문자 메시지
> 우려내 우려내 삼키는 동안
> 산방 바깥 화야산 골짜기에선
> 긴 밤을 빠져나온 바람소리가
> 쏴 쏴 가슴 속 물줄기 따라
> 산을 내려가고 있었다
> 멀리 팔을 뻗은 능선이
> 철 이른 봄을 살포시 안고
> 메마른 물소리로 숨을 고르며
> 잿빛 천을 벗고 있을 때였다
> 옷을 갈아입는 것이라고 했다
> 세상에서 지워진다는 것은
>
> ―「나를 지우다」 전문

"나를 지우겠다는 문자 메시지"를 만드는 일은 아주 쉬운 일이지만, 실제로 나를 지우는 작업은 매우 어려운 일이다. 시인은 부단히 자신을 지워 무아의 경지에 오르는 일을, 겨울에서 봄으로 향하고 있는 화야산의 모습에 비유하고 있다. 즉 겨울 화야산이 봄 화야산이 되기 위해 옷을 갈아입는 일이 "세상에서 지워지는 것"과 같은 일이라고 시인은 말한다. 어떻게 보면 가장 어려운 일인 것 같으나 어찌 보면 가장 평범하여 자연스럽게만 느껴지는 그 일이 바로 자신을 지우는 일이라는 것을 시인은 잘 알고 있었다.

이번 작품집에는 부조리한 세상에 대한 미움과 그 안에서 살아가는 순박한 사람들에 대한 사랑이 곳곳에 숨겨져 있기도 하지만, 궁극적으로 채풍묵 시인이 추구한 시적 세계는 그런 잡다한 일상의 형상화에서 비롯되는 것이 아니라, 그 일상적 경험의 세계를 초월하는 미적인 경지라는 점에 주목해야 한다. 이런 의미에서 채풍묵의 시는 리얼리즘과 리리시즘이 만나는 지점을 경유하여 어느덧 선(禪)의 지평으로 나아가고 있었다. "천천히 한 곳으로 걸어가"(「시인의 말」)고자 다짐하는 채 시인의 문학적 노정에 많은 기대를 가져볼 일이다.

도시적 유목 그리고 우수

여태천론

    여태천의 시는 우울한 이미지가 넘쳐나는 거리와 아내가 지키고 있는 집을 두 축으로 삼고 있다. 그러나 그의 작품들에서 이 두 축은 도시라는 큰 테두리 안에서 상징적으로 겹쳐진다. 도시의 공간은 "텅 비어 있"는 경우가 많았으며 어떤 것도 구하기 힘들었던 시인은 아무것이라도 구하기 위하여 "거리를 헤매고 다니"기 일쑤다. 이러한 헤맴의 정서는 그의 시가 가진 가장 중요한 시의식이다. "욕망의 불빛"이 반짝거리는 거리를 방랑하는 시인은 "사야 할 책을 못 사고/모르겠다고 막차를 타고 집으로" 돌아오기도 하였으며, "나보다 먼저 도착한 아내의 더러운 발이 나를 피곤하게" 한다고 중얼거리기도 하였다. 그가 걷는 거리는 스산하고 어두웠으며 그의 외도는 아내가 있는 집에 이르러 잠시나마 끝나고 만다. 어떤 이유로 인하여 시인은 이렇게 고단하고 고독한 자아를 거닐고 도시 공간을 헤매며 다녀야 하는 것일까! 이 점에 다가가기 위해서, 여태천의 시에 나타난 방외인적 인식을 읽을 볼 필요가 있다.

그러나 가계의 줄기나 뿌리에 대해
아무것도 모르는 어린 여자 조카와 같이
나는 가계 밖에 있는 사람일 뿐인데
밥 한술 물에 말아 제를 올린 게 전부였는데
　　　　　　　　　　-「가계 밖에 있는 사람」 부분

　시인은 스스로를 "가계 밖에 있는 사람"이라고 규정한다. 가부장
제적 농경사회를 이끌어왔던 "가계"는 시인에게 별 관심을 불러일
으키지 못하므로, 시인은 계보를 짜기 위해서 떠나는 사람들에 대
해서도 무심할 뿐이다. 결국 이 작품의 끝 부분에서 보이듯, 시인이
걱정하고 연민하는 것은 아내의 몸이며 마음이다. 다시 돌아가야
할 도시 공간에서 가장 중요한 존재는 단연 아내이기 때문이다. 시
인은 자신을 유교 사회의 방외인이라고 생각하며 애써 가계와 혈통
에 관심을 보이지 않으려 한다. 시인은 농경 사회와 도시 사회 사이
에 어정쩡하게 존재하기보다는 차라리 국외자의 길을 선택하면서
외출과 일탈을 일삼았을지 모른다. 그 방랑의 시간이 성찰의 시간
으로 이어지고 있음은 의미 있는 일이다.

　오랜만에 만난 친구가 씻겨 내려가고
　밥은 먹었냐며 걱정하시는 어머니
　목소리가 개수 구멍에서 들리는 것이다
　늦은 밤 자신(自身)에 집중하는 동안
　줄줄거리며 몸의 물이 새더니
　거울 속의 몸이 납작해졌다 갑자기

> 아무것도 걸치지 않은 몸이 두렵다
> 얼마나 오래 여기에 머물 수 있을까
>   ―「들여다보다」 부분

위 시에서, 거울에 몸을 비춰보는 행위는 거울에 마음을 비춰보는 일에 다름 아니다. 그가 욕실에서 행하는 자아 성찰의 일과는, 이보다 먼저 베란다 밖에 있는 도시로의 외출이 있었기 때문에 가능하게 되었다. 그런데 흥미로운 것은 외출 시간에 나타난 그의 정서가 집안에 와서도 끝나지 않는다는 것이다. 시인은 "아무것도 걸치지 않은 몸이 두렵다/얼마나 오래 여기에 머물 수 있을까"라고 말하며 아내가 있는 이 집의 시간과 공간 역시 잠시만 머물러야 하는 곳이라고 생각한다. 이러한 자의식으로 인하여 시인은 거리에서나 집에서나 방에서나 언제나 결핍되어 있는 것이다.

> 결국에는 출발했던 곳으로 돌아오는
> 종점의 버스들, 나는
> 불빛에 붙잡혀 오도 가도 못하고
> 정지한 듯 움직이는 빗방울을
> 투명한 눈으로 한참이나 쳐다보았다
> 누군가 버리고 간 우산으로 비를 가리고
> 간판의 불빛이 터주는 희미한 곳으로 걸었다
>   ―「마지막 초식동물」 부분

인간의 일생도 "결국에는 출발했던 곳으로 돌아오는/종점의 버

스들"과도 같다는 사실을 시인은 이미 잘 알고 있었다. 이 점을 깨
달았음에도 불구하고 우리는 길을 가야하며, 집을 짓고 이사를 해
야 할 것이다. '생의 이중적인 구조'를 밀한 볼노프의 지적대로 출
발과 도착이 중요한 것이 아니라, 출발했던 곳으로 다시 돌아오는
행위와 그 과정이 더 중요하기 때문이리라. 시인은 "마지막 초식
동물"이 되어 우수에 찬 도시적 유목 생활을 즐기고 있는 것일까!
그렇다면 그는 누군가에 의해서 유목당하는 것일까, 아니면 그는
무엇인가를 유목시키며 이 세상을 떠돌고 있는 것일까! "섭생을 잊
지 않고 오래 살아남은 동물"에게 이러한 물음은 중요하지 않다.
어차피 그는 현재 먼 곳을 향한 길 위에 있으므로. 시인이 선택하고
자 하는 국외자의 삶 역시 이와 같은 맥락에서 이해해 볼 수 있다.

> 이 겨울을 보내면 그래서 또 한 시절을 견디면
> 오늘처럼 또 해가 뜨지 않아도
> 차가워진 술은 다 팔릴 것이다
> 그때서야 알아들을 수 있는 말로
> 편지라도 띄워봐야지
> 띄엄띄엄 내뱉는 말을 받아 적는다면
> 두고두고 부를 수 있는 노래가 될지도
>
> ─「국외자」 부분

　"국외자"란 어떤 일과 상황에서 멀어져 있는 존재이므로, 그들은
이 세계의 리얼리티에 직접 관여할 필요가 없는 사람들이다. 그들
에게는 의무도 없고 권리도 없다. 그러므로 그들의 행동과 사고방

식에는 자유가 있다. "차가워진 술", "편지", "노래" 등의 이미지로
이어지는 인용된 부분에서도 국외자의 자유 혹은 감성을 손쉽게 읽
어낼 수 있다. 여태천이 이번 시집의 제목을 "국외자들"이라고 붙
인 것은, 바로 이러한 국외자 혹은 방외인의 삶에 대한 이끌림이
있었기 때문이다. 이 세계의 중심으로부터 조금은 비켜 서 있는 국
외자의 시선이야말로 이 세계의 본질을 가장 날카롭게 꿰뚫고 있는
것은 아닐까!

황홀하게 쓸쓸한 사랑의 상처

손세실리아론

손세실리아의 첫 시집 『기차를 놓치다』는 일상 체험을 근간으로 삼으면서 거기에서 비롯되는 깨달음을 기지와 재치로 형상화해 놓고 있다. 손세실리아가 이번 시집에서 형상화하고 있는 체험은 여성적 보편성으로부터 체현되는 독특한 시적 순간과 맞닿아 있다. 상황이나 사물에 대하여 시인이 몰입하는 순간이야말로 시가 태어나는 순간이며 시인이 이 세계를 자신의 몸과 마음속으로 끌고 들어와 그것과 대승적으로 일체화하는 순간일 것이다. 이 때 사물과 상황은 잃었던 의미를 복원하게 되거나 새로운 의미를 획득하게 된다. 세계에 대한 몰입과 사랑의 시정신이 "첫 기차를 놓치"(「기차를 놓치다」)게 만드는 이유가 되었다. 시인이 기차를 놓치고 마는 것은 "저 철없는 아침"의 경이적인 상황이 기차를 타야 하는 현실적인 상황보다도 더 중요한 의미를 지니고 있었기 때문이다.

　　살 한 점 섞지 않고도
　　이불이 되어 포개지는

완벽한 체위를 훔쳐보다가
첫 기차를 놓치고 말았다

고단한 이마를 짚고 일어서는
희붐한 빛,
저 철없는 아침

　　　　　　　　　　　　　　－「기차를 놓치다」 부분

　저토록 가난한 이들이 나누는 사랑 행위를 본 시인은 짐짓 "철없
는 아침"이라고 했는데, 이 시에서 철없다는 것이 지닌 속뜻은 자본
과 권력이 가르쳐 주는 제도와 질서 따위에 초연하고 싶은 마음일
것이다. "맛이 살짝 간 나 어린 계집"과 "지하도에 내몰린 딱한 사
내"의 사랑 앞에서 시인이 넋을 잃고 마는 것은 지상의 쪽방 한 칸
없는 그들의 사랑이 세속 도시의 아파트에서 이루어지는 사랑보다
더 큰 의미를 지닌다고 생각했기 때문이다. 다른 시들에서도 확인
할 수 있는 바, 시인의 시선은 가난하고 버림받은 것, 늙고 병들어
가는 것들 앞에서 자주 머물고 있다. 이는 시인의 마음 깊은 곳에
세상에 대한 깊은 사랑과 연민이 있었기 때문이다. 현실적 관점에
서 볼 때에는 보잘 것 없는 존재들의 삶이 지닌 가장 중요한 문제가
그리움이며 사랑이라고 시인은 말한다. 그러나 그리움과 사랑이 있
는 한 그들은 더 이상 보잘 것 없는 존재가 아닐 것이다.

계절 바뀐 탓만은 아니었구나
가을비 핑계로

엄지 손톱만한 열매 댕글댕글
재미삼아 떨궈버린 게 아니었구나
놓아버린 거였구나
황달 같은 그리움이 뿌리까지 뻗쳐
노오란 잎도 열매도
다 놓아버리지 않으면
사제관 앞마당에 더는 서 있지 못할 것 같아
가을 끝자락에
가진 것 모두 내려놓은 거였구나
죽어버릴 것만 같아서였구나

그랬구나
                                    ―「노안성당 은행나무」 전문

　초겨울이 시작될 무렵이 되면 잎과 열매를 떨어뜨려야 하는 것
이 은행나무의 생리라는 사실을 시인이 모르는 바 아니겠지만, 과
학적인 원리를 초월하여 존재의 형상 속에 담긴 형이상학적이면서
도 주관적인 의미를 찾아내야 하는 것 또한 시인의 사명이다. 시인
은 성당의 사제관 앞마당에 있는 은행나무의 조락 원인을 "황달 같
은 그리움"에서 찾고 있다. 이 지극한 그리움의 정서를 나무에게서
읽어낼 수 있었던 것은 시인 자신의 마음속에 그와 같은 그리움의
정서가 있었기 때문이다. 그리움으로 인하여 자신이 가진 모든 것
을 내려놓아야 할 때, 그 존재는 비로소 그리움의 병에서 벗어나
자유를 얻을지도 모를 것이나, 그렇다고 하여 그리움의 병이 다시
찾아오지 않는 것은 아닐 것이다. 생이 지속되는 순간, 언제나 봄과

여름의 시간은 다가오고 있기 마련이다. 그렇다면 시인의 나이쯤 되리라고 짐작할 수 있는 "마흔"은 그리움의 병을 벗어나는 시간일까, 아니면 그리움의 병이 찾아오는 시간일까!

> 먹어도 먹어도 허리가 줄고 시시로
> 목이 맵니다 마음과 몸이 삐걱대고
> 번번이 서로를 거역합니다
> 의연한 척 무연한 척하지만 기실은
> 매양 갈팡질팡합니다 이따금
> 관계에 홀려 휘청대기도 합니다
> 시퍼렇게 날선 작둣날을 타는
> 어린 무녀의 연분홍 맨발바닥처럼
> 아찔하기도 하고, 차도를 건너는
> 민달팽이의 굼뜬 보행처럼
> 위태롭기도 한, 낙타도 수통도 없이
> 사막을 건너는, 독사의 축축한 혓바닥
> 도처에서 널름거리는, 이승의 무간지옥에
> 다름 아닌, 내딛는 곳마다 허방인, 진창인,
> 생의 花根이며 火根이기도 한,
>
> 不不惑인,
>
> —「마흔」전문

이 시는 완성도가 그다지 높은 작품은 아니지만, 이번 시집의 전반적인 정서를 잘 대변하고 있는 것 같다. "먹어도 먹어도 허리가 줄고 시시로/목이” 메거나 “마음과 몸이 삐걱대고/번번이 서로를 거역”하는 것은 모두가 마음에서 비롯되고 있다. 이 아찔하고도 위태로운 마음의 소유자를 시인은 “마흔”이라고 명명한다. 그렇다면 마흔이라는 나이는 이 마음의 정점에 있는 시기일까, 아니면 이 마음이 비로소 시작되는 시기일까! “다름 아닌, 내딛는 곳마다 허방인, 진창인/생의 花根이며 火根”이라는 표현을 보면, 마흔의 시기를 시인은 마음의 병이 새롭게 시작하는 시기로 받아들이고 있는 것 같다. 그러나 이 병은 시인으로 하여금 시를 쓰게 만들었고 때로는 누군가를 더 간절하게 사랑하게 만들었다. 이때의 정서와 감정은 그 전의 것들보다 훨씬 더 깊고 견고한 것이 되었을 것이다. 은행나무가 그리움의 병으로 인하여 노란 잎과 잘 익은 열매를 이 지상에 충만하게 뿌리듯이, 시인은 그리움의 병으로 인하여 ‘생불을 낳을 수 있다’(「생불을 낳다」)는 모성적 믿음을 가지고 이 세계를 껴안을 수 있을 것이다. 이 때 시인은 더욱 겸손해지고 강건해진 자아와 대면하게 된다.

> 제 몸의 구멍이란 구멍 차례로 틀어막고
> 생각까지도 죄다 걸어 닫더니만 결국
> 자신을 송두리째 염해버린 호수를 본다
> 일점 흔들림 없다 요지부동이다
> 살아온 날들 돌아보니 온통 소요다
> 중간중간 위태롭기만 했다
> 여기 이르는 동안 단 한번이라도
> 세상으로부터 나를

완벽히 封해 본 적 있던가
한 사나흘 죽어본 적 있던가
없다, 아무래도 엄살이 심했다

—「얼음 호수」 전문

"얼음 호수"는 시인의 내면을 비추는 거울 역할을 한다. 시인은
꽁꽁 얼어버린 겨울날의 호수 앞에서 자신의 생애를 돌이켜본다.
저 요지부동하는 거대한 자연 앞에 선 시인은 변화무상한 감정의
기복 속에서 온통의 소요를 겪어야 했던, 그야말로 보잘 것 없었던
자신의 삶을 돌이켜 본다. 대자연의 이법 앞에서 겸손해진 시인의
자아는 "세상으로부터 나를 완벽히 封해 본 적 있던가", "한 사나흘
죽어본 적 있던가"라는 두 가지 물음을 던짐으로써 다시 한 번 반
성의 기회를 마련한다. 수도자와도 같이 묵묵히 자신의 존재성을
감추어버린 얼음 호수는 시인에게 성찰과 반성의 자세를 견지할 수
있는 계기를 마련해 주었다. 이번 시집의 맨 앞에 수록된 이 시에
나타난 성찰과 반성의 시정신은 손세실리아의 시의식 전반에서 중
요한 맥락을 이룬다.

산을 내려오다 그만
길을 잃고 말았습니다

늙은 나무의 흰 뼈와
바람에 쪼여 깡치만 남은 샛길이
세상으로 난 출구를 닫아걸고 있습니다

아직은 사위가 침침하지만
곧 사방 칠흑 같은 어둠이 밀려들겠지요
그렇다고 산에 갇힐까 염려는 마세요
설마 그러기야 할라구요
또 그런들 어쩌겠어요

혹시 보이시는지
점자를 더듬는 소경처럼
빛이 아물어야만 판독 가능한
저 내밀한 것들의 아우성 말입니다
밤하늘을 저공 비행하는
반딧불이의 뜨거운 몸통과
흐르지 못하고 서성이는 시린 산그늘,
팥배나무 잎맥에 파인 바람의 지문과
억겁을 휘돌아 식물의 육신을 빌려
짓무른 환부를 째고 해산한
꽃잎 끝 눈물 같은 사리 한 알

내 안의 오래된 상처도
푸르고 곱게 부식되어
다음 생엔 부디
이마 말간 꽃으로 환생하시기를
삼가 합장 또 합장하며
저문 산에 꽃등 하나 내걸고 내려옵니다
                    ─「저문 산에 꽃등 하나 내걸다」 전문

　　손세실라아의 첫 시집은 「얼음호수」로 시작하여 「저문 산에 꽃
등 하나 내걸다」를 끝으로 대단원의 막을 내린다. 시인은 이제 막
어둠이 내리고 있는 산에서 하산하다가 잠시 길을 잃었다. 하늘과
땅의 중간에 위치한 산의 공간에서, 시인은 삶과 죽음을 동시에 돌
이켜 볼 수 있는 기회를 얻는다. 길을 잃어버린 막막함 속에서 시인
은 역설적이게도 "저 내밀한 것들의 아우성"을 발견하게 된다. "사
방 칠흑 같은 어둠"으로 인하여 시인은 밝음 속에서는 보지 못했던
세계의 이면을 보게 된 것이다. "반딧불이의 뜨거운 몸통", "흐르지
못하고 서성이는 시린 산그늘", "팥배나무 잎맥에 파인 바람의 지
문", "억겁을 휘돌아 식물의 육신을 빌려 짓무른 환부를 째고 해산
한 꽃잎 끝 눈물 같은 사리 한 알" 등에서 세계의 진실을 확인하는
시인은 삶과 죽음을 아우르는 질곡을 다시금 발견하게 된다. 또한
이것은 곧 시인 자신의 오래된 상처와도 같은 것이라는 점을 깨닫
는다. "삼가 합장 또 합장"이라는 표현에서 알 수 있듯, 시인은 어느
덧 종교적이고 초월적인 상상력을 통하여 자신의 삶이 지닌 상처를
스스로 위무하는 자세를 취한다.
　　손세실리아의 『기차를 놓치다』는 갈등의 시집인 동시에 화해의
시집이다. 그는 자신이 직접 만나고 체험한 것들이 지닌 상처와 고
독을 모성성을 통하여 끌어안음으로써 화해의 시간을 기약한다. 또
한 자아의 밖에 존재하는 것들을 자아 안으로 끌어들임으로써 나와
너의 대승적 합일의 순간을 꿈꾸었다. 화해의 지평을 위하여 그가
지향한 것은 한마디로 사랑과 반성의 시정신일 것이다. 나를 반성
하고 나 아닌 것들을 사랑함으로써 그는 비로소 "저문 산에 꽃등
하나 내걸" 수 있게 되었다. 일상 체험의 서사화에만 머문 채 약간

은 풀어지기도 했던 몇몇 시편들이 아쉽기는 하지만, 삶에 대한 성
찰이 깊어갈수록 더욱 울림이 큰 형이상학이 나타나서 일상성에서
비롯되는 시적 이완의 문제를 해결해 줄 수 있을 것이라고 믿는다.
더 큰 정진 이루어지길 바란다.

희망을 찾아가는 순례의 형이상학

곽효환론

　서정시에서 끊임없이 반복되는 소재 중 하나는 길과 집이다. 길과 집, 그 사이에서 인간 삶은 영위되고 지속된다. 집 또한 길의 일부라면, 결국 인간의 생애는 길에서 시작하여 길에서 끝나는 여행이다. 인간 삶 안에 있는 수많은 여행의 시간들이 모여서 하나의 생애를 이룬다. 우리는 그 세세한 여행의 순간을 언어로 재현하는 일에 익숙해져 있다. 그 기억들이 모여서 기행문이 되거나, 여행시가 된다. 곽효환의 첫 시집 『인디오 여인』에 실린 대부분의 작품들은 여행시이다. 그의 여행시가 지닌 공간적 범주는 상당히 크다. 그의 시는 우리나라의 명소나 숨은 곳에 얽힌 이야기들을 두루 형상화하여 놓았을 뿐만 아니라 미국, 러시아, 남미 등 전세계의 여러 곳에 이어져 있다. 요컨대 그의 시는 모국과 이국이라는 두 가지 범주를 넘다드는 활달한 상상력을 보여줌으로써 우리 시의 공간 확장을 도모하였다. 시인은 다양한 공간에 대한 지향성을 통하여 범박한 세속으로부터의 구도자적인 초월을 시도하였다.

3월에 큰 눈이 내린 후
황새 한 무리 길을 잃었다
검고 흰 날개를 펴고
철원평야를 건너 순담계곡을 배회하다
날개를 접었다
바이칼 호가 아득하다

나도 어딘가에 길을 잃고 버려지고 싶다
아득히 잊혀지고 싶다

— 「길을 잃다」 전문

언젠가 자연으로 돌아가야 하는 인간 삶 또한 한 곳에 오랫동안 머물지 못하는 철새의 삶과 무엇이 다르겠는가? 시인은 황새 한 무리를 보고 길을 잃었다고 표현했지만 사실 그 "배회"는 방황이 아니라 새로운 여정을 향한 모색의 과정이다. 새는 날개를 접은 채 휴식을 취하고 있으며 그 휴식을 통하여 자유로운 새 비상을 위한 에너지를 충전시키고 있다. "나도 어딘가에 길을 잃고 버려지고 싶다"라고 말하는 것은 결국 새처럼 자유롭게 살고 싶은 소망을 드러낸다. 길을 잃음으로써 새 길을 찾게 되고, 세상으로부터 잊힘으로써 더욱 뚜렷한 존재자가 되고 싶었던 것이다. 궁극적으로는 언제나 여행자 신세에 있는 존재자들에게, 길을 잃는다는 상황은 새로운 체험의 기회를 제공할 수도 있기 때문이다.

우습지 않은가
뒷산에서 길을 잃다니

눈 아래로 낯익은 얼굴들이 빤히 보이는데
한 달에 몇 번씩 오르는 뒷산에서
물통을 두고 온 약수터를 찾지 못해
두 시간씩 세 시간씩 오르내리는 꼴이라니
더 우스운 사실은
그곳에서 만난 사람 누구도
길을 모르더라는 사실이지
―그냥 길을 따라 걷고 있을 뿐이더라구
약수터에 두고 온 때 낀 물통만 아니었다면
그들처럼 그냥 길을 따라 걸으련만
차마 손 타고 물때 낀 물통을 포기할 순 없더군

자네도 길을 잃어보게
뒷산에서 길을 잃었다고 말할 수 있는지
약수터에 두고 온 물통을 포기할 수 있는지
우습지 않은가
뒷산에서 길을 잃다니

　　　　　　　　　　―「뒷산에서 길을 잃다」 전문

　시인은 늘 익숙한 뒷산이라는 공간에서 길을 잃고 방황한 경험
을 여유와 해학을 통하여 형상화하고 있다. 너무나도 쉬었을 약수
터로 가는 길을 잃어버리게 된 것은 그 길에 대하여 집착하였기 때
문이다. 약수터로 가는 사람들은 길을 모른 채 "그냥 길을 따라 걷
고 있을 뿐"이었다고 시인은 말한다. 그들은 길에 대한 집착을 풀어
놓음으로써 바른 길을 찾아갔던 셈이다. 시인이 길의 향방에 집착

하게 된 것은 "약수터에 두고 온 때 낀 물통" 때문이다. 그 물통을 포기할 수 없다는 생각 때문에 길을 찾을 수 없었다. 목적과 집착을 버리고 "그냥 길을 따라" 걷는 지세, 그것은 더욱 의미 있는 만남을 준비하는 겸허한 자세이다. 때로는 길을 잃고 때로는 다시 길을 찾게 되는 과정을 보여주는 곽효환의 시는 만남의 시이며 나아가 이별의 시이다. 그는 모스크바에서 모스크바 운전사를 만나고, 남미에서 인디오 연인을 만나고, 수유리 어느 횟집에서 술 취한 지인을 만나고, 둔촌시장 어귀에서 오래전 친구를 만난다. 또한 시인은 어느 순간에 이르러 그들과 이별하였을 것이다.

> 더 늦기 전에 얼굴 한번 보러 오라는
> 그늘 가득한 목소리 따라
> 빛바랜 폐휴지 조각처럼
> 목련 꽃 뚝뚝 떨구는 날에
> 그를 찾아가는 길
>
> 숨결 같은 봄바람 불 때마다
> 누렇게 바랜 목련 꽃잎 날리네요
> 바람이 불면 꽃잎 떨어지고
> 다시 바람이 불면
> 하얀 목련꽃 엉엉 울며 다 지겠지요
> 괜스레 눈가에 물기가 촉촉이 어리는
> 이 신파 같은 봄날에
> 철 늦게 찾아와 스칠 듯 지나가는 계절에
> 차일피일 미루다 더는 미룰 수 없어

그에게 가는데
하필 철 늦게 꽃잎 떨구는
목련 두 그루 좀체 지워지지 않네요
                                        ―「그를 찾아가는 길」 부분

　곽효환의 시 대부분은 누군가를 찾아가는 길의 여정을 보여준
다. 그 길은 때로는 아름답고 때로는 눈물겹다. 이 시는 죽음을 앞
두고 있는 어느 선배를 만나기 위해서 그의 고향으로 내려가는 상
황을 형상화하고 있는 작품이다. 꽃과 바람의 이미지를 통하여 만
남과 이별의 의미를 반추하는 이 작품에는 솔직하고 순수한 인간
적 정서가 배어 있다. 이 길이 "다시 그를 찾지 못할지도 모르"는
"의무방어전"에 불과하다면 다가올 오랜만의 만남은 마지막 만남
이 될 것이므로, 이 길은 만남의 길이 아니라 이별의 길이 된다.
"그래도 그가 오래 살았으면 좋겠습니다"라는 표현에서 알 수 있
듯 시인은 순박한 마음을 끝까지 잃지 않는다. 이런 구절에서도 볼
수 있듯, 곽효환의 시는 대부분 인간적인 체취를 지니고 있다. 그
의 휴머니즘은 80년대적 정서와 이어지기도 하는데 이 사실은 이
시 말고도 「가라 80년대」, 「옛날처럼」 등에서도 확인된다.

내 마음의 중심을 가로질러
내 마음의 봉우리를 따라
작은 길이 났습니다
여기서부터 사랑이라고
경계를 넘어 희망을 찾는 길이라고
                                        ―「산」 전문

동서고금을 넘나드는 시인의 길은 초월의 길이며 순례의 길이다. 시인이 마음의 중심과 마음의 봉우리에 "작은 길"이 생겼다고 말하는 것은 이 세상의 수많은 길들이 결국 자신의 마음에서 비롯되고 있음을 뜻한다. 사랑과 희망은 수많은 길의 여정을 통하여 시인이 추구한 궁극적인 가치이다. 이것들은 너무나 소박하기 때문에 오히려 너무나 간절하게 필요한 무형의 존재들이다. 그의 시는 여행의 과정 속에서 만난 수많은 사람들이 들려주는 희망과 사랑의 서사를 형상화한다. 낯설고 정다운 사람들의 이야기 속으로의 깊은 몰입을 통하여 시인은 인간 존재의 다양성을 확인한다. 존재의 다양성은 곧 존재자의 개성이므로, 특이하고 특별한 삶을 살아가는 사람들의 개성 있는 이야기는 자연스럽게 시가 되고 소설이 된다. 곽효환의 창작 전략은 이런 것에서 기인한다. 다양한 공간과 다양한 사람들과의 만남을 통해 발현되는 그의 시가 감동에 이르게 되는 것은 타자와 주체 사이에 놓인 정서의 연결 고리 때문이다. 휴머니즘을 지향하는 이것은 가늘고 질기게 존재한다. 요컨대 곽효환 시에 나타난 휴머니즘은 사랑과 희망의 형이상학 속에서 현현했던 것이다.

환상과 역설의 시학

김영찬론

김영찬의 시는 환상과 역설로 가득 차 있다. 한편으로는 느닷없기도 하고 또 다른 한편으로는 진지하기도 한 그의 상상력은 여느 젊은 시인들 못지않은 기발함 또한 지닌 채 지상의 모든 이미지들을 향하여 사통팔달 열려 있다. 낯선 이미지에서 더욱 능청스런 이미지로의 경쾌한 전환, 쉽게 따라잡을 수 없는 그 시간차 속에는 인간의 삶에 대한 진지한 성찰이 불현듯 존재하기도 한다. 그러므로 김영찬의 시에서 유머와 위트만을 읽는 것은 잘못된 것이며 그 속에 깃든 역설과 반어도 함께 읽어야 할 것이다.

벚꽃이 지는 속도는
초속 1mm

내 사랑 아이스크림이 혀를 녹이는 기간은
영겁에의 억류

무한대 ∞에 닿아
불멸을 스칠 수 있겠다
　　　　　　　　　—「아이스크림에 거는 희망」 전문

　　김영찬의 시에는 '아이스크림' 이미지가 빈번히 등장한다. 아이
스크림은 근본적으로 얼음의 일종이면서도 일반적인 얼음의 고체
성을 지니지 않은 부드러운 얼음과자이다. 얼음의 고체성을 누그러
뜨린 것은 우선은 설탕, 우유, 계란이며 그 외의 향료와 첨가물들이
다. 그러므로 아이스크림은 그 단맛을 통해 사람의 "혀를 녹"임으
로써 마음까지 유혹할 수 있는 낭만적 얼음이다. 시인이 이 얼음과
자 이미지에 천착하거나 나아가 여기에 숭고한 "희망"을 거는 것은
'얼음→아이스크림'이라는 존재론적 변용에서 결핍과 우울을 무화
시킬 수 있는 힘의 근간을 찾을 수 있을 것이라는 점에 주목했기
때문이다. 이 소망은 이따금 숨길 수 없는 허무의식과 연관되기도
한다.

　　생의 한가운데로 파고들어가
　　그래 뭐
　　그럴 수도 있지
　　눈 비비고 일어나 세수만 하러 옹달샘 가에 나왔다가
　　물만 먹고 돌아가서 안 될 게 뭐
　　있느냐고

　　범부채꽃이 요란하게 부채를 흔들고

콧수염 건방진 원숭이가 엉덩이를 긁는다고
범이 화를 내며
역린(逆鱗)을 세울 이유가 뭐 있냐고
                    ─「불멸을 힐끗 쳐다보다 11-1」 부분

위 시에서 확인할 수 있듯이 김영찬 시에는 허무주의적 요소가
다분히 담겨 있다. 세수도 하지 못한 채 물만 먹고 오는 행위(여기
서 '물만 먹고 온다는 행위'에는 중의적 의미가 있다.)와 같은 황당
함이 인생의 본질 중 하나라면 사소한 잡사에 군이 진지하고 심각
한 대응을 할 필요가 없겠다. 이렇게 보면 "역린"은 이 허무하고
보잘 것 없는 인생에서 꼭 피해야 할 것이 된다. 김영찬은 허무를
극복하고 때로는 허무를 즐기기 위해서 아이스크림의 상상력을 발
휘하였으며 이 이미지는 "눈 이미지", "팝콘 이미지" 등과도 면밀히
이어진다. 그는 스스로 경쾌하고 비일상적인 물질성의 향유자가 되
어 고답적인 삶의 경계와 중력으로부터 벗어나고 싶었다. 그가 흔
쾌히 "아이스크림 공장 공장장"이 되고자 한 것도 이와 같은 이유
에서일 것이다.

우리 회사 아이스크림 공장은 오늘 임시휴업
단행
공장으로 통하는 길을 폭설이 가로막았다
출근 못한 직원들은 바깥에서 언 손바닥을 호호 불며
부드러운 눈송이
천연 눈꽃축제에 갈 계획을 짜고

아이스크림 공장 공장장 겸
경영관리실 개발팀장 겸
홍보이사 겸, 대표이사 사장인 나는
저 깨끗한 눈꽃나라의 신령스런 전설을 부삽으로
푹 퍼다가
신제품 아이스크림 만들기에 몰두한다

아이스크림 녹는다
세상 녹는다
내가 내 혀끝에서 차갑다
그렇지만
나는 나를 녹이지는 않으리

어느 집에서는
아이스크림 크림천정이 녹기 시작하여
집 전체가 없어졌다
나도 아이스크림 속에 들어가 천천히 녹아보려고
여러 번 내 꿈을 실험해 본 적 있다
사원들은 그 때
공장장이 실종됐다고 고깔콘 바깥에 서서 웅성거렸다

나는 나를 녹이지 못하리

녹거나 녹아 없어지지 않고 아이스크림이
나대신 녹아

인공 감미료와 유해 색소와 거짓 포장, 황당한 개념 등속을
헛바닥 밑에 삭힐 뿐

아이스크림이 주관하는
관념의 마을로 찾아가 나의 차가운 동체를
얼음꽃 위에 놓아두리

아이스크림의 나라엔 오늘도 눈이 온다
함박눈 내려 쌓이고
나는 창가에 아이스크림 왕국을 꽃 피우기 위해
깊은 밤의 책상에 앉는다

눈이 온다
아이스크림 공장 공장장인 나는 잠을 설친다
　　　　　　　　　　　―「아이스크림 공장 공장장」 전문

　화자가 새로운 아이스크림 개발 계획을 세우는 것은 폭설로 인
해 아이스크림 공장 가동이 멈추게 된 상황에서 비롯된다. 직원들
또한 이것을 계기로 해 "천연 눈꽃축제에 갈 계획을 짜"게 된다.
공장의 "임시 휴업"이라는 비일상적인 상황이 공장장과 공장 직원
들로 하여금 새로운 상상력으로서의 삶을 추구하게 하는 동인으로
기능한다.
　이들의 상상력은 그들 삶의 기반이었던 아이스크림이 지닌 물질
적 존재성과 통하는 방향으로 나아가게 된다. 존재의 결여를 채우
기 위해, 직원들은 해수욕장에 가는 것이 아니라 천연눈꽃축제에

갈 것이며, 공장장은 콜라나 사이다를 개발하는 것이 아니라 신제 품 아이스크림을 새롭게 만들어보고자 고민한다. 등장인물의 행동 과 관심이 주요 소새인 아이스크림의 이미지가 지닌 존재 기반을 크게 벗어나지 않는다는 점에서 이 시의 상상력은 우선 온건하다고 할 수 있겠다.

그런데 김영찬의 상상력은 여기에 머물지 않고 더 넓은 지평으 로 나아간다. 화자는 "아이스크림 속에 들어가 천천히 녹아보려고/ 여러 번 내 꿈을 실험해 본 적 있다"고 말함으로써 아이스크림처럼 녹아 사라지지 않고는 견딜 수 있는 일상의 지루함을 표현한다. 그 런데도 그가 아이스크림과 함께 녹아서 영원히 사라지지 않고 그 대신 아이스크림만이 혓바닥 밑에서 사라지게 만들고 있는 행위는 이 지리멸렬한 일상에 대한 능수능란한 탐색이라는 의미를 지닐 수 있다. 아이스크림의 사라짐은 화자에게 "인공 감미료와 유해 색소 와 거짓 포장, 황당한 개념 등속"에 대한 자각을 일깨운다. 즉 화자 는 아이스크림의 소멸을 미각으로 느끼면서 일상적 삶 속에 깃든 위선과 허구를 인식한다. 이런 점에서 아이스크림이라는 '낭만적 가능성' 속에는 '위선적 교훈'과 '허구적 진실'이 숨어 있다. 이 첨가 물들은 '무의미한 의미'인 동시에 '의미 있는 무의미'이다. 화자는 "아이스크림 왕국"이 삶의 억압을 녹일 정답을 지니지 못한 위대한 백과사전임을 이미 알고 있었을 것이다.

김영찬 시인은 환상을 통하여 어느 정도 "아이스크림 왕국"을 실 현하였고 그는 이 왕국을 통하여 삶의 한계성과 비극성을 초월하고 자 하였다. 그러나 이곳에 필연적으로 깃들어야 하는 온갖 "감미료 와 색소와 개념"이라는 도착적 의미망은 다시금 이성주의 세계의 허구성을 일깨우는 억압기제가 되고 만다. 여기에 김영찬 시가 지 닌 역설이 있다. 그래서 시인은 그가 환상 속에 빚어놓은 초월의 국면에서마저도 느껴야 하는 삶의 개념과 의미에서 온전히 벗어날 수 있는 완전한 제국을 세울 궁리를 영원히 계속할 수밖에 없을 것 이다.

연민과 위무의 시학

마경덕론

1

마경덕의 시 곳곳에는 따뜻한 인간의 체취가 배어 있다. 사물, 공간, 자연, 이웃, 가족 등등에 대한 섬세한 관찰과 자상한 관심을 통하여 시인은 세계와 자아의 합일을 향한 동일성의 시정신을 구현한다. 그러므로 그의 시는 전형적인 서정시의 품격을 잘 갖추고 있어서 읽는 이의 마음을 편안하고 따뜻하게 만든다. 그의 시어는 굴절과 왜곡을 지향하는 실험의 언어가 아니라 주관과 객관의 융합을 추구하는 서정의 언어이다. 시인은 개성 있는 시선을 통하여 세계 안에 내재한 시적 순간과 상황을 읽어낸다.

마경덕의 시선이 가장 자주 머무는 곳은 오래되어 쇠락해 가는 사물들이며 동시에 그 사물들이 있는 공간이다. 그러나 시인은 그것들의 소멸만을 말하지 않고, 점점 더 쓸모없는 것이 되어 가고 있는 사물들에게 새 생명을 불어넣어준다. 시인이 바라보고 있는 일상의 공간은 낡고 빛바랜 존재들로 가득 차 있지만 시인은 소멸

하는 존재를 위무하고 연민하는 상상력을 보이고 나아가 그 퇴락한
사물이 지닌 존재론적 의미를 다시금 읽어낸다. 시인의 등단작이면
서 이번 시집의 표제시인 「신발론」은 이러한 인식 태도를 잘 보여
준다.

> 2002년 8월 10일
> 묵은 신발을 한 무더기 내다 버렸다
>
> 일기를 쓰다 문득, 내가 신발을 버린 것이 아니라 신발이 나를 버렸
> 다는 생각을 한다 학교와 병원으로 은행과 시장으로 화장실로, 신발
> 은 맘먹은 대로 나를 끌고 다녔다 어디 한번이라도 막막한 세상을
> 맨발로 건넌 적이 있었던가 어쩌면 나를 싣고 파도를 넘어 온 한 척의
> 배 과적(過積)으로 선체가 기울어버린. 선주(船主)인 나는 짐이었으
> 므로,
>
> 일기장에 다시 쓴다
>
> 짐을 부려놓고 먼 바다로 배들이 떠나갔다
> 　　　　　　　　　　　　　　　　　－「신발論」 전문

이 시의 첫 구절은 시인이 쓴 일기의 한 구절이기도 하다. 그러므
로 이 시는 수필적 문체와 시적 문체를 잘 조화시키는 작업을 시도
한 셈이다. 시인이 묵은 신발 한 무더기를 버렸을 때에는 분명 '나'
는 주체였고 '신발들'은 객체였지만, 시인은 반성적 사유를 통하여
주체와 객체의 관계를 전복시킴으로써 내가 신발을 버린 행위는 곧

신발이 나를 버린 행위로 전이된다. 반 고흐의 그림 「구두」를 논한 하이데거의 글을 빌리면, 마경덕의 신발은 스스로 존재의 은폐성을 깨고 이 세계를 향하여 그 존재성을 현현시키고 있는 중이다. 새 신발이 아닌 "묵은 신발"이 그 존재성을 드러내게 되는 것은 일종의 역설이다. 신장 속에서 오랫동안 가려져 있던 신발의 존재성을 이제야 인식한 시인은 두 가지 깨달음에 이르게 된다. 첫째, 신발은 오랜 시간 동안 '나'를 싣고 다닌 배였으므로 그 배와 '나'의 분리로 인하여 '나'는 세상을 살아가는 데 필요한 수단 하나를 잃게 되었다는 것이며, 둘째, 신발이 떠나는 곳은 인간의 세속 잡사가 사라진 "먼 바다"와도 같은 곳인데 '나'는 그곳으로 신발과 동행할 수 없다는 것이다. 이 두 가지 깨달음을 통하여 시인은 신발이 자신보다 훨씬 더 의미 있는 존재라는 사실을 확인한다. 이러한 각성은 자신에 대한 반성적 성찰로 인해 가능했다.

    희고 매끄러운 널빤지에 나무가 걸어온 길이 보인다. 나무는 제 몸에 지도를 그려 넣고 손도장을 꾹꾹 찍어 두었다. 어떤 다짐을 속 깊이 새겨 넣은 것일까. 겹겹이 쟁여둔 지도에 옹이가 박혔다. 생전의 꿈을 탁본 해둔 나무, 빛을 향해 달려간 뿌리의 마음이 물처럼 흐른다.

    퉤퉤 손바닥에 침을 뱉는 목공. 완강한 톱날에 잘려지는 등고선. 피에 젖은 지도 한 장 대팻날에 돌돌 말려 나온다. 죽은 나무의 몸이 향기롭다.

─「목공소에서」 전문

효용론적으로 보면 「신발론」에 나오는 신발은 원래적 소용을 다해 버린 존재이지만, 「목공소에서」에 나오는 나무는 식물로서의 죽음을 통해서 새로운 존재 형태를 찾아가는 과정에 있는 존재이다. 그러나 나무가 가구나 집기로 변하면 숲 속의 나무라는 본래적 존재성은 사라지게 된다. 그러므로 시인이 읽고 있는 "나무가 걸어온 길"은 이 목공소를 분수령으로 하여 끝이 나게 된다. 겹겹이 쟁여둔 지도에서 옹이를 발견함으로써 시인은 그 나무가 걸어온 생의 질곡과 역경을 읽어내지만 나무가 탁본해 놓은 꿈은 이제 다만 "생전의 꿈"에 지나지 않음을 안다.

그러나 시인은 "빛을 향해 달려간 뿌리의 마음"을 위로하며 나무의 전생(前生)을 감싸 안는 태도를 보인다. 대팻날에 말려나오는 나무의 흔적들이 향기로움으로 전이되는 순간, 죽음의 제의는 완성된다. 이 시는 정령적 세계관을 내포한다. 이와 같은 세계관은 목공소의 나무가 다른 생으로 선택한 가구를 형상화한 "열 자나 되는 몸통을 지붕 아래 세우고/방바닥에 뿌리를 내린/묵은 나무 한 그루/어깨를 안아보니/우듬지로 오르는 물소리 들린다/가구는 아직 숲을 기억하는지/발 아래 무성한 그늘을 늘어뜨리고"(「오래된 가구」)라는 부분에서도 그대로 이어진다. 위의 시들이 사물에 관한 것이라면, 다음 시는 사물과 인간을 함께 아우르는 시선을 보여준다.

지지난 봄, 집 앞에 들어선 연립 한 동, 분양을 알리던 현수막은 바람에 시들었다. 해를 넘겨도 팔리지 않는 집. 빈방에 어둠이 살고 있다. 빛바랜 만국기를 붙들고 집이 생각에 잠기는 동안 어둠이 야금 야금 집을 뜯어 먹는다. 하수구를 막고 지붕을 걷어내고 벽에 금을

긋는다. 불법 입주한 어둠은 난폭한 세입자, 뒤꼍에 모여 이곳에 뼈를 묻자고 소곤대는 소리에 벽지가 풀썩 무너져 내렸다. 빈둥빈둥 집이 늙고 5층 꼭대기로 벽돌을 져 나르던 늙은 여자는 노임을 포기하고 떠났다. 어둠이 옥탑으로 올라간 뒤 목을 뽑고 내려다보던 건달 같은 사내도 보이지 않는다. 가래침을 뱉고 뒤꼍으로 꽁초를 던지던 사내마저 치우고, 집은 덩그렇다. 마당에 그림자를 내려놓고 잠든 빈집. 창문은 서랍처럼 닫혀있다.

─「빈둥빈둥 늙는 집」 전문

시인이 이 시를 통하여 우선 들려주고자 하는 것은 "늙는 집"에 관한 이야기이다. 완성 단계에 이른 연립 한 동이 왜 이렇게 방치되게 되었는지에 관한 구체적인 이유를 찾을 수는 없지만, 주택으로서 소용되지 못한 채 낡아가고 있는 이 집의 모습은 음험함의 정서를 두렷이 환기시킨다. 제대로 된 주인을 만나본 적도 없이 늙고 있는 이 집은 결국 집의 주인이 떠나가 버린 폐가나 다름 아니다. 새 집으로서의 존재 회복 가능성은 점점 더 희박해지고 결국 하수구도 막히고 지붕도 걷히고 벽은 금이 가는 상황에 이르렀다.

시인은 다시 두 사람에 관한 이야기를 은근슬쩍 꺼내 놓는다. "빈둥빈둥 집이 늙고 5층 꼭대기로 벽돌을 져 나르던 늙은 여자는 노임을 포기하고 떠났다. 어둠이 옥탑으로 올라간 뒤 목을 뽑고 내려다보던 건달 같은 사내도 보이지 않는다."라는 구절에서 보이듯 이들은 모두 가난한 뜨내기 인생들이다. 막노동을 하던 늙은 여자와 건달 같이 지내던 사내는 둘 다 "빈둥빈둥 늙는 집"과 같이 영락(零落)한 존재인데 이들은 누추한 집조차도 가져 보지 못했을 것이

다. 사물에 대한 연민이 사람에 대한 연민으로 이어질 수밖에 없음
을 이 시는 말해 준다.

2

　마경덕의 시에는 화해의 양식과 불화의 양식이 공존한다. 불화의
시정신은 시인이 그가 발 딛고 있는 세계 현실의 폐단과 불합리를
보았기 때문에 나타난 것이며, 화해의 시정신은 그러한 세계의 비
극성이 지대함에도 불구하고 그 정화의 가능성을 믿었기 때문에 생
겨난 것이다. 요컨대 마경덕의 시의식은 어떠한 상황 인식에도 불
구하고 극단적인 절망감에 이르지 않은 채 궁극적으로는 화해의 세
계를 지향할 수 있는 여지를 남긴다. 화해의 여지와 가능성을 담보
하는 것이 사랑과 연민의 시정신이다. 이러한 시정신은 여러 사람
들에 관한 이야기에서 뚜렷이 나타난다. 시인을 눈물짓게 하는 것
도 사람이며 시인이 끝내 사랑할 수밖에 없는 대상도 사람이었다.

　　끈을 놓치면 푸드득 깃을 치며 날아간다

　배봉초등학교 운동회, 현수막이 걸린 교문 앞, 깡마른 노인이 헬륨
가스를 넣고 있다. 날개 접힌 납작한 풍선들. 들썩들썩, 순식간에 자루
만큼 부풀어 오른다. 둥근 자루에 새의 영혼이 들어간다. 풍선 주둥이
를 묶는 노인. 하나 둘, 공중으로 떠오르는 새털처럼 가벼운 풍선들.
절정에 닿는 순간 팡, 허공에서 한 생애가 타버릴, 무채색의 한 줌
영혼이 끈에 묶여 파닥인다. 평생 바람으로 떠돌던 노인의 영혼도 낡

은 가죽부대에 담겨있다.

　함성이 와자한 운동장, 공기주머니 빵빵한 오색풍선들, 첫 비행에
나선 수백 마리 새떼 하늘로 흩어진다. 뼈를 묻으러 공중으로 올라
간다.

―「날아라 풍선」 전문

　순식간에 부풀어 오른 수소 "풍선"이 새로운 삶의 길을 찾아나서
야 하는 상황에 있는 존재라면, '노인'은 평생 바람으로 떠돌다 이제
는 죽음 가까이에 와 있는 존재이다. 그러나 이 두 존재 모두 머지
않아 소멸의 순간을 맞이해야 한다는 사실은 마찬가지이다. 풍선에
게 죽음은 곧 절정이라면, 노인에게 죽음은 절정의 의미보다는 파
국의 의미를 더 크게 지닌다. 풍선은 제 꿈을 펼치기 위해서 새털처
럼 가볍게 공중으로 향하고 그럴수록 죽음의 시간은 임박해 온다.
그러나 부초처럼 떠돌던 노인의 생애를 두고 새털처럼 가벼웠다고
말할 수는 없을 것이다.
　바슐라르에 빌리면 인간은 하늘을 날고 싶은 공기적 상상력을
꿈꾼다. 그러나 하늘을 지향하는 역동적 상상력은 중력이라는 거대
한 한계에 부딪히고 만다. 인간이 새나 바람처럼 이 세상을 자유롭
게 날아다닐 수 없는 이유가 여기에 있다. 노인은 짧지 않은 세월
동안 수소 풍선을 만들어 오면서 새처럼 날아가는 그 풍선을 보고
대리 만족을 느끼고 있었을지도 모른다. 시인은 "평생 바람으로 떠
돌던" 노인이 하늘로 날아가는 풍선을 만드는 모습을 보면서 묘한
역설의 순간을 확인하였을 것이다. 그러나 하늘로 날아간 풍선은

그것을 만들어준 노인보다 더 빨리 소멸해야 하는 운명을 지녔다. 수소 풍선의 원리가 주는 허망함은 또한 인간의 삶을 닮았다. "뼈를 묻으러 공중으로 올라간다."라는 구절에 이르러 허무의식은 강화한다. 요컨대 이 시는 풍선의 모습과 노인의 생애를 묘하게 대비시키면서 애잔한 슬픔을 자아낸다.

"가죽부대에 담겨" 머지않아 다가올 죽음을 기다리고 있는 "노인의 영혼"에 대한 연민은 「어느 날, 앞집 남자 – 랩(rap)풍으로」에서는 불의의 죽음을 당한 홀아비에 대한 연민으로 이어지기도 하며, 「조등」에서는 조문객 하나 없는 쓸쓸한 죽음에 대한 애도의 마음으로 이어지기도 한다. 전자가 경쾌한 리듬을 구사하면서 비극적인 서사를 반어적으로 표현하고 있다면 후자는 고도로 압축된 시행을 통하여 허전한 죽음의 공간을 시각적으로 형상화하는 데 성공하고 있다.

> 연기가 자욱한 돼지곱창집
> 삼삼오오 둘러앉은 사내들
> 지글지글 석쇠의 곱창처럼 달아올라
> 술잔을 부딪친다
> 앞니 빠진 김가, 고기 한 점 우물거리고
> 고물상 최가 안주 없이 연신 술잔을 기울인다
> 이 술집 저 술집 떠돌다가
> 청계천 하류로 떠밀려 온 술고래들
> 어느 포경선이 던진 작살에 맞았을까
> 쩍쩍 터진 등 감추며 허풍을 떠는

제일부동산 강가, 아무도 믿지 않는 얘기
허공으로 뻥뻥 쏘아 올린다
뭍으로 밀려난 고래들, 돌아갈 수 없는
푸른 바다를 끌어 와 무릎에 앉힌다
새벽이 오면 저 외로운 고래들
하나 둘, 불빛을 찾아 떠날 것이다
파도를 헤치고 무사히 섬에 닿을 수 있을지…
바다엔 안개가 자욱하다
스크류처럼 씽씽 곱창집 환풍기 돌아간다

―「고래는 울지 않는다」 전문

한때 대양을 누비는 고래처럼 활기차게 살았던 사내들이 이제는 돼지곱창집 화덕 앞에 옹기종기 모여앉아 술잔을 나누는 술고래가 되었다. 어떤 이는 앞니가 빠져 있고 어떤 이는 등이 쩍쩍 터져 있다. 그들의 모습과 행동을 보면 그들이 얼마나 고단한 풍찬노숙의 삶을 살아왔는지 짐작할 수 있다. "뭍으로 밀려난 고래"라는 비유에서 알 수 있듯, 모진 삶의 이력에도 불구하고 그들에게 남은 것은 가난과 소외뿐이었다. 그러나 거센 삶의 풍랑을 헤치며 용감하고 건강하게 살아갔던 황홀했던 삶의 기억은 살아 있어 때론 "돌아갈 수 없는/푸른 바다를 끌어 와 무릎에 앉"히는 상상도 해 보지만, 이러한 상상은 그들 가슴을 더욱 회한에 젖게 만든다. 이 술자리를 파한 후 그들이 다시금 찾아 가게 될 섬은 과연 그들 앞에 나타날 수 있을지도 의문이다. 시인의 시선은 어느덧 자욱한 안개에 와 닿고, 영락한 사내들을 향한 연민의 정이 깊어간다.

3

타자를 향해 열린 사랑의 시정신을 구현하는 마경덕의 세계 인식 방법은 모성성에 대한 깊은 성찰에 이르러 더욱 밀도 있는 형이상학을 보여주게 된다. 일원론적인 시선을 통하여 죽음에서 삶을 읽어내기도 하며 삶에서 죽음의 기미를 발견하기도 하는 마경덕의 시는 생명의 원천이 여성성 혹은 모성성임을 자각하면서 생명의 시원인 모성성이 쇠락하여 가는 형상을 몹시 안타깝게 바라본다. 모성성의 쇠락에 대한 인식은 아내이며 어머니인 시인 자신에 대한 자의식과 깊은 관련을 지닌다. 스스로도 이미 여러 가지 모성적 체험을 한 시인은 죽음 가까이 다가선 어머니에 대하여 애달픈 마음을 지니고 있다.

나무도 똥을 눈다, 따신 바람 불면 겨우내 묵은 꽃똥을 일제히 싸대기 시작하는데,

오동도 동백숲, 나무 가랑이 밑에 똥덩이 널렸는데, 여기저기 용쓰는 소리 들리는데, 햐, 디딜 데 없는 똥밭이다.

이 놈들, 사람이 곁에 와도 엉덩이 까놓고 볼일 본다. 그늘에 앉은 연인들의 어깨에 철퍽, 봄마중 나온 아지매 얼굴에 철퍽,

당최 나올 것이 나오지 않는다. 변기에 앉아 연신 끙끙대는 어머니. 무엇이 그리 단단히 막혔을까. 길은 사라진지 오래. 살 길이 막막한 몸속에도 길이 있다는데, 들어가면 나올 길도 있다는데,

　　욕실 문 사이로 장작개비 같은 허벅지 보인다. 언제부턴가 문을 열
어 두고 볼일을 보신다. 답답해, 답답해, 자꾸 문을 열어젖힌다. 붉은
동백을 다 피우신 어머니. 붉은 동백을 다 피우신 어머니. 서서히 몸이
닫히는 중이다.

—「꽃아, 뛰어내려라」 전문

　'어머니'의 몸은 신진대사를 제대로 할 수 없는 '닫힌 몸'이 되어
가고 있다. 그러나 어머니에게도 아름다운 개화의 시절은 있었다.
그 시절로 인하여 현재 시인을 포함한 우리 모두의 삶이 가능하게
되었다. 아이를 낳고 길렀던 어머니의 몸은 지금 "장작개비 같은
허벅지"를 가지게 되었고 그 힘든 모습을 보는 시인의 시선은 안타
까움으로 가득 찬다. 그러면서도 시인은 "붉은 동백을 다 피우신
어머니"라고 말하면서 어머니의 생애가 지닌 의미를 되새기고 있
다. "서서히 몸이 닫히는 중이다"라는 구절에 이르러 그 어조는 사
뭇 잔잔해지지만 시인의 마음은 더 큰 슬픔으로 가득 찬다.
　이러한 모성성에 대한 연민은 "링거를 달고 변기에 앉은 어머니.
기저귀를 갈아주는 자식놈에게 부끄러워 얼른 무릎을 붙이는, 옆구
리에 두 개의 플라스틱 주머니와 큼직한 비닐 오줌보를 매단 어머
니. 호스를 통해 세 개의 주머니에 채워지는 어머니의 붉은 육즙肉
汁. 오십 년 간 수액을 건네준 저 고로쇠나무"(「고로쇠나무」 부분)
라는 부분에도 잘 나타나고 있다. 소멸하는 모성성에 대한 애틋한
심정은 시인 자신의 모성성에 대한 자각을 통하여 더욱 간절해질
것이다.

죽을 쑤려고 호박을 자른다
뉴질랜드産 검푸른 단호박

자그만 몸뚱이, 어디에 이런 힘이 들었을까
칼날을 물고
텅,
도마에 텅, 텅,

온몸을 들이받고
돌덩이 같은 몸이 열린다

반으로 잘린 단호박 자궁

눈부신 속살
호박씨들 우굴우굴 엉겨있다

손을 넣어 끈끈한 호박씨를 긁어낸다
걸쭉한 피가 묻는다
움푹, 구덩이가 드러난다

세 번이나 도굴 당한 내 몸에도
구덩이가 파였을 것이다

—「단호박 자궁」전문

사물의 내부를 들여다보는 일은 누구에게나 호기심을 불러일으

킨다. 겉이 검푸른 단호박일지라도 그 속은 전혀 다른 색과 모양을
하고 있을 것이다. 모든 사물의 물질적 존재성 또한 그러할진대 하
물며 인간은 어떻겠는가! "걸쭉한 피가 묻는다"라는 구절에 이르러
단호박의 몸은 인간의 몸으로 전이된다. 구체적으로 말하면 그 몸
은 늙어가고 있는 여자의 몸이며 시인 자신의 몸이다. 시인은 단호
박 안에 있는 움푹 파인 구덩이를 보고 세 아이가 살다 나간 자신의
자궁을 생각한다. 자궁은 여성성의 가장 원형적인 상징이다. 이곳
은 단호박의 속처럼 은밀하게 은폐되어 있다. 여성의 자궁 역시 생
산의 시절을 지나가면 어쩔 수 없이 불모의 흔적을 남기고 만다.
이것은 시인의 비애이며 나아가 여성 모두의 비애이다. 그러나 이
것이 비애로만 그칠 수 없다는 점을 단호박의 "눈부신 속살"과 '우
굴우굴 엉겨 있는 호박씨'의 의미에서 확인할 수 있을 것이다. 시인
역시 이 사실을 잘 알고 있다.
　마경덕의 시는 전통 서정시의 문법을 잘 지키면서 일상 속에서
직접 체험한 여러 국면들에 관한 형상화를 추구한다. 그의 시는 난
해하지 않으나 깊고 따뜻하여 언제나 인간에 대한 깊은 신뢰와 사
랑을 바탕으로 하여 누추한 이 세계의 모습을 애틋하게 껴안는다.
낡아가는 것들, 소멸하는 것들, 죽어가는 것들을 향한 시인의 태도
에서 대지모성적 상상력을 자연스럽게 읽어낼 수 있는 것은 이 때
문이다. 버림받은 사물과 상처 입은 이웃을 측은하게 여기는 사랑
의 시정신은 가족 특히 늙으신 어머니에 대한 연민을 형상화하는
시를 통하여 모성성에 대한 탐색으로 나아가기도 하였다. 자신의
모성성에 대한 천착에 이르러 마경덕 시가 지닌 형이상학은 한층
더 깊은 국면을 보여주게 된다. 세계의 불화와 인간의 불행을 모성

으로 위무하는 연민의 시정신을 구현한 마경덕 시인은 앞으로도 계속 훌륭한 서정시의 전범을 튼실하게 보여주리라 믿는다. 처녀 시집 이후 더욱 새롭고도 깊게 펼쳐질 시의 진경에 기대하는 바 크다.

김종태

경북 김천에서 출생하여 고려대학교 국어교육과를 졸업하고 같은 대학원 국어국문학과에서 문학박사 학위를 받았다. 1998년 『현대시학』으로 등단한 이후 저서 『한국현대시와 전통성』(하늘연못 2001) 『정지용 시의 공간과 죽음』(월일 2002) 『대중문화와 뉴미디어』(월인 2003, 2인 공저) 『문학의 미로』(하늘연못 2003) 『떠나온 것들의 밤길』(시와시학사 2004, 시집) 『한국현대시와 서정성』(보고사 2004) 『이 외출이 행복하기를』(하늘연못 2005, 시나리오집) 『문화콘텐츠와 인문학적 상상력』(글누림 2005, 3인 공저) 『사고와 표현』(한울출판사 2008, 4인 공저)과 편저 『시와 소설을 읽는 문학교실』(하늘연못 2000) 『정지용 이해』(태학사 2002) 등을 간행하였다. 현재 호서대학교 한국어문화학부에서 현대문학과 문화콘텐츠를 가르치고 있다.

e-mail : bludpoet@hanmail.net

자연과 동심의 시학

2009년 2월 1일 초판 1쇄 펴냄

지은이 김종태
펴낸이 김흥국
펴낸곳 도서출판 보고사

등록 1990년 12월 13일 제6-0429호
주소 서울특별시 성북구 보문동7가 11번지 2층
전화 922-5120~1(편집), 922-2246(영업)
팩스 922-6990
메일 kanapub3@chol.com
http://www.bogosabooks.co.kr

ISBN 978-89-8433-675-9 93810
ⓒ 김종태, 2009

정가 15,000원
사전 동의 없는 무단 전재 및 복제를 금합니다.
잘못 만들어진 책은 바꾸어 드립니다.